U0679561

屠沽英雄

民国武侠小说典藏文库·徐春羽卷

徐春羽◎著

中国文史出版社

"京味武侠" 徐春羽（代序）

顾　臻

徐春羽，民国北派武侠作家，活跃在上个世纪三四十年代，作品常见诸京津两地的报纸杂志，尤其受到北京本地读者的喜爱。

1941年出版的第161期《立言画刊》上有一则广告，内容是："武侠小说家徐春羽君著《铁观音》、还珠楼主著《边塞英雄谱》、白羽著《大泽龙蛇传》，三君均为第一流武侠小说家……"文中徐春羽排第一位，以次是还珠楼主和白羽。或许排名并非有意，但徐春羽的名气可见一斑。

六年后，北京有家叫《游艺报》的杂志刊登了一篇名为《本报作家介绍：徐春羽》的文章，里面有这样一段话："提起武侠小说家来，在十几年前，有'南有不肖生（向恺然），北有赵焕亭'之谚。曾几何时，向、赵二位的作品，我们已读不到了，而华北的武侠作家，却又分成了三派：一派是还珠楼主的'剑侠神仙派'，一派是郑证因先生、白羽先生的'江湖异闻派'，另一派就是徐春羽先生的'技击评话派'。现在还珠楼主在上海，白羽在天津，北平就仅有郑、徐两位了！于是这两位的文债，也就忙得不可开交。"

此时的徐春羽，不仅名气不减，而且居然自成一派，与还珠楼主、白羽和郑证因分庭抗礼，其小说显然相当受欢迎。笔者翻查民国旧报纸时曾经粗略统计了一下，1946—1948两年时间里，徐春羽在四家北京本地小报上先后连载过八部武侠小说，在其他如《游艺报》《艺威画报》等杂志或画报这类刊物上也连载过武侠小说，前

1

文提到的《游艺报》上那篇文章还写着这样一句话："打开报纸，若没有他（郑证因、徐春羽）两位的小说，真有'那个'之感。"

老北京的百姓看不到徐春羽的小说会觉得"那个"，武侠小说研究人员看到徐春羽的生平时却也有"那个"之感，因为名声如此响亮的徐春羽，竟仅在1991年出版的《民国通俗小说论稿》（作者张赣生）中有一点少得可怜的介绍：

"徐春羽（约1905—？），北京人。据说是旗人。他通医术，曾开业以中医应诊；四十年代至天津，自办《天津新小报》；五十年代初，曾在北京西直门一家百货商店当售货员。其余不详。"连标点符号在内不过八十余字。

除了台湾武侠研究专家叶洪生先生曾在《武侠小说谈艺录》（1994年出版）一书中对徐春羽略提两句外，再无关于其人其作的只言片语，更谈不上研究了。

近年，随着武侠小说逐渐为更多研究者所重视，关于民国武侠小说的研究也获得不少新进展，天津学者王振良撰写了《徐春羽家世生平初探》一文，内容系采访徐家后人与亲友，获得颇多第一手新资料。尽管因为年代久远，受访人年纪偏大，记忆减退，以及这样或那样的原因，徐春羽生平中仍留下不少空白，但较之以往已有很大改观，而张赣生先生留下的徐春羽简介也由此得到了修正和补充。

现在可以确定的是，徐春羽是江苏武进（即今江苏常州）人，并非北京人，也不在旗。他的出生时间是清光绪三十一年乙巳十月二十一日（1905年11月17日），属蛇。

关于徐春羽的生平，青少年时期是空白，据其妹徐恒英女士说，抗战前徐春羽在天津教育局工作，按时间推算差不多三十岁。在津期间，徐春羽还应邀主持周孝怀创办的《天津新小报》，并经常撰写评论。笔者据此推测，1935年6月有一位署名"春羽"的人在北京的《新北平报》副刊上开了一个评论专栏，写下了诸如《抽烟卷儿》《扯淡·说媒》《扯淡·牛皮税》等一批"豆腐块"大小的杂评，嬉笑调侃，京腔京味十足，此人或许就是徐春羽。同在1935年，北平《益世报》上刊登了一篇署名"春羽"的武侠小说连载，篇名是《英雄本色》，遗憾的是仅连载了几十期就不见了踪迹。目前没有发现更早的关于徐春羽写作武侠小说的资料，此"春羽"若是徐本人，或许这篇无疾而终的连载可以视为他的武侠小说处女作。

抗战开始，华北沦陷长达八年，徐春羽在这一时期应该就居住在北京或天津，是否有正当职业尚不清楚，所能够知道的就是他写了几部武侠小说在北平的落水报纸上连载，并以此知名。另在《新民半月刊》杂志上发表过一部十一幕的历史旧剧剧本《林则徐》。

抗战胜利后，徐春羽似乎显得相当活跃，频频在京津各报刊上发表武侠小说，数量远超抗战期间，但半途而废者较多，也许是文债太多之故，也许本是玩票心态，终有为德不卒之憾，这一点后面还要谈到。

1949年后，他似乎与过去的生活做了彻底的切割，小说和文章不写了，大半时间在家行医。他也曾经短暂地打过零工，一次是在西直门一家商店做售货员，结果被一位通俗作家耿小的（本名郁溪）偶然发现，然后就没了人影；另一次是在新成立的中国科学院待过一段时间，1952年因故离开。

徐春羽的父亲做过伪满洲国"御医"。从能够找到的信息来看，做父亲的比做儿子的要多得多，也清楚得多。

徐父名思允，字裕斋（又作豫斋、愈斋），号苕雪，又号裕家，生于1876年2月13日。青少年时期情况不详，1906年（三十岁）入张之洞幕府，任两湖师范学堂文学教员。次年初，调充学部书记并在编译局任职。1911年，徐思允被京师大学堂聘为法政科教员，主讲《大清会典》。据徐春羽之妹徐帼英所述，其父于1912年任北京政府铨叙局勋章科科长，后又外放任安徽省宿县县长等职。

1919年，徐思允拜杨氏太极传人杨澄甫为师，习练太极拳，后又拜师李景林，学习武当剑法。徐思允的武功练得如何不得而知，以四十几岁的年纪学武，该是以健身、养生为目的。不过他所拜的

3

均是当时的名家，与武术圈中人定有不少往来，其人文化水平在武术圈里大约也无人能比，杨澄甫门下陈微明曾撰《太极拳术》一书，就是请同门徐思允作的序。徐春羽小说中有不少武术功夫和江湖切口的描写与介绍，或许与其父的这段经历不无关系。

大约在二十世纪二十年代中后期，经周孝怀介绍，徐思允成为溥仪的随身医生。1931年溥仪出逃东北，徐思允也追随前往"新京"（今长春市），任伪满宫廷"御医"，并教授皇族子弟国文。

1945年苏军进入东北，徐思允随伪满皇后婉容等流亡至临江县大栗子沟（今吉林省临江市大栗子街道），婉容临终前，他就在其身边。他后来被苏军俘虏，送至伯力（今俄罗斯哈巴罗夫斯克），1949年获释回到长春，同年5月被接回北京，次年12月病逝。

徐思允国学功底很好，工诗，与陈衍、陈曾寿、郑孝胥、许宝蘅等人有长期的交游，彼此间屡有唱和。陈衍眼界很高，一般瞧不上什么人，而其《石遗室诗话》中收有徐诗数首，评价是"有古意无俗艳"，可谓相当不低。徐去世后，其儿女亲家许宝蘅（前清进士，曾任袁世凯秘书处秘书，解放后任中央文史馆馆员）整理其遗稿，编有《茗雪诗》二卷。

写诗之外，徐思允还会下围棋，水平应该不低。1935年，吴清源访问长春，与当时的日本名手木谷实在溥仪"御前"对局，连下三天，吴清源胜。对局结束的那天下午，溥仪要求吴让徐思允五子，再下一盘。他给吴的要求是使劲吃子，越多越好，结果徐思允死命求活，吴未能完成任务。徐可谓虽败犹荣，他的这段经历肯定让今天的围棋迷们羡慕得要死。

根据徐思允的经历再看他儿子徐春羽，其中隐有脉络可循。做父亲的偏重与社会上层人士——清末官宦和民国遗老往来，做儿子的则更钟情于市民阶层。从已知资料看，徐春羽确实颇为混得开，没有几把刷子肯定不行。

1947年，北京的《一四七画报》上刊登了一篇文章，报道徐春羽受聘于北洋大学北平部讲授国文，说一周要上十几个钟点的课，标题中称他为"教授"。虽然看起来像玩笑话，但徐春羽的旧学根底已可见一斑，这一点在他的武侠小说里也能看得出来。这一方面应得力于家学渊源，正应"有其父必有其子"那句俗话，另一方面则是徐春羽确有天赋。其表舅父巢章甫在《海天楼艺话》中说他"少即聪颖好弄，未尝力学，而自然通顺"。由此看来他可能上过私塾，也许进过西式学堂，但不是一个肯吃苦念书的老实学生。

徐春羽显然赋性聪慧跳脱，某消闲画刊上曾有文章介绍其人绝顶聪明，多才多艺，"刻骨治印、唱戏说书，无不能之，且尤擅'岐黄之术'"，据说他还精通随园食谱，喜欢邀人到家里，亲自下厨。

"岐黄之术"是徐春羽世代家传的本事。前文已言及其父给溥仪当"御医"十多年，水平可想而知。他自己在这方面也肯定下过功夫，所以造诣不浅。据当时的报纸报道，徐氏经常主动为人诊病，且不取分文，还联合北京的药铺搞过义诊。

唱戏是徐春羽的一大爱好，自二十世纪三十年代在天津期间就喜欢票戏。据说他工丑角，常请艺人到家中交流，也多次粉墨登台。天津报人沙大风、北京名报人景孤血与编剧家翁偶虹等人曾在北京长安戏院合演《群英会》，分派给徐春羽的角色是扮后部的蒋干。

评书则是他的又一大爱好。1947年3月1日，他开始在北平广播电台播讲其小说《琥珀连环》，播出时间是每天下午二时至三时。目前尚不清楚他是否拜过师正式进入评书界，但他的说书水平已见诸当时的报刊。《戏世界》杂志曾刊出专文，称其"口才便给，笔下生花，舌底翻莲，寓庄于谐，寄警于讽，当非一般低级趣味所能比拟也"。

应当说，唱戏和评书这两大爱好对于徐春羽的武侠小说创作，显然有着非常直接的影响。

张赣生先生在《民国通俗小说论稿》中，以徐春羽《铁观音》第一回中一个小兵官出场的一段描写为例，指出："这个人物的衣着、神态，以及出场后那几句话的口气，活生生是戏曲舞台上的一个丑角，尤其是最后一段，小兵官冲红船里头喊：'哥儿们，先别斗了，出来瞧瞧吧！'随后四个兵上场，更活像戏台上的景象。徐氏无论是直接将自戏曲还是经评书间接将自戏曲，总之是戏曲味很浓。"

民国武侠作家中精通戏曲、喜欢戏曲的人很多，但这样直接把戏台场面搬入小说里的，倒也少见。评书特色的化用也是如此。北派作家如赵焕亭、朱贞木等人，有时也用一下"说书口吻"或者流露出一些"说书意识"，而没有人像徐春羽那样，大部分小说的叙事风格如同演说评书一般。他在很多小说开头，都爱用说书人的口吻讲一段引子，譬如《草泽群龙》的开篇：

> 写刀枪架子的小说，不杀不砍，看的主儿说太瘟，大杀大砍，又说太乱。嘴损的主儿，还得说两句俏皮话儿："他写着不累，也不管打的主儿受得了受不了？"稍涉神怪，就说提倡迷信；偶写男女，就说妨碍风化。其实神仙传、述异记又何尝不是满纸荒唐，但是并没列入禁书。《红楼梦》《金瓶梅》不但粉红而且近于猩红，反被称为才子选当课本，这又应做如何解释？据在下想，小说一道先不管在学术上有无地位，最低限度总要能够帮助国家社会刑、政教法之不足，而使人人略有警惕去取。尽管文笔拙笨，立意总不应当离开本旨。不过看书同听戏一样，看马思远他就注意调情那一场，到了骑驴游街，他骂编戏的煞风景，那就是他生有劣根性，纵然每天您拿道德真经把他裹起来，他也要杀人放火抢男霸女，不挨刽子手那一刀他绝改不了。在下写的虽是武侠小说，宗旨仍在讽劝社会，敬忠教孝福善祸淫，连带着提倡一点儿尚武精神。至于有效无效，既属无法证明，更不敢乱下考语，只有抄袭药铺两句成语"修合无人见，存心有天知"，聊以解嘲吧。

再随便从《宝马神枪》中拎出一段报字号：

你这小子，也不用大话欺人，我要不告诉你名儿姓儿，你还觉乎谁怕了你。现在你把耳朵伸长着点儿，我告诉完了你，你死了也好明白，下辈子转世为人，也好找我报仇。你家小太爷姓黎，单名一个金字，江湖道儿上送你家小太爷外号叫插翅熊。至于我师父他老人家，早就嘱咐过我，不叫我在外头说出他老人家名姓，现在你既一定要问，我告诉你就告诉你，你可站稳了，省得吓破了你的苦胆。我师父他老人家住家在安徽凤阳府，双姓"闻人"，单名一个喜字，江湖人称神砂手就是他老人家。你问我的，我告诉你了，你要听着害怕，赶紧走道儿，我也不能跟你过不去，你要觉乎着非得找死不可，你也说个名儿姓儿，还是那句话，等我把你弄死之后，等你转世投生，也好找我报仇。

这样的内容，喜欢评书的读者当不陌生。类似这样的江湖声口，在徐春羽武侠小说中俯拾即是，其人物的外貌描写、语言也是演说江湖草莽类型评书中的常用套路和用语。值得一说的是，徐春羽使用的语言基本是轻快流利的京白，尤其带点老北京说话时常有那点"假招子"的劲头，这可算是他的独家特色。他虽然是江苏人，但对北京的热爱却是发自内心的，这从他的小说中经常可以体会到，其绝大部分武侠小说的开头，都要说上一段老北京的风土人情，内容也大多涉及北京，比如《屠沽英雄》的开头：

讲究吃喝，真得让北京。不怕住家在雍和宫，为吃两块臭豆腐，可以出趟顺治门，不是王致和的地道货，宁可不吃。住家在德胜门，为喝一包茶叶末，可以到趟大栅栏，不是东鸿记的好双熏，宁可不喝。再往细里一考究，什么字号鼻烟好？什么字号酱菜好？水葡萄得吃哪块地长的？旱香瓜得吃谁家园的？应时当令，年糕、月饼、粽子、花糕、腊八粥、关东糖、春饼烤肉煮饽饽，不怕从身上现往下扒，当二钱银子，也不能不应个景儿。因为"要谱儿"的爷们儿一多，做买卖的自然就得迎合主顾心理，除去将本图利之外，还得搭上一副脑子，没有特别另样的，干脆这买卖就不用打算长里做。所以，久住北京的主儿谁都知道，北京城里的买卖，没有一家没"绝活儿"的。

这是说的老北京人讲究吃喝的劲头。还有赞扬北京人性格的，比如《龙凤侠》开头说：

　　"无风三尺土，有雨一街泥"，凡是久住这北京的哥们儿差不离都有这么一点印象。可是事实适得其反，不怕在屋里四六句骂着狂风，在街上三七成蹚着烂泥，破口骂着天地时利，恨不得当时脱离这块黄天黑地，只要风一住，水一干，就算您给他买好了飞机票，请他到西湖去住洋楼儿，他准能跟您摇头表示不去。

　　其实并非出乎反乎说了不算，说真的，北京这个城圈里，除去这两样有点小包涵之外，其他好的地方太多，两下一比较，还是北京城强似他处。

　　第一中国是个礼教之邦，北京是建都之地，风俗淳朴，人情忠厚，虽说为了窝头有时候要切菜刀，但仍然没有离开"以直报怨"的美德。至于说到挖心思用脑子，上头说好话，底下使绊子，不能说是绝对一个没有，总在少数。

　　尤其讲究义气，路见不平，就能拍胸脯子加入战团，上刀山下油锅到死绝不含糊。轻财重脸，舍身任侠。"朋友谱"，"虚子论"，别瞧土地文章，那一腔子鲜血，满肚子热气，荆轲聂政不过如此。"为朋友两肋插刀"，的确可以夸一句是响当当硬绷绷好汉子！古称燕赵多慷慨悲歌之士，看来确是不假。

8

徐春羽概括的老北京人身上的特点，在其小说中的很多小人物如茶馆、酒肆的伙计、客人、公人、地痞、混混等身上，都能或多或少地有所发现。而市民社会中各色人等的言谈话语、举手投足，生活气息极为浓郁，非长期浸淫其间有亲身经历者不能道出。老北京逢年过节的庙会盛况与一些风俗习惯，都在徐春羽的武侠小说中有所展现。相比之下，赵焕亭、王度庐等人在小说中虽也都有对老北京风土人物的描写和追忆，但也仅限几部作品，不如徐书普遍，徐春羽的武侠小说或许可以称得上是真正的"京味武侠"。

近年来，对老北京文化感兴趣的人越来越多，徐氏武侠小说或许是座值得有心人深入挖掘的富矿亦未可知。

徐氏武侠小说的特点是非常鲜明的，缺点也是毋庸置疑的。

其一，小说评书味道浓郁是特色，但也多少是个缺点，因为评书属于口头文学，追求的是讲说加肢体动作带来的现场效果，一件小事经常会用大段的言语来铺叙、表白，有时还要穿插评论在其间，听者会觉得过瘾，可是一旦形诸文字，就难免有时显得啰唆和絮叨，如前面所举的《宝马神枪》中那段报字号。类似的段落如果看得太多，会令读者产生枯燥和乏味的感觉，影响到阅读效果。徐春羽的文字表现能力当然很强，但也无法克服这样的先天缺陷。

其二，前面已经提到，就是作品半途而废的不少，其中报纸连载最为突出。比如《红粉青莲》仅连载十余期就消失不见，《铁血千金》则连载到三十七期即告失踪，其他连载了百十期后又无影无踪的还有若干，这里面或许有报纸方面的原因，但徐春羽的创作态度也多少是有些问题的，甚至不排除存在读者提意见而告停刊的可能。无论如何，这些烂尾连载直接影响到作品的质量和读者的观感。单行本的情况略好，然而也存在类似问题。再加上解放前的兵荒马乱以及解放后的历次政治运动，尤其是五十年代初的禁止武侠小说出版与出租，都造成武侠小说的大量散佚和损毁。时至今日，包括徐春羽在内的不少武侠作家的作品，都很难证实小说的烂尾究竟是作者造成的，还是书的流散造成的，这自然也给后来的研究人员增加了很多困难。

本作品集的底本系由上海武侠小说收藏家卢军先生与著名还珠楼主专家周清霖先生提供，共计十二种，是目前能够见到的徐春羽武侠小说的全部民国版单行本了。这些作品绝大多数是解放后第一次出版，其中的《碧血鸳鸯》虽然曾由某出版社在1989年出版过一次，但版本问题很大。该书民国原刊本共有九集，是徐春羽武侠小说中最长的，但1989年版的内容仅大致相当于原刊本的第三至八集，第一、二、九集内容全部付之阙如，且原刊本第六集第三回《背城借一飞来异士，为国丧元气走豪雄》、第七集第四回《痛师占卜孙刚射雁，喜友偕行丁戚打虎》也均不见踪影。另外，该版的开头始自原刊本第三集第一回的三分之二处，前三分之一的三千多字内容全部消失，代之以似由什么人写的故事简介，最后一回则多了一千多字，作为全书的结束，其回目"救老侠火孤独显能，得国宝鸳鸯双殉情"也与原刊本完全两样。这些问题都已经通过这次整理得到全部解决，也算功德圆满，只是若干部徐氏小说因为前面提到的原因，明显没有结束，令人不无遗憾，但若换个角度想，这些书能够保留下来且再次公之于众，已属难得之至了。

今蒙本作品集出版者见重，嘱为序言，以方便读者，故掇拾近年搜集的资料与新的研究成果，勉力拉杂成篇，以不负出版方之雅爱。希识者一哂之余，有以教也！

中国武侠文学学会副秘书长　顾臻
2018 年 4 月 10 日写于琴雨箫风斋

目　　录

第　一　集

第 一 集

第一回

藏影形英雄卖肉
现身手番子失机

大梁市上三百九十之牛羊，金陵店中三万六千之离觞。

任人择肥恣宰割，孤装辞行心怆怆！

抽刀饮血意良快，衔杯茹泪热衷肠。

交情险恶互吞噬，城狐社鼠塞康庄。

黠儒乱法弄文网，点窜周官左传涂公羊。

任权任侠科之以大逆，不如赵杜仇姚雄一方。

匹夫抚剑存仁义，一身敢与百万当！

手提骷髅刻饮器，誓平不平精神王！

吁嗟乎人生谁不有缓急？安得晴霄飞饮落星芒！

夷门酒酣耳忽热，坦胸长啸天风长。

——抚剑行

讲究吃喝，真得让北京。不怕住家在雍和宫，为吃两块臭豆腐，可以出趟顺治门，不是王致和的地道货，宁可不吃。住家在德胜门，为喝一包茶叶末，可以到趟大栅栏，不是东鸿记的好双熏，宁可不喝。再往细里一考究，什么字号鼻烟好？什么字号酱菜好？水葡萄得吃哪块地长的？旱香瓜得吃谁家园的？应时当令，年糕、月饼、粽子、花糕、腊八粥、关东糖、春饼烤肉煮饽饽，不怕从身上现往下扒，当二钱银子，也不能不应个景儿。因为"要谱儿"的爷们儿一多，做买卖的自然就得迎合主顾心理，除去将本图利之外，还得搭上一副脑子，没有特别另样的，干脆这买卖就不用打算长里做。所以，久住北京的主儿谁都知道，北京城里的买卖，没有一家没"绝活儿"的。

这话也就在前五十多年，不到六十年，北京西四牌楼根儿底下，开着一家猪肉铺，字号是广福楼。掌柜的姓吕，山东福山县人，到北京开这买卖，已经二十多年。从前买卖都按着规矩做，也显不出谁高谁低，都能对付着混，自从做买卖一要脑子，广福楼的买卖就一天不如一天。吕掌柜虽然没念过多少书，人可不糊涂，一看买卖有赔没赚，用心一考察，明白人家的买卖，都有个特别高的地方，自己这个买卖，除去凭本赚利，一点儿出手的玩意儿没有，实在一个猪肉铺，也真想不出什么特别的来。煮酱肘子搁白糖，外加酸杏干儿，新鲜倒是新鲜，就怕吃主儿不认。再说就是贱卖，那年月一斤肉才十二个钱，除去白送，不能再贱。眼看着买卖一天不如一天，干着急一点儿法子都没有。铺子里虽有几个伙计，也都是老粗儿，不用说是出个主意，连句舒心话都不会说，你瞧着我，我看着你，你打一个哈欠，我伸一个懒腰，愁眉苦脸唉声叹气。还有两个，一看这个买卖要完，就想先走一步，另投门路。吕掌柜的看出这份意思，心想这个买卖，做不做也没什么，一天卖的钱，连"嚼壳儿"都赚不出来，莫若歇一歇，等缓缓再想法子。

这天晚上没了事，叫小伙计出去打了五斤老白干儿，兜了五个钱的花生豆，又切了几根香肠，磕了几个老腌鸡子儿，铺门一关，把伙计们都叫到了一块儿大板凳，搭三角，团团围住。吕掌柜的端起酒壶来，给大家每人都斟了一盅，又长叹了一口气道："今天既不是节，也不是年，又不是吃犒劳的日子，我请大家喝一盅儿，因为有几句话，要和你们几位说一说。咱们这个买卖，自从过年到现在，三个多月，不但不如前二年，连年前也赶不上，人工火耗，连'嚼壳儿'都顾不住，再要对付下去，关了门儿还得打官司还账，我想不如暂时收一收，等我再采块地方咱们干个别的买卖。咱们大家在

4

一块儿，日子很不少，有个不错，今天咱们喝一盅儿，明天就算散，哪位有道儿自管走，没地儿可去，愿意回咱们老家的，我可以帮几个盘川。"

吕掌柜的虽是乐着说，大家觉着比哭还不是味儿。掌炉的老李头第一个站起来了，撇着嘴瞪着眼道："掌柜，你先莫着急。咱们这个买卖，你先莫收，我有个主意，可以让它见点起色。"

吕掌柜一听，人情真薄，他在我柜上，可没少赚钱，净是地他就置了好几亩，眼看着我倒灶，他都不言语，不是今天这壶酒，还拘不出他这一句话来呢，真是"人情薄如纸，比纸薄三层"。先问问他有什么法子，只要能够把买卖缓过来，归得上本钱，哪个丈人不回家抱娃子去！便赶紧笑着问道："李伙计你有什么高的主意？你说出来咱们就办。现在咱们这个买卖，简直是值不得干了！"

老李端起酒盅，足足地呷了一口，一伸脖，咽的声，又捏了两片香肠，搁在嘴里，把手往围裙上蹭了一蹭，这才说道："掌柜的，你知道咱们这个买卖为什么不好做？"

吕掌柜的摇摇头道："不知道。"

老李把头一晃道："我就知道你是不知道，这话我可不该说，做买卖也得有做买卖的学问，不能全凭着一把死拿。现在这个年月，做买卖就做个新鲜，别看是个猪肉铺，也得想法子，叫它特别另样，要全凭肘花、卤小肚、炉肉、丸子、清酱肉，北京城里猪肉铺有的是，为什么非得上咱们广福楼来买肉？掌柜的你想是不是？"说着话，一看老腌鸡子儿就剩一个了，一伸手先把鸡子儿抢到手里，一边嗑着皮，一边看着吕掌柜的。

吕掌柜一听，人不可以貌相，就凭老李这个油包，居然心地会这么明透儿，便赶紧答道："你说得是，那么得想什么法子才能算是特别另样？"

老李一边咬着鸡子儿，一边说道："其实这也算不了什么，你看牌楼南边庆云斋没有？人家也是猪肉铺，为什么人家门口儿一天挤不动，老有人买，咱们这里就没有人来？"

吕掌柜道："是啊，我真不明白，为什么他那里有人咱们这里没人？"

老李道："是不是？你就应当考察考察。"

吕掌柜道："我想起来了，他那里是新开张，油肉都贱二成，那是明赔钱，谁都知道，所以他那边人多。"

老李道："对呀，他能够开张，咱们就不许开张吗？"

吕掌柜道："咱们都做了二十多年了，怎么再开张？"

老李道："掌柜的，你可是真糊涂。咱不会先关一回再开一回？只要买主儿认新开张，咱们这买卖不就成了？无论如何，咱们得算在他开张以后才开的张不是吗？"

吕掌柜一听，说自己糊涂，他比自己还糊涂，没听说一个买卖隔几天开一回张的。也不便再说什么，复又给大家把酒斟上，大家喝着。老李话一说得没劲，大家更没精神了，花生豆儿也没了，香肠也干了，老腌鸡子儿剩了一堆皮，酒至多才喝了有一斤多点，大家全都困上来了。吕掌柜的心里真烦，散摊就散摊，喝的是什么酒？原为是乐会子，这更添了好多的烦，干脆，睡觉，明天早上不开门就清账。想到这里，便把酒盅往里头一挪，站起身来。

刚要告诉伙计，把这些乱七八糟拣去，搭铺睡觉，就听门外头有人问："辛苦，辛苦，这里是广福楼吗？"

吕掌柜一听，说话的这人，也是山东福山口音，以为是来了什么熟朋友，便赶紧把门关了，借着灯亮儿一看，不认识。觉这人，身高不过四尺，宽下里有三尺半，厚下里有二尺半，大头，大脸，大眼睛，翻天鼻子小耳朵，噘嘴尖厚嘴唇，一片连鬓络腮的胡子，短脖子，双下颏，漆黑的一张圆脸，黑中透紫，紫中透亮，穿着一身青布裤褂、搬尖洒鞋，辫子在脑袋上盘了一个大锅圈，腆着肚子，背着一个大铺盖卷。

吕掌柜一看这个人，除去少个耙子，简直就是西游记上的猪八戒，差点儿没有乐出来，忍住笑道："你找谁？"

那人道："你们这里可是广福楼？有个吕掌柜现在可在柜上？"

吕掌柜一听，是找自己的，便道："这里正是广福楼，我就姓吕，不知您找我有什么事？"

那人一听，把铺盖卷往地下一扔，趴下就磕头，嘴里还直嚷二哥。

吕掌柜不知是怎么回事，便赶紧给搀了起来道："您贵姓？怎么认识我？我实在眼拙，忘了咱们在什么地方见过。"

那人道："我原和二哥没见过，我提一个人，你老就明白了。咱们乡里有位吕文和吕当家的，二哥一定认得吧，我是他老人家叫我来的。"

吕掌柜一听，敢情是自己大哥叫他来的，便赶紧让那人进去，自己一和气，过去要给人家拿那个铺盖卷，没想到没有使十成劲，竟没有把那个铺盖卷拿起来。正诧异之际，那人过去说了一句"不敢劳动"，一伸手就把那个铺盖卷拿起来了。大家一看，掌柜的来了乡亲，便全都退到后边，屋里就剩了吕掌柜和那人。方要让座，只见那人从身上掏出一封信来，恭恭敬敬地递给了吕掌柜。吕掌柜一看，信皮是自己哥哥写的，拆开仔细瞧了一遍，这才明白。信里意思是家里一切都平安，不用挂念着，送信的这个人，名叫崔谦，是自己新近拜的一个把弟，让他到京里，就叫他在柜上给帮个忙儿，并没有什么旁的事。吕掌柜一看，就是一皱眉，心说眼看着买卖都要关门了，哪里还能上人，可是人家大远地投到这里来，一碰头就告诉他买卖要关门，未免太不合适。

正在略一沉吟，只听崔谦问道："二哥，为什么看信发怔？你老可别为难，大哥叫我来，我是不敢不来，有事没事都不要紧。没事住两天我就回去，有事我就在这里帮个忙。你老可千万别介意！"

吕掌柜一听，爽得跟他说了吧，便把这二年买卖如何不好做，有赔没赚，正在打算明天就歇市，没想到你就来了，从头至尾，说了一遍。

崔谦一听，哈哈一笑道："噢！原来为这个，我还当着有多大为难的事！如今我来了，二哥你这买卖不用关门了，我有主意，只要

7

二哥给我十天半月工夫，我能让咱们这买卖反下为上，二哥你就赚着赚钱！"

吕掌柜的一听，敢情人家也是门里出身，便赶紧答言道："既是您这么说，我就再看个十天八天，如果见起色，咱们就再往下做；如果还是不见好，咱们再歇，好在赔个十天八天也算不了什么。可不知道您都打算用些什么？后头炉上怎么分配他们？"

崔谦笑道："我什么也不用，炉上该烧该烤，还是让他们自己去办，我是一概不问。你老这里有大笔没有？给我预备一支，再买一大张黄毛边，叫伙计给弄点墨，你老歇着你老的，从明天起，你老多上二十个猪，旁的你老就不用问了。"

吕掌柜一听，这简直是邪事，一天多上二十个猪？不用多，连十天我也赔不起。莫若少上十个猪，先给他来十个，赔也不要紧，第二天就算散。盘算好了，便连连答应，叫伙计去买了一张黄毛边，借了一管大笔，又给研得了墨。

伙计们打算看看他写些什么，谁知崔谦一看，把东西预备齐了，便向大家笑道："众位早点儿歇着吧，明天咱们还有一阵累呢！"

大家一听，人家轰上了，只好全都退回后头睡觉去。吕掌柜以为自己总可以看着，谁知崔谦是毫不客气，一连就催了三回。吕掌柜一想不看也好，他写也写不出什么高的来，左不是跟告白条儿一样，满街上一贴，肉好，价码便宜，给得多，除去这个之外，还能有什么新鲜的，反正也是一个赔，认倒霉就算完。当下说了一句辛苦，又到后边告诉进肉的伙计，明天早晨先多上十个猪瞧瞧。交代完了，回到柜房，心里有事，躺在柜房炕上，翻来覆去，就是合不上眼，心里想着大哥也是荒唐，怎么给自己荐了这么一个人来。这真是倒霉不从一处来！越烦越想，越想越烦，爽得越来越精神，听听外头都打四更了，才有一点儿困意。

刚一合眼，仿佛要睡着，就听铺子外头有人砸门，声音还是非常之乱，就和擂鼓一般响，不由大吃一惊。赶紧一翻身，蹬上鞋，撒腿往外就跑。来到外柜一看，桌上扔着纸笔，崔谦是踪迹不见，

8

外头捶门的声儿更大了。赶紧过去把插关一拔，门轰隆一声，登时就开了。吕掌柜一看这些人，都是一个手提着筐，一个手拿着钱，直眉瞪眼，往里一拥而入，嘴里还直冲着吕掌柜的喊："嘿！肥狗熊在什么地方？你把他推出来，叫他给我们切肉。"这个就嚷："我要十斤！"那个就嚷："我要二十斤！"

吕掌柜一听，简直不像人话，便赶紧赔着笑道："众位买什么？莫忙，伙计上市还没有回来！"

大家一听，又是一阵喊："谁吃你这里的猪肉？我们要吃狗熊自己切自己的肉！"

吕掌柜越听越糊涂，一看门口真是人山人海，拥挤不动，又怕有匪人趁乱把柜抢了，便赶紧往后跑，意思是找几个伙计到前边来防备。走到后边，一看有两个伙计正在穿衣裳往起起呢。有一个伙计，一见吕掌柜，便喊了一声："好家伙！"

吕掌柜道："你还不快起来，你喊什么？"

那伙计用手一指掌柜道："吕掌柜，今天天气热吗？你为什么脱了大光腚？"

吕掌柜一听，自己留神一看，可不是方才起来得一忙，忘了穿衣裳，果然是寸布未挂，不由脸上一红，用手在自己光腚上叭叭连打了两下骂道："这是怎么说？老丈人！老丈人！"双手捂着屁股跑回柜房，把衣裳穿好。

二次出来，一看人比方才更多了，里头还有几个熟主顾，一见吕掌柜便喊道："老吕，你这不对呀，你贴出报子去，你说你们这里有黑熊卖肉，自己切自己，怎么人都来了，你倒装起没事人来了？"

吕掌柜心里一动，别是崔谦这个家伙给我惹的事？便笑着向那人道："你说我贴的报子在什么地方？"

那人道："老吕，你这个家伙可真差劲，你自己干的事你自己都忘了，难道是你撒癔症干的？你不会走出来一步瞧瞧！"

掌柜道着劳驾，来到外头，一看就在墙垛子上贴着一整张的黄毛边的报子，上头正中写着四个大字是"狗熊卖肉"，两旁边是小字，"狗熊真肥，自切自卖，至少十斤，不误主顾。广福楼启"。吕掌柜一看，可不是崔谦干的？这个麻烦可惹得不少！我上什么地方给他们找狗熊去，这要叫官面儿一知道，碰巧就许打一个妖言惑众，这是哪里来的事！忽然心里一动道：姓崔的一见我面，他就说他能卖二十个猪，也许这是他有这么一手儿能耐，等我把他找出来，叫他想法子。想到这里，便向众人道："众位不用乱，狗熊卖肉是一点儿错儿也没有，不过现在时候还没到，狗熊睡觉呢，众位等一等，我去找狗熊去！"

大家一听，这个狗熊，敢情还在睡觉！反正今天无论如何，也得把狗熊肉买回去。大家在这里胡乱猜想，吕掌柜的来到伙计住的屋里一看，哪里有崔谦？又跑到柜房上看，连个影儿也没瞧见。心里不由大悟，一定是昨天自己不该一见他就说是买卖要关门，他错会了意，所以故意和自己开这么一个玩笑，现在他一定是已经走了，这个玩笑可不轻，除去豁着给大家赔小心，一点儿法子也没有，垂头丧气从柜房里走了出来。

大家一见，又全都喊起来："老吕，狗熊再不出来，我们就拿你当狗熊了！"

吕掌柜这份难受，恨不得找个地缝儿钻进去。正在这时，猛听在大家头上打了一个霹雳相似："躲一躲，狗熊出来了！"大家出其不意，可吓坏了！哪里还敢在那屋里站着，呼的一声，全都跑出了门外，可全不往远里去，脚步冲着西，脸可冲着东，回头往广福楼里看。吕掌柜先也吓了一跳，后来一听，正是崔谦的声音，当时变愁为喜。一抬头，可就看见了，在这前檐上头，原钉着有一层薄板，是为搁盒子、火锅什么用的，敢情崔谦正在那上面躺着呢！又把吕掌柜吓坏，就凭那层薄板，往上头多搁一个锅子，它还咔咔嚓嚓地响，现在崔谦往最少里说，也得有二百四五十斤，整个儿人全在上头，这要一掉下来，还不得出人命！

心里害怕，嘴里还不敢嚷，正在提心吊胆，只听崔谦在上头喊声："不好！要掉下来！"接着就听咔嚓扑咚啊呀，把个吕掌柜简直吓得差点儿没有软瘫在地下。再定神一看，那层薄板并没有掉下来，崔谦却笑容满面地站在自己面前。

吕掌柜的不由暗自诧异，可也不好问，便笑着道："你的报子贴出去，人家都来了，你的狗熊在什么地方？快叫它给人家切肉！"

崔谦一听一摇头道："你老说什么，我怎么一个字都不懂？谁贴的报子？什么狗熊？我怎么一点儿都不知道？"

吕掌柜一听，他这是成心装糊涂，便赶紧笑着道："老兄弟，你别尽自开玩笑，你得救哥哥这一步才对！"

崔谦又是哈哈一笑道："二哥，你老就万安吧！他们不是要看狗熊卖肉，自己切自己吗？狗熊也有，切肉也容易，咱们可不零卖。还有一节，得先收足了钱，不然待会儿狗熊一出来，他们一害怕，抹头一跑，咱们找谁要钱去？"

吕掌柜这才把心放下，当时便站在柜台里面，冲着外头高声喊道："众位，咱们这里狗熊就要卖肉了！哪位要买，可得先给钱，至少买十斤，少了可是不卖。哪位要买？快先交钱！"

这一喊不要紧，当时呼噜一声，走的人又全回来了，这个也掏钱，那个也交钱，谁都想着先给钱。吕掌柜一看，自己一个人简直忙不过来，赶紧把后头的伙计全都叫了出来，大家帮着收钱，这个要十斤，那个要二十斤，工夫不大，柜里的钱全都装满了。吕掌柜一看，这买卖要照这个样，多了不用，有上半年，就能置他十顷地。正在高兴，只见崔谦走过来，扒在自己耳边说了两句话，吕掌柜先是摇头，后来突然把牙一咬，一跺脚，这才点点头。大家看着，可不知道是干什么，却见吕掌柜的走下肉柜，旁边矮黑胖子就上去了，往肉柜上一站，大家一看都不认得。

只听矮胖子说道："众位，咱今天是头一天从家里来，众位要买黑熊自己切自己肉，这个黑熊就是我，我就是黑熊。咱得先切一回给众位看看。"

大家一听，这个分明是人，怎么说是熊？这回可上了当了！好在他说的是自己切自己，再看看他是不是自己切自己。要是整个儿

11

蒙事，那可对不起，今天大家拆了这座广福楼。大家正在想着，只见那矮胖子，嗻的一声，把上身衣裳甩去，只见这一身黑肉，真是黑光放亮，还有一样，让大家看着，觉得可怪，原来这身黑肉之上，真有一寸来长的黑毛，要不是看见他有头有脸，简直就是狗熊一般无二。只见矮胖子双手陡地从下往上一托，只听肉案子上叭地就是一声响，大家凝神一看，案子上真多出了一块有毛的黑肉。嗖的一声，矮胖子一回手，从腰里扯出一把解手尖刀来，大家不由眼神一花，只见那矮胖子把刀往那片黑肉上嗻的一声，就剁了下去，大家不由一闭眼，耳听扑哧一声，叭的一声，再睁眼睛，案子上已然切下了一块足有十斤轻重的肉，鲜血淋漓，真跟刚从身上现切下来的一样，就是颜色不黑，很透着白，不知道为什么这肉离开身子，会由黑转白？在大家想着矮胖子这一刀剁上去，出不了人命，也差不了多少，谁都预备着往外跑，及至见一刀下去，肉切下来了，人没怎么样，大家就全都怔了。

却听矮胖子喊道："这是十斤，还有谁？"

大家一看，这倒是有点意思，说了半天狗熊，敢情是个人，这是真是怪，怎么会切下肉来不流血？也别管是人是熊，就冲这一手儿，就买得过。于是你十斤，他十斤，我十斤，一会儿工夫，这天预备的十个猪都卖完了，还有好多人没有买着肉。矮胖子一看吕掌柜，吕掌柜一摇头，矮胖子用手一撩，那片黑肉，依然弄到案子底下，把刀擦了擦，也带好了，又把上身衣裳穿好，走下肉案子，冲着大家一捧拳道："众位，今天肉都卖完了，明天再来吧。"

买不着肉的还真不高兴。买着肉的拿到旁的猪肉铺一看，一点儿错儿都没有，地道上好猪肉，并不是熊肉，也不是人肉，一约分量，买十斤的主儿足够十斤二两，只多不少。原来崔谦只是仗着一个天生的大肚子，便蒙了许多人。人是好奇心重，既看热闹，又不费钱，为什么不到广福楼去买。一个传两个，两个传四个，十天过来，街上就轰动了，真有从哈德门到西四牌楼来买肉的，买卖这份儿旺就不用提了。吕掌柜每天就管收钱贴彩，两个来月，这钱就剩多了。旁家看着干生气，一点儿法子都没有，没有地方找黑熊去。如是又卖了两三个月，眼看着就到了八月十五，吕掌柜叫伙计多上猪，预备节下卖。货也齐集了，忽然变了天，十四晚上，下了半夜的小雨，第二天一清早，雨还没有全住，上街买东西的人就见少，吕掌柜直发愁。

崔谦道："二哥你不用发愁，今天晚上准能全卖出去。"

等到晌午，雨一住，广福楼门口，登时又是人山人海，拥挤不动。大家正在你十斤我二十斤地买得热闹，突见胖子眼睛偶然往门外头一张，陡地颜色一变，一回头向吕掌柜的道："掌柜，你来看一看柜，我肚子有点疼。"说着话连哼哼带哎哟就跑到后头去了。

吕掌柜一见，心说这可是糟，好容易盼着天晴了，这肉可以卖出去了，谁知道单赶这么个工夫，他又肚子疼起来了，这可真是要命！没法子自己上肉案子吧。自己上肉案子一站，当时买肉的就走了有一大半，这天肉就剩多了。一赌气，把肉全收，来到后头一看，崔谦并没有躺着，在那里用一根细长带子捆肚子哪。吕掌柜的道："兄弟你今天这是怎么了？你肚子要还是疼咱们得赶紧请个先生看看。你肚子疼，不能做买卖，这也是真的，我又没说什么，你干什么这样着急？"

崔谦正在捆肚子，一听吕掌柜说话，赶紧把肚子捆好，一看旁边并没有人，便扑咚一声向吕掌柜跪下。吕掌柜不知为什么，赶紧就搀道："兄弟你这是怎么了？"

崔谦道："二哥，我来到你老这里，已经有半年了，你老可知道我是干什么的？"

吕掌柜一摇头道："我不知道。"

崔谦道："二哥，我实在对不起二哥，我来了这么多天，我没有说出我是干什么的，我今天已然是被逼无奈，我和二哥说了吧，二哥可不要害怕。我在江南身背七十二条命案，逃回山东，番子手追到山东，我和我大哥商量，他叫我到京里来躲一躲。谁知今天我刚才正在切肉之间，又看见了那两个办案的番子。要凭那两个人的本事，他们原不能把我怎么样，不过那样一来，就连累了二哥你。我想我现在就走，省得给二哥惹事。"

吕掌柜一听这套话，差点儿没把魂灵儿吓飞了，心说我的佛爷桌子，敢情您是大暗贼呀，你走你走吧。又一想，自己这个买卖，要不是人家姓崔的，这个买卖早已关闭多时了，如今不但把赔的钱赚回来，又挣了很不少，现在人家要走了，无论如何，也得说几句客气话才是。便笑着向崔谦道："老弟，你原来是位英雄，我却把你当了狗熊，实在是对不过。我的买卖，要没有你这狗熊卖肉这一手，早就关门大吉。如今我钱剩下了，兄弟你不在这里一块儿享福，我觉得对你不起。无论如何，今天再多待一天，我弄两个菜，咱们哥儿两个喝会子，再见面就不知道得什么时候了。"

崔谦一听道："也好，既是二哥这样说，我就扰二哥两壶酒，我还要求二哥赏给我一点儿东西。"

吕掌柜一听，一定是要点盘川，人家来到这里，没工钱，没月钱，整天玩票，现在人家要走，使几个钱，这可算不了什么。便笑着向崔谦道："兄弟你使钱，只管说话，哥哥的钱就是兄弟你的。你使多少？"

崔谦微微一笑，一伸两个手指头："这个数。"

吕掌柜一听道："二两？太少。"崔谦摇摇头。吕掌柜道："二十两？"崔谦又摇摇头。吕掌柜一听，了不得，他开出大方子来了，这一定是二百两。要按铺子规矩说，才来半年，无论如何，也不能挣那么大的工钱，这个一则买卖是他给做的，二则有自己哥哥的话，二百就二百。遂一笑道："兄弟，二百两，也算不了什么，你是要现的，是要庄票？"

崔谦依然摇摇头。吕掌柜可沉不住气了，心说两千，那可不成，拢共连我都卖了，也不值两千哪！便急问道："兄弟，你怎么一个劲儿地摇头，到底是打算要用多少？"

崔谦微然一笑道："我打算跟你老张嘴，借二百个制钱。"

吕掌柜一听，这个人真是有病，拢共借二百钱，还费这么大的事，便笑着答道："二百钱，算不了什么。你什么时候走，什么时候我给你拿。"

崔谦道："二哥，这二百钱，我可不要杂拌儿，全要一水儿当十老钱。此外你老再给我买一根红丝丈绳，要有三丈来长。"

吕掌柜道："这都好办，我给你照样儿预备。你还要什么？"

崔谦道："我再求你老一件事，就是咱们后头那口卤锅，你老别让他们歇火，可别卤东西，里头煮上一锅干净水，可老让它滚开着，上头盖着，也别让它跑了气。灶上边那个天窗，可以把上头玻璃窗给我打开，千万别关上。如果今天晚上，外头有人叫门，你老可别起来，无论听见什么动静，你老可也别出来。如果不听我的话，可是难免要受点误伤。"

吕掌柜一听，心里不用提够多害怕了，可是不敢不答应，把所有的东西，全都预备齐全。崔谦拿丈绳双股儿一搓，把二百当十钱，一百个一摞，火绳一穿，穿好了一系，往腰里一围，这才又向吕掌柜的道："二哥，我还有一个铺盖卷儿呢，你老叫伙计他们给我抬了来。"

吕掌柜一想，可不是，他来的时候，有一个铺盖卷，自从来了之后，也没见他铺过一回，今天也许是要拾掇拾掇，遂叫伙计去给搬来。工夫不大，四个伙计，把这铺盖卷就抬来了。吕掌柜一看，心说真是废物，就是这么一个铺盖卷，还用四个人。只见崔谦过去一扯绳子头，这个铺盖卷就开了，里头并没有被褥，一个大被套，里头有两件粗布衣裳，正中间有个大枕头，四四方方，在里头裹着。猛见崔谦过去照着那枕头上当的就是一脚，只听咔嚓一声，枕头两半，哗啦一声，耀眼争光，里头敢情全是元宝。还有一对背儿厚、刃儿薄、把儿短、尖儿长、吹毛不过、杀人不血、砍金剁玉、削铜劈铁的小刀。崔谦把两把刀往手里只一颠，一错步，两把刀一轧，不由一阵狂笑。吕掌柜一看，简直跟画的钟馗一样，真是有点可怕。崔谦把双刀往带子上一插向吕掌柜道："二哥，我在这里搅扰二哥不少日子，我也没有法子报答二哥，这里头这些散碎银子，我带着它也没有用，你老给他们大家分分。我从二哥这里一走，他们要是明白的，也许不和二哥你为难；如果遇见几个爱生事的，少不得二哥你为我还要打几天官司，这个钱二哥也可以留下一点儿预备着使。"

吕掌柜一听，真差点儿没哭了出来，人家帮了自己多少日子的忙，如今人家不但没要自己什么，还要给自己留下这么多的钱，真正是难得有这样的好人。便笑道向崔谦道："兄弟，我这里有钱，你去了之后，我这买卖也不干了，伙计们我也有钱打发他们，这些钱你留着用，有道是'穷家富路'，路上可断不可缺钱。"

崔谦笑了一笑道："二哥，你老就不用跟小弟客气了，我在外头，缺不了钱用，二哥你就照着我的话办吧。天已然不早了，咱们趁早儿收拾收拾，他们也快来了，二哥你上柜房歇着你的去，无论外头是怎么回事，你老可千万别出来，他们有人事后来问，你老就说和我素不相识。如果说出我和你老认识，恐怕连老家里大哥都不得安静。话已经说完，但愿这件事能够平安过去，咱们也学人家说一句，'青山不改，绿水长流'，他年相见，后会有期！二哥你老就去歇了吧！"

吕掌柜一听，只好点头答应道："兄弟，你要平安到了什么地方，可以托人给我带个信来，我好放心。一路之上，你可千万谨慎小心！我可不送你了！"说完话告诉伙计把那个铺盖卷依然裹好，往柜房铺底下一扔，自己赶紧上了炕。时候太早，睡不着，只好是瞧着，心里越有事，越合不上眼，爽得站起来，往柜房后头一站，连个大气都不敢出，从门缝里偷眼往外看。

崔谦一看吕掌柜去了，站在外头，活动活动腰腿，问了问身上，不绷不吊，这才一纵身上了大柜，坐在柜台上盘腿，闭目养神。听了听，外头都交了三更，还是一点儿动静没有，心里纳闷，这是什么意思？难道他们今天不来了？他们要是不来，我可得先走，要是等到了明天天一亮，可就不好走了。想到这里，刚要动身，就听外头叭的一声，仿佛一个什么东西，打在门上相仿。当时精神就是一振，赶紧站起来，跳下柜台，把门闩拉开，自己依然纵到柜台上，脸朝外一站，一伸手就把两把刀掣在手里，瞪着眼瞧着外头。只听那门吱地一响，门已然开了缝，跟着就听当的一脚，门分左右，就算开了。嗖的一声，眼前一股白影一晃，崔谦手一举，喊声"着!"手里一把刀直向那白影掷去。那白影就地一滚，只听铛的一声，那把刀落在地下。那道白影，噌的一声，二次又纵了起来，直往门里抢去。崔谦不等他抢进来，双脚一跺，一个"反提"，已然倒着身子，退到里头屋里，一纵身就上了灶台，一抬腿，把屉盖踢得骨碌碌滚了下去。屋里这时热气冲天，仿佛是有了大雾一样，崔谦一瘪肚子，一吸气，一跺脚，噌的一声，随着那股子热气，竟自上了天窗，胳膊肘一跨窗户沿子，一飘腿就到了外面，还没有站定，嗖的一声，脑后生风，一刀夹肩带背砍来。好崔谦，竟自不慌不忙，只把身子轻轻往前一纵，后头那刀就砍空了。

便听后头有人骂道："黑小子，你还不扔兵器打官司?"

崔谦一回头呸的一口啐道："放你娘的狗臭屁！老爷扔兵器打官司，也扔不到你这狗奴才手里头。告诉你，这是拼命的场子，用不着斗口，你把我弄倒了，我属你，你要让我弄倒了，你就跟他们七十二个一块儿走一趟，别的废话说不着!"说着话，手里一把小刀，已然和一条白电光相似，在那人身上上下左右哧哧哧乱绕个不休。那人一把刀，削撩劈刺，也自不弱。

两个正斗得起劲，突然从屋底下嗖的一声，一道白光升起跟着，纵上一个人来，手里是一对护手钩，左右一分，直取崔谦。崔谦手里小刀已然丢出去一把，如今就剩了一把刀，力敌二人，仿佛有些不得劲，又听远远已然鸡叫，心里想着"三十六计走为上策"，干脆，趁早儿，要在这小沟里失了风，连自己也对不起，便猛地把手里小刀向那拿刀的胸前刺进，势子太猛，那人不得不往旁边一闪，崔谦嗖的一声，斜着一纵，就到了对面房的瓦垄上，回头一抱拳道："活废物，咱老爷子失陪了。"说完一闪身，哧、哧、哧，一条黑影，就往东下去了。

拿刀的喊一声："快追，点儿要扯活!"

拿钩的狂笑一声道："别着急，他跑不了！"

嘴里说着，身子也跟着纵了过去，拿刀的仿佛差一点儿，纵身一跳，先跳在墙上，从墙上才纵到瓦垄上。过了房脊一看，幸喜是八月十五，虽说有点云遮月，却还有些亮光，只见一黑一白，两条影子，已然跑出多远，赶紧脚下加劲，拼命前追。只见那条黑影，直往东北跑去，心里一动，前边就是禁地，倘若"点儿"跑了进去，再闹出旁的事，可了不得，虽说自己身上带着海捕公文，可是没有通知地面儿，追进去拿不着人还是小事，倘若再遇见里头的人，这种闯禁地罪名担不起。想着不由焦急，恨不得长出两个翅膀来能把那条黑影拦住。心里这么想，脚底下可没停一停，眼看着那条黑影，已然到了金鼋玉龙桥，后头那条白影也追上了，忽地把牙一咬道："豁出去了！"便也噌、噌、噌追上了御河桥。再看那条黑影，到了北海围墙底下，略一迟顿，拧身一纵，便跨上了围墙，更可恶仿佛听见他在墙头上还拍了两下巴掌，才一转脸跳了过去。白影倒退了两步，往前一抢，拧身一纵，也跨上围墙，没有停留就跳下去了。等自己来到围墙底下，已然剩了一座空墙，一个人影儿也没了，不敢急慢，一撤身，从兜里扯出"梯云索"，一根长绳子，有四丈来长，一头有个钩子，攥住这头一抢，钩子便搭住墙头，抻了一抻，不至于掉下来，这才双手捯绳子，脚踩住墙，一步一步捯到了墙头。往下就不用绳子了，先把钩子摘下，双腿一飘，脚落实地，一边扯着绳子，一边往前追。只见黑影依然在前，白影在后，已过了前山，提心吊胆，往前直跑，幸喜不曾有人看见。追到了后边一看，不由心里又是一喜，敢情那条黑影，又上了后边围墙，心想出了这里，就是什刹海，不管如何，总算离开禁地了。只要不在禁地里，那就好办了，追不着还有暗器，无论如何，比里头可强得太多了。心里高兴，把"梯云索"二次取出，借着索子，跳到墙外。

再看那条黑影已然站住了，向自己这边一点儿手道："两个废物蛋，咱们来到平地儿上，再来几刀子！"

白影答应一声："黑狗熊，怎么你跑不动了？扔家伙打官司吧！"

18

说着已然亮出双钩，直取那条黑影。

又听黑影喊一声："不用说就是你一个，你们两个一齐上，我也把你们一对儿打发回去。"

崔谦有崔谦的心思，眼看着天就亮了，虽说这两个人不一定准能胜过自己，可是一到天亮，一有人来回走，可就不易脱身了。单那个使刀的，绝不是自己对手，怎么样都可以走，使钩的可不弱，一个弄不好，倘若失了风，那才叫丢人。可是自己脚程又扔不下那个使钩的，事到紧急，只有一法，如果成功，今天就算走了，倘然不成，说不得在北京又得伤条人命。跑着跑着，忽然一站，连追的人都吓了一跳，也赶紧站住步，用双钩一护面门。崔谦一笑，说了两句便宜话，使钩的钩就到了。才接了两招，那个使刀的刀也到了，一把小刀，前后左右，还一招，进一招，只打了一个平手。看着取胜不易，一边打，一边退，离着河沿不远，右手刀往左手里一递，喊一声："废物蛋，尝尝这左手刀！"两个出其不意，全都一怔。崔谦右手一扯，哗啷一声响，腰里拴好的红丈绳就抻开了，一晃左手刀，往使刀的脸上猛地一戳，喊一声："小子，瞧飞刀！"刀就出手了。使刀的万没想到有这么一手，喊一声"不好！"赶紧往后一闪身，立手里刀往那小刀上一磕，只听当啷一声，小刀落地。

使刀的哈哈一笑道："朋友，家伙都出手了，还不乖乖地跟着打官司！"

使钩的一声全都不言语，左手钩搂脚，右手钩搂头，两下夹攻，钩就递进来了。

崔谦喊一声："来得好，老子又要失陪了！"平地一纵，足有一丈六七尺高，两根红丈绳往左右手一分，双手抡着那两摞铜钱，哗啦哗啦一阵响，脚不沾地，竟往什刹海心里荡去。

使钩的喊一声："不好，他敢情会'分波纵'，咱们可不会，他要扯活！"

使刀的喊一声："师叔，咱们爷两个赶紧两头堵！"说着抹头往东，使钩的往西，沿着这道海沿，就追下去了。

崔谦双手抡着两串钱，提着一口气，三纵两纵，已然到了对岸，一看那两个人离着自己还有三四丈，不由哈哈一笑道："废物蛋，老爷子赏你们两个人一人一串钱花，可别买凉的吃，招呼肚子疼，还得吃益母膏！"说着话，两手同时往外一扔。这时太阳已然上来了，借着太阳光一照，真是霞光万道，瑞彩千条，分着向两个人身上扔出，只听哗啷一声，啊呀一声，两个人里头，已然倒了一个，正是那个使刀的。

使钩的一见，也顾不得再追崔谦，急忙过来看时，只见那一串铜钱，正打在使刀的肩头上，刀也撒手了，哼哼哎哟不止。使钩的叹了口气道："我怎么跟你说的？你贪功不听我的话，如今点儿也跑了，你也受伤了，这怎么办？"

使刀的哼哼着道："师叔您就别抱怨我了，我也不是贪功，不听您的话，我总想就凭他这么一个角儿，有师叔您在头里，还有什么办不了的，谁知道这么扎手呢。您也别抱怨了，咱们还得赶紧走，天都已然这个时候，走道儿的从这里一过，要是瞧见咱们，还不定疑心咱们是干什么的，那更没意思了。"

使钩的扶起来使刀的，一路往西而去。

要知后事如何吗，且看下回书中自有交代。

第二回

小炫奇大嚼烂肉面
细盘算误放铁龙头

北京平则门里头锦什坊街王府仓住着一位姓英的旗人，是某旗的一个佐领，原名一个顺字，号叫小亭。这个人好说好交，好喝好练，扔石锁，端双石，并且摔得一手好跤，在西半城也算是个小有名的人物，兄弟两个排行在二，人都称他英二爷。好喝酒的，一天离不开酒，谁家酒味儿好，谁家酒劲头大，平常都有一个考察，每天到城外头摔跤之外，还教着一拨儿徒弟，练功夫回头，总得先找一个酒馆儿喝足了才回家。

这一天，练功夫回头，走到锦什坊街口儿上，正打算找一个小酒铺进去喝两壶，只见迎面来了一个人，一见英二便道："二哥吗？您刚回来？"

英二一看，来者正是酒友儿成博臣，便赶紧笑着道："嗬！大哥，刚回来，刚回来，您喝了没哪？咱们哥儿两个一块儿去喝会子。"

成博臣道："我刚喝完，您请吧。"

英二道："大哥您在什么地方喝的？还是王老西儿那里吗？"

成博臣笑着摇头道："不，不，这阵子老没在老西儿屋里喝了，还是前好些日子，喝过一回，酒可远不如以前了，大概老西儿净顾了赚钱，水一定兑得不少，我喝那个简直不成。真格的，我还忘了告诉您，咱们这边可有一处好酒。"

英二急问道："大哥您说谁家？是不是张小脚那里？"

成博臣道："不是，不是，这个酒可比张小脚他们这些家强得多！这个酒喝在嘴里不辣不暴，甜音音的，又有劲，又不上脑袋，您不信您到那里先弄两素子（酒壶）尝尝。"说着话用手一指道，"我说的这个地方，离这里没多远，您瞧见大和堂药铺门口斜对着有个小车子没有？就是他那里，酒可真不错，您喝回试试，明天咱们哥儿两个再一块儿喝去。您请吧，咱们明天见。"说着一弯腰走去。

英二真就顺着便道，一径来到大和堂对过，果然里头搁着一个单轮车子，靠车把那头，搁着有两个大坛子，前边搁着一个墩子、一把刀，有个三五斤酱牛肉，还有些豆腐干、花生豆、老腌鸡子之类。车子旁边隔着一个老米碓房用的大石头墩子，上头坐着一个人，看年纪也就在三十来岁，穿着一身蓝布裤褂，系着一条蓝布围裙，叼着一根旱烟袋，坐在石头墩子上出神儿。

英二知道就是这里了，便道："给我打一个酒，我可要好的，再给我切四个钱的酱牛肉，偏肥一点儿。"

那人上下一打量英二便笑着道："你喝吧，没错儿，准保您今天喝一回，明天还想喝。"说着拿过一个酒碗，提起酒樽子满满地打了一碗，递给英二。

英二接过来吱儿地就是一口，不由连连点头道："果然不错。"就着牛肉，牛肉也好，又烂，又香，一口牛肉，一口酒，一连气就是十一二碗。

卖酒的笑着道："大爷，您这个酒可喝得可以了。您别瞧当时喝着不理会，这个酒可是后劲大，喝多了待会儿可受不了，您明天再喝吧。我可为的是您，您想我们做买卖的还怕多卖吗？"

英二也觉乎酒喝得够了份儿，便也不再喝，掏出褡裢来，把酒钱给了，临完又说了一句："实在不错，我明天还是你这里。"

卖酒的又赔着笑道："大爷只要说喝着不错，您就来喝来。不瞒您说，我今天还是要收了，我先把人家的东西给送回去。"说着话一低头，往下一伸手，可把英二吓了一跳。原来那个卖酒的只轻轻一撮，就把那块大碓石给撮起来了。英二一天练这些玩意儿，当然心里知道分量，一看那块碓石，往少里说，不到五百斤，也有四百斤，要讲说端起来，原算不了什么，不过上头得有抠手，就这个样，可拿不起来。凭这个卖酒的，身个儿也不魁伟，也不像练过功夫的样子，怎么能够轻轻一撮就给撮起来了？不由引起好奇之心，眼看着他把那块碓石，给搬到对面便道上一家已经关闭的粮店门口，才转身回来。看他脸上的气不涌出，面不更色，笑嘻嘻地往那里一站。英二端着一个空酒盅，不住上下这么一打量。

卖酒的毫不理会地微然一笑道："您酒够了吧？我可要收了。"连说了两遍，英二都没有理会。卖酒的提高嗓音道："您不喝，我可要收了。"

英二这才醒过味儿来，连忙点点头道："今天不喝了。你这个酒真好，你是天天摆吗？"

卖酒的道："每天准摆，风雨无阻。"

英二道："你摆了有多少日子？怎么先前我会没有看见过你？"

卖酒的道："我摆的日子不多，拢共还不到一个月。"

英二道："噢，这就对了。我听你说话，不像咱们本地人，你是什么地方的人？"

卖酒的道："我原不是北京人，我是山东登州府的人，因为今年年成不好，家里不好混，才来到本地来找我一个亲戚，没有想到，亲戚也没找着，没有法子，才把带来的盘费，置了这么一份家具，做这么个小买卖，也无非混两顿饭吃。没别的，就请您多给约会几位朋友，每天多照顾二斤酒，我就吃了饱饭。"

英二道："没错儿，没错儿，只要你这酒，老能这个样儿，我必要多约几位朋友来捧你。"说完话把酒钱付过，彼此说了一句明天见，英二回家。

来到家里，越想这个卖酒的越怪，一个山东人，跑到北京城里来，摆这么一个小酒车子，一天能够赚多少钱，虽说找亲戚没找着，干这么一个行当，也不能就算是长事。看来这个人，绝不是什么卖

23

酒的，这里头还不定有什么事，别忙，一天去一趟留上心，必能够考察出他是个干什么的来。

第二天一清早就起来了，按着每天总要提着鸟笼子，到城外头去绕个弯，因为今天要看卖酒的到底是怎么一个人物，连城也没出，弯儿也不绕，出门一直就奔平则门大街。来到那里一看，车子早就摆上了，心里又是一怔，怎么这么早他就来了？这是什么时候来的？再一看那块碓石早就搁好。

英二往前走着，卖酒的已经看见，便赶紧从碓石上站了起来笑着道："您真早啊！"

英二道："不早了，你比我早。真格的，你这酒真好，又甜，又香，又不上脑袋。我喝酒，有个毛病，一天是三遍酒，一出被窝，就得喝一遍，吃饭的前头喝一遍，临睡觉还得喝一遍。昨天喝完你这个酒，临睡那一遍，就没有喝，可见得你这个力量是大。可是今天一早一醒，仿佛就有点缺酒似的，所以赶紧就到了你这里，还怕你没摆，没想到你倒早摆上了。米，来，来，先给我来四两，切六个钱的牛肉。"

卖酒的微微一笑道："您喝吧，我摆得最早，您什么时候来，我这里都可以喝。不过有一样，我这里连个座儿都没有，未免有点屈尊您，来，您坐着这块石头喝吧。"说着站了起来。

英二也不谦让，便老老实实地坐了下来，就着牛肉，喝了足有一斤多酒，喝完之后，把酒钱付过，出城练功。等到跟头天时候差不多，又到了那个酒摊子上，依然又是一斤多酒，喝完了可不走，站在那里找话说。

卖酒的道："大爷，我不敢跟您多说话，我又得收了，晚了我可出不去城。"

英二道："怎么你住在城外吗?"

卖酒的道："可不是，我就住在一出平则门过弯桥不远，驴市口里头二合小店。"

英二道："那你可快走吧，回头晚了，真出不去城，那就麻烦了。"

卖酒的答应一声，把碓石还是照样儿撮起，给还了回去，收拾收拾车子上的东西，推起车子，又说了一句"明天见"，便往西而去。英二在道儿上想着，这简直是怪事，谁家卖酒能够那么早就摆了？这个人分明不是卖酒的，这非要留心到底看看他是个干什么的。

回家就睡觉，天还没有亮，赶紧起来，穿上衣裳就往外跑，来到外头一看，街上黑得和一片漆一样，连一个人影都看不见，自己也觉得可笑，这真是为什么事许的愿？摸着黑，深一脚浅一脚，来到大和堂对门一看，这一惊可非同小可。只见那个酒车子已然摆在那里，不然也看不了那么真，只因在那个车把上挂着一个纸灯笼，上头还有四个字，是"黄记高酒"，卖酒的坐在石头上正在冲盹。心想这个时候，城门还没有开，过去问问他，听他还说什么。

过去轻轻一扶卖酒的肩膀，卖酒的睁开眼，满脸带笑道："哟！大爷您今天更早了。"

英二道："你说我早，我还是来到你后头了。你不是说你住在城外头吗？怎么这么早就来了？你怎么进的城？"

卖酒的叹了一口气道："嘻！您别提了，昨天净顾跟您说话了，到了城门口，晚了一步，城门才关，我赔了多少小心，跟他们管城的，说了多少好话，请他们把城门开一个小缝，让我过去，说了半天，算是白说，还给了我一鞭子。我没有法子，只好再回到这里来，坐一夜再说吧。"

英二道："这倒怪我耽误了你。"

卖酒的道："不，不，这也是赶巧了。可是您今儿怎么这么早啊？"

英二道："还说呢，都是你这酒闹的。回家之后，饭也没吃下去，睡下去没多大工夫，肚子一饿，又醒了，家里也没什么可吃的，因此才来到街上，打算找一个什么卖硬面饽饽的，弄点什么吃。从老远看着这边有灯，我还以为是个卖油炸糕的呢，谁知道还是你。得，我也不找旁的吃食了，你给我多切一点儿牛肉，我再喝二两，搪搪饥，我再回家睡觉去。"

卖酒的一笑，也不往下再说什么，拿起酒樽子给打了一碗酒，又给切了不少牛肉，往英二面前一送道："大爷您吃着，您可少喝，空心肚喝酒可不是闹着玩的。"

英二喝着酒，听了听，才打三更，也不好再往下问什么，给了酒钱，回到家里，告诉家里人，到城外头给徒弟们送信，就说今天有事，不去教功了。足足睡了一天，又顶到每天那个时候，这才溜溜达达勾奔平则门大街，来到酒车子那里，彼此一点头。英二道："给我先来四两。"卖酒的把酒打好，英二刚要喝，只见酒友成博臣，还同了两位朋友，全都来到。

成博臣一见英二道："二哥，您喝了吗？这里酒怎么样？"

英二连连点头道："不错，真好！我从咱们哥儿两个见面之后，我就天天在这里喝，哪一顿也没离开这里。怎么着？您几位也要喝点吗？来，来，来，咱们一块儿喝会子。"

成博臣摇头道："不，不，他这里酒倒是不错，就是有一样儿，连个座儿都没有。再者喝完了，他这里也没什么吃的，我想在他这里打点酒到铡刀居喝去，铡刀居新来的这个灶上，手艺挺不坏，我想喝完了，弄他两个小菜儿，吃几碗烂肉面，倒不错。干脆，您也跟我们一块儿，咱们到那里喝去。"

英二低头一想，正合适，便点点头道："好吧，可是有一样儿，今天这个东儿，可得算是我的。"

成博臣笑道："什么我的您的，咱们谁和谁？吃完了再说，怎么着都行。"说着话一回手，递过一个小酒坛子来。

卖酒的一见，喝了一声道："您怎么拿这么大家伙儿？要给您打满了，我这里就不用卖了。"

成博臣道："有本儿开饭店，不怕大肚儿汉，你卖给谁不是卖？多了我们也喝不了，你给我们打上十斤，你这里牛肉也不坏，给我们来它一斤肥的。"说着把酒坛子递了过去，卖酒的把酒打好，切了牛肉，递给成博臣，成博臣把钱付过，大家便往西走去。

铡刀居就在平则门大街离着城门没有多远，进了铡刀居，成博臣就要奔后堂，英二道："大哥，咱们就坐在前边吧，前边也亮爽，又得风。"

成博臣道："什么地方都成，二哥你们几位想菜。"

英二道："咱们干脆随便要两个酒菜，咱们喝完了，好吃烂肉面。"于是成博臣要了两个菜，大家吃着喝着，英二可不住往外头看。

成博臣道："二哥您有什么事吗？"

英二忙道："没事，没事，我要瞧瞧赶城的。"

刚喝了没有几盅，就听铡刀居门外头有小车子声响，跟着就听有人说："掌柜的，您告诉伙计一声儿，给我照一眼车子，我好吃饭。"

英二一听，说话的这个人仿佛很耳熟，接着帘子一起，从外头进来一人，英二眼快，一看正是那个卖酒的。卖酒的也看见英二了，便笑着一点头道："大爷您在这里吃饭哪。"

英二道："可不是，怎么你也到这里来了？"

卖酒的道："不瞒您说，城里城外，虽然差不了多少道儿，可差远了，一出平则门，您再打算吃点什么，又贵又不得味儿。今天时候还早，我想在这里吃点什么，省得回头出城再麻烦去。"

英二道："来吧，咱们一块儿吧，今天算我请客。"

卖酒的摇头一笑道："不，不，您几位请吧，我一个粗人，跟您坐不到一块儿，没的倒搅了您几位的清兴。您请吧。"

英二道："既是不愿意跟我们坐在一块儿，你那边吃，吃完了你走你的，这个东儿算是我的。"

卖酒的又是一笑道："那么着我先谢谢您。"说着就在旁边一个座儿上坐了。跑堂的过来问要什么，卖酒的道："我听说你们这里烂肉面不错，我就吃烂肉面吧。一碗有多大分量？"

跑堂的道："中碗四两，大碗半斤。"

卖酒的一皱眉道："怎么大碗的才盛半斤？还有再大点碗的没

有了?"

跑堂的道："说半斤足够十两，加上佐料，足够十二两，寻常人吃，就是两碗，您饭量大，多给您要一碗，吃不了剩下是我们的，不够再找补，您瞧好不好?"

卖酒的一摇头道："不成，不成，差得多。你先给我来他二十碗面，不够我再搭补别的。"

跑堂的一听，这叫邪事，不用说，这小子听说有人会账，他打算一顿把八顿的都吃下。便笑了一笑道："无论如何您可也吃不了，要是一碗两碗，我们还能旁卖，要剩下那么些，可退不了，您先少要几个吧!"

卖酒的陡然把眼一瞪道："我跟你一块儿吃过饭吗? 你怎么就知道我吃不了? 还告诉你，别不放心，你怕吃完了不给钱，那边还有给你钱的主儿哪。既是有本儿开饭店，就不能怕大肚儿汉，卖给谁不是卖?"

卖酒的说话声音不小，英二听得明明白白，心说这倒不错，刚听了这么两句俏皮话儿，这么会儿他就使上了。心里也疑惑他要得太多，可是知道他绝不是卖酒的，便想看看他到底怎么一回事。赶紧答话道："他要多少，给他来多少，吃不了算我的。"

跑堂赶紧赔笑道："英大爷，您别错疑，有您没您，我们也不能说不卖，不过准知道人家吃不了，要不告诉人家，那不是买卖规矩，既是一定非这么要不可，我们还能怕卖吗?"

这么个工夫，偏巧掌柜的听见了，心里也有气，挺大的人，人家跟他说好话他不懂，明摆着这叫拿人家钱不当钱，便忍住气笑着向卖酒的道："您别着急，伙计不会说话，叫他赶紧给您要。您只要把这二十碗烂肉面全吃了，今天连英二爷的账，都归柜上会了。"

卖酒的听了哈哈一笑道："人家都说北京城皇上眼皮底下好混，今天一看，一点儿都不假，没有想到，一个人吃饭，会有八个人抢着会账，早要知道我早就到这里来吃饭了。既那么着，快点给我来，时候一大，二十碗可又不够了!"

伙计一赌气，就喊出来了："大碗烂肉面二十碗，要偏肥呀！"

灶上答应一声，勺铲齐响，工夫不大，伙计把面就端来了。英二一看，比往常自己吃的那路大碗，又加大了一号，平着碗一碗面，堆着尖儿足有半斤来的肥肉，不由暗道一声："好损！"不用说二十碗，谁要能吃三碗，这个肚子就叫可以。

伙计把二十碗面全都给上好了，足足摆了一桌子，卖酒的一见道："哟！怎么这么大的碗呀！"掌柜的一听，心里就踏实了一半。接着又听卖酒的道："人家都说北京城说大话使小钱，茶叶铺的秤，说一斤，连四两也没有，先还以为糟践北京人哪，今天一见，一点儿不假，这个稀汤带水，搁这么几块糟不唧的走油肉怔给起小名儿，叫十二两的烂肉面，真可冤苦了我了！"

掌柜的一听，大肚子差点儿没气破了，心说你不用冒大气，回头你吃不下去咱们再说，我今天要让你整着走出铡刀居，我姓你的姓！这时英二、成博臣同着几位朋友，还有几起饭座儿，也顾不得喝酒了，也顾不得吃饭了，连掌柜的带伙计、头灶二灶、面案儿上的，全都跑出来了，一看那张桌儿上都成了面山了，热气腾腾，肉香四溢，不由全都发怔。

又听那个卖酒的哈哈一笑道："又听人说北京城好过，不怕挣多少钱，都能对付，要照这样，敢情能对付，杀起裤腰带来过日子，八天得不着一个饱，一顿饭吃上三条面，还有人笑话，说是饭桶大茶罐，能吃不能干，对得起朋友，对不起自己，这绝乎是人物字号哪。咱是粗人，不懂这么些过节连至亲好友抛开，得先对得起自己肚子。也别让人家太笑话，今天先对付一顿吧，谁让今天开穷要吃馆子呢！"说着话把筷子拿起来了，一伸手端起一碗面，向英二一捧道："大爷我先偏了！"英二刚要找一句什么客气话跟他让下子，只见他把面一挑，往嘴边一送，哧喽一声，连嚼都没看见他嚼，一吧嗒嘴，连汤带面，碗里连个影儿都没有了。看的主儿不约而同齐声喊了一个："哟！"第一碗完了，把空碗往旁边一搁，又拿起第二碗，又是一端一送哧喽一声，一直吃到十八碗。看的主儿，眼都直了，有的直摩挲自己的肚子，有的直打饱嗝儿，一个嗝儿没打完，再看那两碗面早又干净了。把二十个空碗一摞，冲着跑堂儿的一点手，跑堂的头发根直往起立，提心吊胆站在桌子那边，两眼发直，张着嘴出不来声儿。

卖酒的又微微一笑道："你告诉你们掌柜的，做买卖是将本图利，可不准赚昧心钱，一碗面是多少分量，告诉人家多少分量，不许瞪着眼睛讹人。这今天是我，饭量不大，倘或遇见大饭量的人，听了你们的话，岂不让人家受屈。还有一节，刚才这位大爷说要会我的账，我以为什么烂肉面呢，就是这个玩意儿，也值不了几个大钱，我可不扰了，该多少钱，我给多少钱。算，一共多少钱？"

跑堂的全傻了，哪里还算得上账来，两只眼看着那摞碗，两只手扶着桌子，两条腿止不住哆嗦。掌柜的赶紧答话道："大爷，今天柜上候了！"

卖酒的呸地啐了一口道："呸！你别拉着象鼻子往你脸上安了！我认得你是谁？你凭什么会我的账？你太看不起我们乡下人了！"说着话，一撩他那件短大褂，一伸手从腰里摸出一锭足有十两的小元宝来，铛地往柜上一扔道："算算这个够不够？"掌柜的拿起那个元宝，也不敢说什么了，赶紧开柜找钱。卖酒的又拿了一锭小的往跑堂的面前一扔道："小二，这个是给你的！"说着又把零钱拿起，回头向英二一弯腰道："大爷，偏您饭，咱们明天见吧。"说完一掀帘子便大踏步儿走了出去。

掌柜的一伸舌头道："我的妈呀！这个是人吗？"

跑堂的道："我想他不是有邪的歪的，反正就是有障眼法儿，这二十碗面，搁在盆里都有个堆堆儿，不用说是搁在肚子里头。"

成博臣向英二道："二哥，您说这事邪不邪？据我瞧看，可不是正道儿。"

英二才要答言，帘子一响跑进一个人来。英二一看，正是自己的徒弟松福，便问道："什么事？"

松福道："家里现在有人等您，有要紧的事，师娘请您赶紧

30

回去。"

英二道："知道了，你先回去，我这就走。"松福走了，英二向成博臣道："不知家里有什么事，我得赶紧回去。今天这个酒也搅了，咱们明天，还是这里，我今天可不陪您几位了。"

成博臣道："您请吧！"

英二赶紧往家里走，刚走到胡同口，只见松福又迎出来道："师父您快走几步吧，人家都等急了。"

英二道："什么人找我这么急？"

松福道："厅儿上的达老爷（即现在之警察派出官吏）。"

英二一听，不敢怠慢，赶紧跑到家里。这位达老爷单名一个寿字，号叫荫轩，也算是本地面儿一个角儿。当下英二一见达寿道："嗬！大哥，让您受等。"

达寿道："没事，没事，跟您打听一点儿闲事。"

英二道："有什么话您说吧。"

达寿道："提起来也不是什么要紧的事，昨天提督衙门王壁王老爷找了我一趟，给我引见一个朋友，是山东来的一个番子手，坠下一件案子来。听说正点儿落在咱们城里头了，王老爷说我眼皮杂啊，问问我见着什么异样人没有。不瞒二哥说，兄弟我没出息，自从弄上那么一口子嗜好，简直什么地方都懒得动，差不离的干脆说什么都不知道。其实不知道也不要紧，他这一个海里摸锅的事儿，有算着，没有他也说不上什么来，不过倘若咱们能够知道点儿底，从咱们这里把案子给破了，可也是个体面。我想咱们这一溜儿，就得属二哥您眼皮儿宽，故此我上您这里来打听打听，有更好，没有也没什么。您想咱们这边有什么出奇另样扎眼的人没有？"

英二一听，心里一动，便笑着道："大哥您又拿我开心了，我可该罚您。您在咱们这块地，也不是我捧您，您得算咱们这边一张地理图，您还有什么不知道的！就拿您办小白鞋张大妞儿、滚刀筋普四那两档子说，那真得说是，直到如今，谁不说您办得漂亮，怎么您今天跟我玩起这手儿来了？大哥咱们是什么交情？您怎么拿冷字考我？这个可是您的不对！"

达寿听了做个鬼脸道："二哥您现在钢口儿（注，口齿也）更老了，别价，我可真是实意儿候，那么一来，我可什么也不往下说啦。"

英二见他一点儿虚假没有，这才说道："您不是说到这里吗？我这两天倒是瞧着有点眼生，可是也没瞧出所以然来，不过可是有点不照（注，形迹可疑也），我告诉您，你可以钉一水（注，加以侦查也）。"

达寿急问道："谁？"

英二道："提起这个人来，您也许有耳闻。大和堂对过儿有个卖烧刀子（注，酒也）的，您耳朵里有这个人没有？"

达寿一笑道："这碍着人家卖酒的什么事了？"

英二道："皆因我瞧着他不像卖酒的。"遂把连日所见所闻从头说了一遍。

达寿道："真的吗？在我眼皮底下，怎么我连一点儿影儿都不知道？走，咱们瞧瞧去！"说着话站起来就要往外走。

英二道："大哥，您先慢着，这个事不是这么急的。这个人究竟是怎么一路人，我可不摸底，不过我揣测着有点不实不尽，要依我说，咱们再靠他一两天，看准了是那么回事，咱们也告诉人家正办，叫他自己对光儿下手（注，见面逮捕也），办着了咱们也不结仇，办滋了也没咱们的事，您瞧好不好？"

达寿一笑道："还是二哥您沉得住气，要照这么说，我可还有高的，您瞧怎么样？"说着话一附英二耳朵。

英二连连点头道："那更好了，就那么办，咱们是明天那里见。"达寿答应告辞。

第二天，英二一清早起来，先奔城外，教完了功，把徒弟叫到一块儿，告诉他们全都一齐进城。路上英二又告诉了徒弟们一片话，徒弟们全都答应。英二带着这些徒弟，一直来到平则门大街，到了酒车子那里，一看已有几个人在那里喝酒，英二便装作没有这回事，向卖酒的道："掌柜的，我今天可给你约了酒友儿来了，你就挨着个儿给他们打吧！"

卖酒的一见，先是一怔，跟着一笑道："劳您驾，不瞒您说，今天还真巧，我正多带了一坛儿，您来吧！"说着话，毫不在意地便挨着个儿给打起酒来。这些徒弟们，本来都能喝大酒，今天师父请客，酒又好，喝吧，左一碗，右一碗，这个刚打满了，那个又喝完了。

大家正在喝得兴高采烈，只听圈子外头，有人说话："躲开点儿，我们再喝两壶！"说话的声音，仿佛舌头都透着短了，外带着是酒气冲天，大家一回头，从圈子外头挤进两个人来。只见前头走的一个，身高在六尺上下，眯缝着两只眼，瘪太阳，蹙腮帮，一脸烟气，连一点儿精神都没有，穿的是灰色市布大褂、青坎肩，腰里系根凉带，歪扛着一顶一把抓（注，便帽也）。后头跟着这位，身高不过在四尺，小脑袋，小脸庞，小圆眼睛，可特别透着有神，两撇小黑胡子，一张小薄片子嘴，头戴一顶缎小帽，身穿一件雪白山东绸的大褂，手里还提着一个小包袱。两个人全都是醉乜眼斜，一伸手就奔那酒坛子。

卖酒的更不怠慢，一伸手就把两个人胳膊全都截住满脸赔着笑道："二位干什么？"

穿灰色大褂的把眼一横道："喝酒，干什么！"

卖酒的道："喝酒，您别忙，我给您打。"

穿灰色大褂的道："你打的酒我喝着不香，我要自己打。"

卖酒的仍然笑道："按说我们卖酒可没这个规矩，不过您既要自己打这个也没什么，给您樽子，您可留神，别打酒了，溅在别人身上，回头卖酒的可就落了包涵了。"

穿灰色大褂的把樽子一伸手就给夺了过来，那个穿白的伸手就揭酒樽子盖儿，卖酒的一个没有拦住，穿灰的已然把樽子放了进去，腾的一声，酒花四溅，一樽子酒满满地舀了出来。卖酒的才喊一声："给您酒碗。"穿灰的一抬手，一扬脖，咕咚就是一口酒。

卖酒的还没说出什么，英二早已抢进一步道："嘿！你是哪里来的？这个酒不是你一个人包的，你拿嘴就着樽子喝，别人还喝不喝了？酒喝在人肚子里，你懂人事不懂？"

卖酒的赶紧拦道："大爷您不用生气，今天您不用喝了，明天您再喝来吧，一个喝酒，什么地方不是喝，犯不上跑到这里怄气，您想是不是？"

英二一句话还没有说出来，那个穿灰的把樽子里还没有喝完的酒一翻手，唰的一声，照着英二兜头泼去。英二一个没闪开，满头满脸，全都是酒。英二用衣裳襟，一摩挲脸，进半步就把穿灰的大褂揪住了，狂喊一声："好小子，你找死吧，你是撞见什么邪的歪的了？你也不打听打听英二爷是个什么人物，你以疯撒邪，借酒充浑，你喝醉了，怎么不跟你爸爸爷爷横去，跑这里装孙子来了！今天我要给你醒醒酒！"说着话上左脚，手往怀里一拽，右脚横着一别，喊道一声："躺下吧，小子！"穿灰的倒也听话，扑咚一声，便摔倒在地。

英二哈哈一笑道："这一来你酒大半醒了吧。"一句话还没说完，脑后生风，唰的一声就到了。英二也是练家子，就知道后头有人暗算，赶紧坐腰一低头，上头拳就让过去了。急忙一转身，正脸一看，正是那个穿白的，便益发大怒道："你这个老小子，又是从什么地方钻出来的？怎么一声儿不言语，背地使冷拳，你装的什么怔葱！"

穿白的比穿灰的敢情醉得更厉害，摇头晃脑身歪体斜，卷着舌头乜着眼道："我……是……卖酒……的……爸爸欺负人……别……走！"一溜歪斜两只拳头颤颤巍巍就奔英二胸口捣去，英二两手一拢穿白的两只手喊一声："你也躺下吧，老小子！"

这时候看热闹的人已然很多了，围得是里外三层，方才英二摔那个穿灰的，大家要叫好没有叫出来，就赶上穿白的在后头暗算，如今一看这个式子，穿白的是准得躺下，便全都鼓足一肚子气，预备叫好。只见英二往里一带穿白的双手，穿白的往前一抢，就跟英二撞在了一起。英二原想往里一带，往外一甩，一撒身就可把穿白的带倒，哪知往里一带，人家倒是跟进来了，及至打算往外一甩，纹丝儿没动，才一着急，打算把双手分开，哪知身不由己，就觉得自己揪人的两只手，仿佛粘在什么胶上漆上一样，打算分开，却已不能。才要说声不好，穿白的只把双手就势往里一送，正杵在英二肚子上，英二就觉得一股凉气，往上一冲，当时四肢无力，连想动弹，都是难事。

穿白的哈哈一笑道："我当着你是个什么人物呢，敢情就是嘴把式，能说不能练哪，别给人家练武的丢人了。小子，我……告诉你……别说就……是你这么一个……糟豆腐做的，这爷们也不是吹……咱们也曾一天一夜杀过七十二个……你要不服我……你可以……找……我……去……"说着话晃晃悠悠就奔了地下躺着的那个穿灰的，一伸手就给扯了起来道："走……咱们别处喝去……他……们欺生。"说着话扶着那个穿灰的就要走。

卖酒的一纵身就把去路挡住，却仍然满脸带笑道："老头儿您先别走。"

穿白的道："老头儿，我又不玩火球儿，不走？不走谁给房钱？"

卖酒的道："老头儿您别净顾了打哈哈，我的酒也脏了，主顾也搅了，您还把那位大爷也给制在这里了，您走不要紧，回头我还得打一场人命官司。这么办，我当着众位，练一手小玩意儿，您要也照样练得上来，您同着您的朋友，走您的，这场官司我打了。如果您练不上来，也没别的说的，您把那位大爷给救过来，也不让您为难，酒账算我请了，您瞧好不好？"

穿白的哈哈一笑道："怎么着你还会练玩意儿？那么咱们就开开眼不嘛。你练的玩意儿，我要练不了，不但把那个小子救过来，我还要当着这一堆人，跪倒磕头，拜你为师。如果你要练得上来，我也练得上来，什么话也没有，豁你一个便宜，我收你当我一个大头儿子，你愿意不愿意？"

卖酒的道："您别取笑，您要也练得上来，我也情愿拜您为师。"

穿白的又一笑道："也好，那么你先练吧。"

卖酒的道："我练的是个笨玩意儿。"说着用手一指车旁那块大碰石道："我就拿它练个玩意儿。"

穿白的道："得了，得了，你不过能够把他扛起来，前走三步，后退五步，要是这个功夫，干脆不用练了，我有那个闲心，还要看狗熊的去哪。"

卖酒的笑道："我练的可不是那个玩意儿，可也比这个差不了多少。您瞧见这块碰石了没有？足有二尺五六高矮，我要立着手掌，从上头把它劈了下去，不许歪，不许斜，不许把旁边震碎，要通长到底，一掌把它劈开，不怕横着一崩一裂，就算这手儿玩意儿没练到家，不用您说，我就给您磕头拜您为师。外带着还说一句狂话，不但是您，在场的众位，不拘哪位，只要能够练得上来，或是有比我还惊奇的本事，当场露一下子，我只要练不上来，我也照样拜他为师。话不在多，众位上眼，您就瞧这一下子。"

说着话一捋袖面，露出胳膊，"骑马蹲裆"式站好，胸脯一腆，手掌一挫，胳膊往起一抡，平平正正就照着碰石当中切去，只听喳的一声响，那块石头竟自劈成两开，笔周笔正，连一点儿灰渣儿都没见，真比锯的还齐。大家一见，不由齐喝了一声好。卖酒的把石头劈完，向那穿白的道："献丑！献丑！"

穿白的微微一笑道："不坏，不坏，要讲'劈麻掌'，果然得算高的了。"

卖酒的一听，不由就是一怔，跟着一凝神道："老爷子，该瞧您的了。"

穿白的微微又是一笑道："你这手儿已然练得不错了，我要是过去一掌把它劈开，也不道和你一样，也分不出谁高谁低，也分不出谁是师父谁是徒弟，你还有什么新鲜玩意儿没有？你再练一手儿，果然我要练不了，准保当时拜你为师。"

卖酒的摇头道："老爷子，别说我不会什么别的玩意儿，即使我再练出别的玩意儿，您要还是这么说，那还是比不出高低来。要依我说，您先把这一手儿也练一下子，果然跟我一样，我再练旁的，您瞧怎么样？"

穿白的道："这话说得也有理，不过这块石头，已经两半，我要再劈，就剩了一半儿了，即使我把它劈开，你说我的玩意儿练得不如你，那我也没有法子证实不是。我可有个主意，现在咱们两块分碎的石头，放在一处，我要横着一掌，还要把它劈得通上到下，劈完之后，咱们再练旁的，你瞧好不好？"

卖酒的道："也好，也好，请您就劈吧。"

穿白的一伸手把两块劈开的石头，又并在一起，也不捋胳膊挽袖子，也不做什么式子，照准石头，提起右掌，往下就劈，嘴里喊声："开！"看热闹的准知道这块两半的比整的还难开，因为整的是一股劲，两半的得有两股劲探着身子往里看，都预备着这一掌劈下去，加着劲儿来一嗓子好儿。谁知穿白的一掌下去，那块石头不用说没开，连纹丝儿都没动，大家不由一阵畅笑。

卖酒的道："老爷子，您倒是使点劲哪，这是石头，不是豆腐，您得使劲劈，净使眼瞪它可瞪不开。您再来一个二回，只要您能够把它劈开，还算没高没低，您再来一下子。"

穿白的一摇头道："不对，不对，这是这块地不好，不然绝不能劈不开，你给我把它另挪个地方行不行？"

卖酒的点头道："也许，也许，我给您挪个地方。"说着话，两手过去一撮那块石头，不但卖酒的，就是看热闹的，全都瞪眼发怔。原来那块碓石，在一尺以下，已然腰断两截，亚似刀斩斧削。正在一怔，穿白的过去一脚，照着那下半截碓石一扫，仿佛起了一道白烟，原来那下半截碓石，已然成了碎粉。看热闹的伸着舌头瞪着眼，爽得把叫好儿全忘了。再看卖酒的脸上颜色陡然一变，过去就要跪倒行礼。

穿白的一把拦住道："不用，不用，这里不是说话的地方，咱们找地方再细说吧。这块碓石是谁家的？赶紧给人家把钱送去，让人家自己去买，办完之后，你到王府仓英二爷家里来找我。"

穿白的一提到这里，卖酒的这才想起，旁边还站着一位受制的主顾呢，回头一看，更是大大吓了一跳，那位主顾，不知什么时候，已然能够自己活动，并且已然和那个穿灰的两个人正在交头接耳地说话呢。心里好生怀疑，也不好细问，遂赶紧答应道："是，是，您先请一步，我随后就到。"

看热闹的人，也不知道怎么回事，一看没有热闹了，便也全都散去。卖酒的找到看粮食店的，把碓石钱给了人家，找地方把车子存了起来，这才来到王府仓。

刚一进胡同，就看见英二正在门口等着，一见面便笑嘻嘻地道："来了，请里边说话吧。"

卖酒的道："我还没请教您怎么称呼哪。"

英二道："不敢，不敢，英小亭。真格的，您怎么称呼啊？"

卖酒的道："我姓黄，单名一个华字。我再请问您一句，刚才那位穿白的是不是姓方？"

英二道："不错，不错，我还就知道他姓方，您怎么跟他认识？"

黄华道："我们原是素识，不过多年没有见面了。"

英二道："那就是了。"

随说随走，已然进到院里。英二一掀帘子，黄华一见那个穿白衣裳的，赶紧跪下就磕头道："不知是师叔到了，刚才实在无礼。"

穿白的笑道："你怎么知道我是你的师叔？"

黄华道："侄儿从前跟师父学艺时候，师父跟我说过，他老人家师兄弟一共三位，他老人家居长，二师叔姓韦，也还见过，唯有三师叔您我没见过。临出来时候，我师父和我说，练武的不能离开江湖，难免有为难着窄之处，如果将来遇见了什么搔头之事，可以找师叔和师兄弟帮忙。我问师父，三师叔我就没有见过面，将来遇见怎么能够知道？我师父说三师叔最好认，无论冬夏，总是穿白，得意的兵刃，是一对护手双钩，并且身怀绝技，名叫'千斤坠'，无论是人是东西，打上内伤外不伤。方才我一看您穿白，我就有点疑心，又看您使出绝技，我才知道师叔您到了，只不知你老人家是闲游此地，还是特意来的？"

才说到这里，英二道："您爷儿两位，咱们这里还有一位朋友

38

哪，来，来，我也给黄爷见见。"说着话一指那个穿灰的道："这位是我们这里厅上的达老爷。"

达老爷赶紧抱拳，连说："不敢，不敢。真格的，方爷，咱们哥儿两个，虽然见过两次面，我还没领教您台甫怎么称呼哪。"

穿白的一笑道："您要问我我没号，双名字我叫振玉。"

达老爷才说了半句："您就是……"英二早抢过去道："您是不是徐州府云龙山白芋岭方家集的青眼豹子方二爷？"

方振玉微然一怔道："不错，我正是徐州云龙山的人，只不知您何以知道这么清楚？"

英二道："得了，方老师。人的名儿，树的影儿，您别瞧我没什么，我的阔手朋友，可认识不少。我提一个朋友，您一定知道，砀山县佟洪佟声远您认得不认得？"

方振玉道："那我怎么不认得，我们都是一块儿土长大的，您跟他又是怎么个认识？"

英二道："那可不是外人，那是我口盟的把兄弟，一个座儿的大爷。"

方振玉道："这样一说，那可实在不是外人了，咱们可得多亲近亲近。"

乱过一阵，大家落座。黄华向方振玉道："师叔您是从北京逛来了，还是有事来了？"

方振玉道："你还问我哪，我就是为你来的。我因为好几年没有见你师父，前些日子，抽工夫去看了他一趟。他说他也不是听谁说，你在山东当了番子头儿，他心里挺不高兴，又听人说，就在你管的地面儿上出了一件大案子，伤了有好几十条人命，正点儿走到北京来了。听说你也跟到这里，他不放心，可又离不开，托我到北京走一趟打听打听，我才来到这里。北京城我虽然来过，可是已经好些年前的话了，如今人生面不熟，跟你又没见过面，叫我可怎么找你。我一想你既是落在此地，必要改个样儿遮掩身子，我才找了几个老朋友跟他们打听，城里头有什么出奇另样可疑的人没有，磕头碰脑，

39

足找了有半个多月。昨天托到这位达老爷这块儿，才听说有你这么一个人，我还不以为一定是你，今天约了达老爷英二爷帮忙，到那里探探，没想到还真让我给蒙着了。"

黄华道："这就对了，不用说刚才您点英二老爷子那下子穴，八成儿也是活局子吧？"

方振玉道："不是活局子，还真让人家为咱们受点伤！"

英二道："得了，方老爷，活局子？这下子都够瞧的！您刚才点我那下儿，到如今还有点麻不唧的哪！"

大家一听，全都哈哈一笑。方振玉道："那么你来了这么些天，可有什么眉目没有？"

黄华道："头绪倒是有了，正点儿也对了光儿（见面），就是一样，我人单势孤，我没敢动。"

方振玉道："正点儿落在什么地方？"

黄华道："离这里不远，四牌楼底下广福楼在那里卖肉哪。"

英二急问道："什么？广福楼卖肉的？是不是那个装熊卖肉的黑胖子？"

黄华道："不是他是谁？"

英二摇头道："这可真瞧不出来，就凭他那份又粗又胖，他能干那个，我可真有点不信。"

达老爷接过来道："这回您可输了眼了。"

英二道："我输了一个，倒是让我一个，不像您吃着官面儿的饭，正点儿原办都得来在您的地面儿，您连点影儿都不知道，未免比我还显着差劲。"

达老爷道："得了，英二爷，您不知道我这个差使，就是马勺儿上的苍蝇，混饭虫吗？"说着一伸懒腰打了一个哈欠，赶紧又憋住道，"你们几位先谈着，我刚出来时候，厅儿上还搁着一个送忤逆的还没办呢，我去办了就来，你们几位可等着我，咱们同福居吃锅贴去。"说着一弯腰，起身而去。

英二笑道："你瞧这块骨头，这么会儿没过瘾，鼻涕眼泪都下来了，还拿着饷银当兵哪，简直成了废物蛋了！"

方振玉道："皇上脚跟儿底下，太太平平的，这就是造化。"

黄华道："师叔，还是说咱们的吧，您既来到此地，无论如何，也得帮我一下子，这些天我急得连觉都没能睡。"

英二道："这话我信，连着三夜，您都摆的是夜摊嘛。"黄华一笑。

方振玉道："海捕文书，你带来了没有？"

黄华道："带倒是带来了，我可不想递，一个拿滋了，本地他再留下案，这个地方那更不好办了。我想有您在这里，咱们爷儿两个对付他一个人，也许不至于闹手了。"

方振玉道："你的话可别说大了，他可不是省油灯。"

黄华道："您已然知道是谁了吗？"

方振玉道："有人比你还清楚呢，要依你师父说，这个人是个正派人，这回他干的这一手儿，虽然辣一点儿，可也不算太过，叫我到京里，找着你，赶紧回去，差事辞不辞都没什么，反正不用干了，这回事让你也别管。不过我想久闻这人的名，没有见过面，无妨会他一会儿，即使我们能赢他，也不能把他怎么样，不过可以让他自己想法子，把这件了完，把你择清，也就到头了。据我看，咱们两个，也未必准能把他怎么样，咱们预备好了，明天十三，大后天十五，他们过节，白天累一天，咱们晚上去。咱们爷儿两个，相好地势，一个在上头，一个在下头，两下夹攻，给他个措手不及，也许能够得手。可是千万别大意，这个家伙可手黑，一个不好，咱们再挂了彩，那可就不好办了。"

英二在旁边屪着道："方老师，您说的这个人这么横，您能告诉我他叫什么吗？"

方振玉道："这个没什么，这个人叫崔谦，山东人，在四川大竹山草山寺学的艺，学的八卦正宗，内外两功，全都不软，江湖人称他叫铁龙头崔胖儿，实在是一条汉子。"

英二道："可惜，这样朋友咱们无缘深交，我明天跟着去看看行

41

不行？"

方振玉道："那可不行，这不是闹着玩的事，一个失神，性命相关，无论如何，您可也别去。我们事情要顺手，也许把他同来跟您见下子面儿，我们要是不得手，就坠下他去，那咱们是将来再见了。"

说完在英二家里住了两天，第三天八月十五，方振玉和黄华白天出去看了看道，爷儿两个商量好了，到了晚上，来到广福楼，黄华在上面，方振玉在下头，不知道崔谦已有准备，一时大意，崔谦从后海用"分波纵"走了，黄华还受了伤。

方振玉扶着黄华，一步一步往回走，将将走到定府大街，只见迎面来了一个人，一见黄方二人，赶紧站住，口称："二位可是方大爷、黄大爷？这里有一个字条，是前边有个人托我给您二位送来的，说您二位一看，就明白了。"方振玉接过来一看，是一张豆儿纸，上头歪七扭八写着几行字。

不看还好，一看时，有分教：

　　白鹿洞畔平添几只生龙活虎，锦鸡坡前了却一窝黠鼠贪狼。

正是：

　　不学读书学磨剑，铲尽不平造康庄。

要知纸上写的什么，且听下回分解。

第三回

论英雄白鹿溯源流
失怙恃黑熊生草莽

方振玉接过纸条，只见上面写的是："江湖朋友，崔胖已走。如念同道，从此丢手。同类相残，古今所丑。倘欲相觅，白鹿洞口。"

方振玉嗐了一声道："他大概回家了，他家不是山东登州白鹿洞吗？看他纸条儿上的语气，并没有跟咱们结仇之意，据我看你回去把差使一辞，赶紧到你师父那里，你师父还有话要跟你说。你别顾了一点儿小事，坏了江湖上的义气。倘若真和他们这路朋友结了怨，绝没有你的便宜。这件事到这里就算完，我还有事，要往热河去看一个朋友，不跟你一块儿回去了，见了你师父，你就说明年三月二十四，请他到沧州花太保家里去见一面儿，我在那里等他，旁的话也没有，你就赶紧回去把事辞了吧。"

黄华连连称是，当下爷儿两个分手，暂时不说。

单说山东登州府属福山县城外，有一个小小山冈，名叫白鹿洞，那块地方，山势清幽，树木繁盛，靠着山麓下，有一个村子，东边叫孙家村，西边叫李家岗，两个村子凑起来也有个八九十户人家，除去姓孙的，就是姓李的，多半是以务农为业。孙家村的村长名叫孙福聚，有四十来岁，除去务农之外，还懂得做点买卖，那年月买卖也好做，孙福聚很发点财，村子里也盖上了大瓦房，又找了许多穷本家当底下人，县里赶上有点事，他也坐着三套大车进趟城，居然也有个派头儿。乡下人眼皮子浅，看见孙福聚有财有势，便都改了称呼，先称他孙当家，后又改称孙善人。娶妻吕氏，又是福山县一位土财主的姑娘，夫妻甚是相得，只是一件美中不足，夫妻年近半百，不但没有儿子，连个女儿也没见过一个。孙福聚虽然也很盼念，究属男人心宽，想过去也就忘了。只有吕氏，为了要个儿子，初一上香，十五祷告，又是求神，又是问人，一天到晚，连个笑容儿都没有。女底下人里，有一个章氏，年纪也就在二十多岁，论起来还是孙福聚的堂房侄儿媳妇，虽然二十来岁，可是天生的聪明伶俐，能说能干，能听口风，看眼色，消人气儿，逗人笑儿。吕氏最喜爱她，并不以女仆对待，平常多叫她大姑娘。吕氏心里的事，章氏早就明白，可是也没法子给开心。

这一天饭后无事，夫妻闲说话儿，说来说去，又说到没儿子的话头上，孙福聚成心要逗吕氏，说着说着，忽然把脸一整道："得了，得了，这都是我缺了德，千选万选，选到了您，实指望生个一男半女，也好做个眼前欢儿，谁知盼星星盼月亮，盼了齐开，连块石头子儿也没有盼下来。我要不是因为怕麻烦，我早就托人买一个姨奶奶了，你没瞧见西边李老二家，刚置姨奶奶不到三个月，就添了一个又白又胖的大小子……"

孙福聚正在逗得高兴，不防吕氏哇的一声，便哭了起来，委委屈屈地数落着道："没儿子，我也不愿意呀，这是子孙娘娘跟咱们过不去，我也没有法子呀！你抱怨我，我还难受哪，这个日子还混什么劲？我死了你好置姨奶奶，我趁早死了好，我可不愿意活着受气了！"

孙福聚原是成心逗着玩儿，吕氏这一哭，把自己也哭得没了脉了，心想这才是没事找事呢，这一惹动头儿，还不定得闹到什么候，不如趁早儿躲避。想着便向旁边站着的章氏，做了一个鬼脸儿，站起身来，蹭蹭磨磨地溜了出去。

章氏一看孙福聚走了出去，便拍着吕氏肩膀儿喊道："二婶，二婶，您别哭了，这是我二叔故意怄您玩哪，你可别上当！"

吕氏道："什么？怄着我玩儿？他这是真话当假话说，他腻味

44

我，我不是不知道，他有了这个心，我还跟他怎么混？"说着还是哭声不止。

章氏道："二婶您先别哭，您听我告诉您，我二叔他确实是安心逗您，他老人家要真有这个心，就不跟您说了。得啦，二婶，您先别哭，我给您拧个毛巾，您擦把脸，回头咱们娘儿两个出去绕个弯散散心去。"章氏拧了手巾，递给吕氏，吕氏擦了脸。章氏道："二婶，您这个人太实在了，我二叔跟您闹着玩，您都没听出来。您刚才没听我二叔说，西村李老二家，置了姨奶奶不到三个月就生了个大小子，您想要不到三个月就添了儿子，那个儿子要着还有味儿吗？"

吕氏一听扑哧一笑道："我真让他给说糊涂了，就没有听出来。"

章氏一笑道："您是太老实了，这要是我，我就得问问我二叔，您就说养孩子也不是一个人的事，您这块地不好，他老人家那个做活的也差点劲……"

吕氏一听，赶紧忍住笑道："得了，得了，大姑娘，你也不嫌牙碜！可别说了！"

刚说到这里，人影儿一晃，孙福聚又踱了进来，一看吕氏笑了便道："好了好了，您又乐了！"出其不意，吓了吕氏一跳。

章氏以为刚才说的话，都让孙福聚听去了，不由脸一红，一溜烟似的跑去。吕氏一看孙福聚，一声儿也不言语，站起身来就要走。孙福聚便忙赶上去一把拉住道："上哪里去？"

吕氏道："你管我呢？你只当我死了，你爱再娶一个正夫人也好，你爱置一个姨太太也好，你别打一巴掌揉一揉，我又不是三岁两岁的小孩儿，我可受不了这个！"

孙福聚笑道："得了，得了，我一个人的大奶奶，没有听说一个夫妻连一句闹着玩的话，都不许说的。"

吕氏道："哼！闹着玩，也得有分寸，我要说我打算再找一个爷们，也是闹着玩，你爱听吗？"

孙福聚道："那我可受不了，那我还充什么朋友？"

吕氏呸的一口道："你别这里口是心非地跟我这里瞎喷了，反正你们爷们家……"

孙福聚抢着道："爷们家怎么着？都没有好人是不是？得了，得了，好人也罢，歹人也罢，咱们把这回事揭过去，从今天起，我要再说一个字，我就不是人。真格的，净顾了说废话了，今天西村李海泉家老太太生日，差点儿没忘了，你收拾收拾，咱们去一趟，别让人家挑了眼。"

吕氏摇头道："要去你去！我不去。"

孙福聚道："年年都是咱们两个人一块儿去，今天你要是不去，人家一定得说你长了架子了。别价，你去一趟吧！"

吕氏这才答应，收拾了收拾，带了章氏，因为两个村子离得很近，就没有坐车，叫一个男底下人提了礼物，头里送去，三个人在后头跟着。刚刚走出东村口，只见就在东村口与西村口的大道边儿上，围了一大圈子人。

章氏悄声向吕氏道："二婶，您瞧前边也不是有什么热闹儿？"

吕氏道："有什么热闹儿，左不是串村子耍狗熊穷要饭的。"

孙福聚也看见了，便摇摇头道："不像，不像，耍狗熊的怎么没有锣鼓？你们慢点走，等我赶到前边瞧瞧去。"说着话紧走几步，便来到临近。

大家差不多都认得，便齐声说道："好了，好了，孙善人来了。"说着人往两边一分，孙福聚来到里面一看，地下坐着一个四十来岁的妇人，衣裳不整，愁眉苦脸，不住啼哭。孙福聚忙问怎么回事，里头就有人答言道："这位大嫂子，你先别哭，你有什么委屈，你可以说，这是我们村里的孙善人，不拘有什么事，他老人家都可以帮助你。"

那妇人抬起头来，看了孙福聚一眼，才要说话，忽然眉毛一皱，面现痛苦的样儿，哎呀一声，躺倒就地。这里头就有明白的，一看这个样儿便喊了一声："可了不得，这个娘儿们，多半是要临月儿'分娩'，诸位躲一躲，可别冲着运气。"大家一听，呼噜一声，全

46

都四散。孙福聚一听，也只好跟着退了出来。

这时吕氏带着章氏，业已来到，吕氏便问道："什么事？是不是耍狗熊的？"

孙福聚摇头道："不，不，大概有个娘儿们要在这里添孩子。"

吕氏哎呀一声道："那可不行，这里挺大的风，要是产后受了风，连大人带孩子都没命了，赶紧叫她起来，到咱们家里后头堆草的屋子里添去，也是一件好事。"

孙福聚道："我不能过去，你们谁过去？"

章氏道："这是好事儿，我过去。"紧走几步，刚看见那个妇人的面儿，只听哇啦哇啦的声音，章氏赶紧又往回跑道："二叔，二婶，您大喜了，添了！"

吕氏呸地啐了一口道："你瞧你怎么连句整话都说不上来了。"

章氏笑道："您瞧您到这个时候还挑字眼呢，那个堂客（注，北方女人通称）已然添下来了。"

吕氏哟了一声道："怎么添得这么快呀！这个大山风地，可真不是闹着玩的，想个什么法儿，找几个人把她们连娘带孩儿都给抬到家里去才好。"

孙福聚道："你先别净顾发善心，你可留神冲了咱们家的运气。"

吕氏眉毛一皱道："我就不信这些老妈妈论儿，大姑娘你赶紧到村子里找几个人来，叫他们带着大箩筐好抬人。"

章氏道："二婶这个人可不好找，人家是个堂客，产生在路，不用说有个净不净的，庄稼人不愿意，倘若有个蹭衣裳、碰手面，也觉着怪对不过人家的。要依我说，到咱们家里，叫四个婆子，拿床被褥，抬块门板，把人家搭回去，可是比找庄稼人强。"

吕氏笑道："你说得全有理，快去吧。"章氏答应一声，撒腿往回就跑。

孙福聚道："你瞧你这个人，本是给人家拜寿去的，半道儿上倒干起这个来了，李家你还去不去？你要不去，我一个人走一趟，别让人说咱们礼到人不到，再闹出闲话来。"

吕氏道："得了，得了，你还是善人呢，就这么一点儿现成好事你都不乐意干，你愿意走走你的，我非办完了这件事不挪窝儿。"

孙福聚因为方才在家里，已然怄了吕氏一阵子，如今见她兴高采烈，便也不好再扫了她的兴头，笑了一笑道："承您夸奖，我原不是什么善人，您只管当善人吧。"

正说着只听村子里有人喊："你们倒是快一点儿呀，一步挪不了三寸，可真把人急死了。"

又听人道："大姑娘，咱们可不许屈心，敢情您底下是两片大片鸭子（天足），跑着得劲，我们可比不了。这就是十成劲儿，要再加快，救不了人，我们先阵亡了。"

孙福聚和吕氏回头一看，十分可笑，头里跑的是章氏大姑娘，后头是四个婆子，两个扯着一条棉被，两个拉着一块门板，带说带笑，已然来到。吕氏道："大孙妈、小孙妈拿被褥裹那个堂客，胖孙妈、麻孙妈包那个孩子，包完之后，搁在门板上，四个人各抬一个角儿，不用太快，匀溜步儿抬到咱们家后照房里去，别拧别碰，回头我请你们吃炖肉。"

四个老妈子一听，喜出望外，一努劲儿拉拉扯扯就到了东村口。一看那个妇人闭着双眼，在地下躺着，上下的衣裳依然穿得整整齐齐，旁边撂着一个赤条精光的小黑小子儿，不哭不喊，睁着两只小圆眼睛扑棱扑棱瞧人。

大孙妈眼快，一看便喊了一声道："哟！还是个大小子哪！"

小孙妈道："这个孩子可真怪，怎么刚落生就知道拿眼睛四下寻撩人！"

章氏急道："得了，得了，您二位别净顾夸孩子，倒是下手救孩子他妈呀。"

大孙妈过去一扶那妇人肩时，镇手冰凉，却大大吓了一跳，东边手一使劲，那妇人往西边一倒，正倒在小孙妈怀里，小孙妈用手往起一扶，那妇人又往西边倒去。大孙妈道："咱们两个人来。"两人把手从后边一抄，那妇人一歪脑袋，又往前边栽去。

48

大孙妈哟了一声道："怎么了？人怎么这么软哪?"抬手一摸那妇人脑袋，不由哎呀一声道："大姑娘啊，可了不得，八成儿这个人不成了！"

章氏一着急，也顾不得什么叫脏净，过去用手一揪那妇人的手，脉息不动，原来一点儿不假，确是已然死了，便狂喊一声道："你们快撒手，可不是死了吗！"

大孙妈小孙妈两声哎呀，那妇人便又栽倒。这时吕氏孙福聚业已来到临近，章氏却没看见，撒腿一跑，正撞在孙福聚身上，孙福聚一把揪住，章氏算是没有摔出去，不由哎哟一声，脸臊得红布一样。

吕氏道："大姑娘怎么了？"

章氏道："二婶，可了不得了！那个堂客也不是什么时候死了。"

吕氏道："呸！你别乱说了。"

章氏道："二婶，这话可一点儿也不假呀。"

孙福聚道："是不是，叫你们不要多管闲事，你们不听，如今人命关天，我瞧你们怎么办。"

吕氏道："这又不是谁害死的怕什么?"

孙福聚道："不是那话，人要不死，我们倒可以不管，如今人已死去，我们倒不得不管了。孙妈，你快到村子里去找几个做活的去。"

章氏道："二叔您也是急晕了，您身旁边不都是咱们村子里种庄稼的吗，干吗还得到村子里头找去?"

孙福聚回头一看，可不是四外站着许多瞧热闹的，有好几个是给自己做庄稼活的，赶紧一点手道："你们过去，瞧瞧那个堂客，是死了还是晕过去了?"

几个人答应，过去用手往上一抬，究竟男人力气大，竟自把那妇人抬起，顺手一看，那妇人已然四肢都软瘫了下来，便赶紧又放下道："这个堂客，确是死了多时。"刚往下一撂，从那妇人身上掉下一张纸条来，大孙妈一眼看见，赶紧给拾了起来，递给孙福聚道：

"大爷，你瞧这是什么。"

孙福聚字虽认不甚多，却也认得几个，一看上面的字，不是用笔写的，仿佛是拿一种炭条儿画的，模模糊糊，看不甚清，赶紧凝神细看，这才看出上面写的是：氏本崔氏妇，有夫遭残毒。觍颜屈求生，只为怀中肉。儿生我不生，儿生亦良苦。幸有孙善人，救我崔家牦。崔氏继香火，善人自多福！

孙福聚看完纸条，对着那妇人死尸，扑咚一声，竟自跪下。连吕氏带章氏以及众人全都吓了一跳。

有分教：

> 假儿真儿几番惬意几番恼，得马失马一段辛酸一段甜。

正是：

> 方叹无令子，却来莽孩儿。

要知孙福聚为什么跪倒给死尸磕头，请看下回，便知分晓。

第四回

施隐恻员外抚孤儿
闹贪玩学生戏师长

吕氏赶紧上前，一把扶着孙福聚的胳膊道："你干吗给她跪下磕头？纸上写的都是什么呀？"

孙福聚道："不但我该磕头，就是连你们也该磕头，你先磕了头，我再告诉你。"

吕氏一听，便也赶紧跪下，冲着那妇人死尸拜了三拜，旁边站的章氏以及大孙妈、小孙妈、胖孙妈、麻孙妈，还有那么些看热闹的庄稼人，也都跟着跪了一片。

吕氏正待再问孙福聚，到底为了什么，只见孙福聚双手向上一拱道："崔太太，崔大嫂，你的心事我全知道了，你的孩子我一定给你教养成人，长大之后，叫他认祖归宗，接续你家的香火，你就安心升天去吧。"说着又冲死尸磕了一个头，这才站了起来，大家也全跟着站了起来。孙福聚向吕氏道："你们赶紧先把那个孩子抱起来。"

大孙妈答应一声，把那黑小子抱了起来，不由"嗬"了一声道："这孩子真可以，这么一点儿孩子会这么沉。"

孙福聚又向旁边站的几人道："你们赶紧先到村子里，找两块上好的杉木独板，成样上一口棺材，快去快去，别误使唤。"几个人答应去了，孙福聚又向吕氏道："你带着胖孙妈，跟大姑娘赶紧回去，找几件新绸子衣裳来，从里到外全要新的。"

51

吕氏道："哟！咱们家里又没开着衣裳庄子，哪里来的那么些新衣裳啊！"

孙福聚道："你真是糊涂了，咱们家虽然没有开着衣裳庄子，就把你做的那些八成新的拿来不也成了吗？"

吕氏道："那倒有的是，胖孙妈跟我去找衣裳去。"带着胖孙妈也回去了。

有钱的人好办事，工夫不大棺材也来了，还真是样大料好，衣裳也来了。孙福聚告诉章氏道："大姐，你告诉他们几个谁愿意给这个死人换衣裳。"章氏一问，大家摇头。孙福聚道："大姐我的话还没说完呢，谁要过去动手把衣裳给穿好，一个人我给二两银子。"

章氏二次还没有把话传出去，头一个胖孙妈就嚷："这个算得了什么，我一个人就能给穿上。"

大孙妈也嚷："你可不行，这得让我，膀子上没有点力气可弄不起来。"说着话就要把怀里抱的那个胖孩子给扔在地下。

孙福聚道："抱孩子的主儿，我给五两。"

大孙妈一听，没敢把孩子撒手，又使劲往怀里拢了一拢。这里小孙妈、麻孙妈，没有工夫说闲话，有过去往起扶的，有往下给脱破衣裳的。因为在露天地里，中衣儿没换，只把外头的衣裳全都换好，跟着又把头发拢了一拢，梳了一梳，一看全都齐了，孙福聚叫孙妈们退下，告诉旁边庄稼人，往起抬着入殓，装殓好了，先别下销，抬到村子外面小土庙里先搁一搁，等报官面儿，然后再埋。这也就是孙福聚一时热心，见义勇为，这要是换一个旁人，怔把一个来历不明的路尸，擅自给装了棺材，有人一告，就得打回官司。

众人把棺材抬走，孙福聚向吕氏道："咱们还到西村里去吗？"

吕氏道："你一个人去吧，我先带着这个孩子回去。"

孙福聚一笑，告诉大孙妈，把孩子抱好了，回到家里也问问谁家可以贴奶，找来商量商量。

大孙妈一乐道："大爷，这个您不用着急了。"说着又一指小孙妈道，"小孙姐新近得的儿子，奶旺着哪。"

孙福聚不便再往下说什么，只把头点了一点道："好，你们快回去吧，我也一会儿就回去。"

当下吕氏带着男女众下人回家，孙福聚到了西村，给人家拜了寿，又告诉本村的地保，如此长短这么一件事，地保满脸赔着笑道："大爷这个没有什么，您就赶紧派人下销找地给埋了吧，我往上边呈报也就完了。"

孙福聚回到家里，二次派人把那口棺材，找了一块地埋了，又给竖了一块石碣，上头刻了几个字是"烈妇崔夫人之墓"。

小孙妈喂养那个孩子，十分经心，又因为吕氏自己没有小孩，对于这个孩子十分疼爱，真是爱得比自己亲生的都厉害。章氏虽然年轻，也喜欢小孩，好几个大人，一看着这个孩子，这个孩子造化就算大了。孙福聚一瞧这个孩子，长得又黑又胖，又油又亮，直仿佛一个小狗熊相似，便给这个孩子起了一个名儿，叫作熊儿。这个孩子天赋太强，到了五岁就像七八岁那么高大，又结实又壮，还是真有个傻力气，直到五岁连咳嗽发烧都没有过一次。吕氏跟孙福聚商量，别告诉这孩子出身来历，就说是自己所生，别说他姓崔。孙福聚一听也好，便告诉这一班下人，都不许说出他的来历，都得管他叫少爷，大家当然全都答应。

一晃儿又是三年，熊儿已经到了八岁，孙福聚就要把他孩子送到西村李家去附学。吕氏不愿意，向孙福聚道："人家李家也不比咱们阔多少，人家请得起老师，咱们就请不起老师？这么点一个孩子送到那么远去上学，我简直就不愿意。再说这孩子刚八岁也太小，依我说再过二年也不晚。"

孙福聚道："这话我可不是驳你，你可是有对的有不对的，要说怕孩子附学念不出书来，请个老师，倒也没有什么，要说这孩子小，那可不小了，八岁还小，十八还能念书吗？你别一味溺疼，将来孩子可就管不好了。别管如何，这个孩子，咱们也得让他上学。"

吕氏道："你让他念书是好事，我不能拦着，不过你得单给他请老师，你要叫他到西村附学去，打出脑子来我也不叫去。"

孙福聚道："上西村不上西村没有什么，反正就是得上学去，在家里也好，我托人去请一位先生来，在咱家里也好。"

说话过了没有几天，居然托人找到了一位王老先生。据王老先生自己说，是个外乡人，没有什么能耐，流落在外边，为了吃饭，没有法子才到这村里教书，大概也有一二十年了，年纪约有六十来岁，就是孤身一人，在这村子里教几个小学生。好在乡下人都没有做官的想头，叫孩子念书，也不过就是叫孩子认识几个字，所以他老先生这身本事，也就足足够用。孙福聚虽然没有多大学问，他可知道这位老先生品行和学问都很不错，便找到学房里把自己来意一说，打算请老先生到自己家里教个专馆。老先生一听，自是喜出望外，便把那些散学的学生全都散了，择了一个好日子，就搬到孙家。

孙福聚这天也穿了袍子马褂，收拾了一间干净书房，上头摆了圣人牌位，烧了香，孙福聚过去拈香先磕了头，又给老先生磕了头。老先生赶紧还礼，跟着老先生把香往手里一捧，口里念念有词道："至圣孔老夫子大人在上，学弟子王正昌叩拜。今天弟子承孙东家不弃，召我教他儿子，想圣人有云，诲人不倦，弟子何人，岂敢妄比圣贤你，不过受过几天圣人教道，也很愿意为圣门宣扬光教，所以才接受了孙东家的聘帖。自今天起弟子愿尽弟子所学，完全教授再传弟子，倘有存心延误他人子弟，圣明共鉴！"说着弯一腰跪了下去，恭恭敬敬磕了三个头，才站了起来。孙福聚赶紧叫熊儿先给圣人磕了头，又给王先生磕了头。礼毕之后，用酒用饭，酒饭已毕，头天就教了两个字号儿，就放了学。

第二天一早欢蹦乱跳就进来了，给老师作了一个揖，又给圣人牌位作了一个揖。拿出字号来一问，还真一个没忘，王先生乐得直捻胡子。又教了三个字号，还教熊儿描了半篇红模子。早晚一样，日子不多，熊儿就认识了不少的字了，描的红模子也很有个样儿，不但王先生高兴，孙福聚夫妇也特别高兴，更加了几分疼爱。又隔了不少日子，居然添上了《三字经》，又隔了不多日子，《三字经》完了又换了《百家姓》，又隔了不多日子，《百家姓》也完了，又换了《千字文》，又隔了不多的日子，《千字文》也完了，又念开了《孝经》。简直说一句，《孝经》完了论语，《论语》完了《中庸》，《中庸》完了《大学》，《大学》完了上下孟。嗬！什么《诗经》、《易经》、《礼记》、《春秋》、公羊谷梁、《尔雅》，不到二年，全都念完。

王先生乐得见了人就夸："熊儿绝不是凡人，简直是天上的星宿降凡，不然凭他是谁，也有不了这种天分。"这话一说出去，有的就说人家孙善人在咱们这一方，无论大小好事，没有不做到大家前头的，这就是上天有眼，积善之家，必有余庆，别瞧人家是捡来的孩子，将来就许得了这孩子的继。有的就说，一个穷教书的，快吃不上成顿的饭了，现在有人管吃管喝管住，走了这么一步邪运，他感激人家姓孙的，他不把那个孩子，夸得天神似的，这碗饭就不用吃了。要照他这么一说，这个孩子将来了不得，不是封侯，也是拜相。我就没听说过，一个白丁儿老师，能够教出状元徒弟来。能够教出那么好的徒弟来，怎么自己连个秀才都考不上？人嘴两层皮，各说各是非。

孙福聚这话都听在耳朵里，跟吕氏一说，吕氏究竟是妇人之见，当下便对孙福聚道："这话你可也别净听一面的，说实了，真格的，为什么他那么好学问，连个秀才都不能中哪？他吃咱们，住咱们，倒没有什么，要是真把咱们孩子耽误了，那倒不得不留下子神。"

孙福聚道："你这话简直就叫废话。咱们请先生教咱们孩子，咱们也不为做大官、当圣人，只要他能够多认识几个字，就算得了，耽误咱们什么。再说咱们要考察人家，咱们得先会点什么，大字不认识三筐半，怔说人家不行，你把人家挤对走了，又应当找谁来？要依我说，王先生人也不坏，学问教咱们孩子足够，趁早儿别说废话，倘若传到了王先生的耳朵里，可有许多不便。"

夫妻两个，为了这个，拌了两句嘴，可也就过去了。哪知吕氏竟记在心里，待遇王先生一天不如一天，吃喝也差了，礼貌也差了。王先生先还不理会，日子一多，可就品出来了，人家学问还真高，一点儿声色不露，写了一封假信，告诉孙福聚，自己出来多年，今天接到家里来信，说是有要紧的事，非得自己回去一趟不可，所以请东家出来说一声，自己要回去。孙福聚还不知底细，信以为真，给王先生预备了几十两银子当盘缠，又给王先生摆了一桌席，给王先生送行，告诉王先生回到家里看一看，要是没什么事，可紧回来，王先生含笑答应。

孙福聚又叫熊儿给老师磕头，熊儿过去趴在地下给老师一磕头，王先生一阵难过，用手一拉熊儿道："好孩子，你起来，咱们师徒一场，总算有缘，我走之后，念过的书可不要扔了，依然要跟我在这里一样，时时刻刻，要存上进之心，不要辜负了我一腔心血。数载相依，临行之时，并无一物可赠，你始终还没有名字，我今天送你一个名字，做个念想儿。你可以叫孙谦，这个谦字，是谦恭的谦，谦受益，满招损，谦可以走遍天下，骄傲难出家门。你的天资，本是好的，不过我看你性质过刚，过刚必折，必须谦柔，方能相济。就是这几句话，一个字，你要牢牢记住，将来你要能化了你的气质，一定大大可以有为，谨记谨记。"

熊儿道："老师，我舍不得你走，要不然我跟您走。"

王先生道："你又胡说了，人生在世，最重者不过父母，你父母之恩，丝毫未报，便跟我走，算怎么回事？天下岂有无父母之国？哪有不忠不孝之英雄？好生孝养爹娘，读书上进，将来也许还有见面之缘，亦未可知，不可再胡说了。"说完这句，用手在熊儿天灵盖上轻轻拍了一下儿，长叹了一声。

熊儿眼含热泪，连答应几声"是、是"。当下饭毕，王先生告辞。孙福聚带了熊儿，父子两个，把王先生直送出村外。王先生骑上小驴，拱手让两个回去，熊儿仍然依依不舍，孙福聚几次催促，直到看不见了王先生的影子，熊儿才含泪回家。

吕氏一看，熊儿眼有泪痕，便用手抚着熊儿的脑袋安慰道："好孩子别难受了，这些日子，闷得也够瞧的了，明天叫他们带你进城里头，散逛散逛去！"

谁知熊儿听了，猛地哈哈一笑道："这就好了，我现在才明白，谁是真爱我了。"说着双睛一闭，身子往后一仰，扑咚一声，竟自往后边摔了下去。

孙福聚吕氏一见，不由齐喊一声："不好！"大家赶紧上前，把熊儿扶了起来，又沏了一碗白糖水灌下，待了半天，却依然神志不清，笑声不止，仿佛中了邪一样。孙福聚慌了，赶紧派人把村子里一个医生请来，诊脉以后，认为脑子里受了病，必须静养，开了个方子，吃下去之后，却不见大效，急得吕氏东村求佛西村许愿。又从城里头请个有名的大夫来看，足足有三五个月病势才见轻，但是和未病之先，恍若两人，脾气暴躁不算，而且异常顽皮，提起念书，便是又哭又闹。依着吕氏，就不叫他再念书了，孙福聚不愿意，以为这个孩子，已然念了那么多的书，如今完全丢去，就算前功尽弃，还非得继续念书不可。吕氏拗不过孙福聚，便又请了一位先生。

这位先生姓孙，论起来是孙福聚一个堂房哥哥，年纪也在五十多岁，名字叫德聚，学问虽不如王正昌，却也着实有点底子。开学之后，好容易把孙谦劝得不哭不闹，算是入了学，及至一温从前念过的书，竟是一字不识。孙德聚不由大加诧异，还以为孙谦不爱念书，故意做作，拿好话哄，哄着不听，继以相劝，劝着还是不成，这才知道，他真把从前念过的书，完全忘怀了。便赶紧找了孙福聚一说，孙福聚先也不信，亲自试验几次，才知道孙德聚所说不假，也只好自叹命薄，这样一个孩子，竟自因一病之后，把聪明全没有了，只好告诉孙德聚重新慢慢地去教，并且不用十分严厉督促。孙德聚答应，便又重新从字块教起，一天教两个字，教上十遍二十遍，却还记不清楚，干着急，没有法子，只好耐着性子，一个字一个字慢慢地教。孙谦不但不知道用功，一天到晚，只要有一会儿工夫，他就想着法子淘气，把个孙德聚气得了不得。日子一多，成绩一点儿进步没有，孙德聚跟孙福聚一说，也许是他一个人念书太闷，商量着找两个附学的陪着他一块儿念，也许会把他心气活动一点儿。孙福聚一想，这话也有理，便在自己近族里，找了两个侄子来陪孙谦念书，并且跟人家说好，不用学费，不用拿书，连饭都归自己管。

这样找人当然容易，一两天里头，就找到了，一齐入学。这两个孩子，一个叫孙恭，一个叫孙温，孙恭十一岁，孙温十岁。这两个孩子里头，孙恭知道用功念书，孙温却也和孙谦一样，不但不安安静静读书，反而和孙谦一块儿混闹，闹得孙德聚心里好生懊悔，本来一个孙谦，自己还在闹不清，如今又添了一个孙温，无异给孙谦找来了一个帮手。却又不好和孙福聚说，因为找附学的话，是自己说的，如今自己一说，恐怕孙福聚埋怨他多事。说虽不说，可是心里着实着急，别的不说，那两个孩子淘气是真的，真要是放纵不管，对不起孙福聚是一，第二自己这个饭碗子就靠不住。想来想去，忽然想到，我管孙谦不好管，何妨管管孙温。一振作管了孙温，孙谦少不得也有点怕惧，这就是敲山震虎之意。

想得很好，恰在这天孙温上了两行书，到了晚上还背不上来，孙德聚把书往手下一按，冷笑一声道："温儿，你这孩子，一天就知道淘气，不知道用功。我也明白，你以为不能管你，孩子，你这个算盘，可打错了，今天要不管你一下子，你也不知道什么叫师教。把手拿过来！"一伸手就把孙温左手揪住，一回头又抄起戒尺。

孙温虽然淘气，可胆子不大，平常看着孙德聚，老实可欺负，他才敢闹，万也没有想到今天会发了脾气，一看孙德聚眼睛瞪圆了，胡子也撅起来了，一手拿着二寸宽七分厚的板子，一手揪着自己手，眼看这打，就要挨在自己身上，哪里能够不害怕。一边往外夺那只手，一边嘴里不住央告道："老师您别打我，我再也不敢了。"嘴里喊着，眼泪就流下来了。

孙德聚平常还真没打过人，今天因要惩一儆百，才不得不做出这个样儿，一看孙温连哭带央告，就要把板子放下去，忽地又一想，那可不行，这个孩子，可不是好孩子，我今天头一次就失了威信，第二次他更不能怕了。把心一狠，嘴里说道："你不用说废话，今天不用心念书，今天打你，明天好生念书，自然不打你，废话少说。"嘴里说着，板子带着风就下去了，叭的一声，打个正着。正待提起板子，打第二板子，孙温已然背过身去，把手不住往后一扯。孙德聚用左手一拉孙温的左手，也是一翻身，把他一只小手夹在胳膊下头，唰的一声，又是一板子，孙温哇的一声，就哭了出来。孙德聚正要打这第三板子，板子刚刚举起，还没有落得下来，就听呼的一声，抬头一看，只见一团黑乎乎的东西，直奔自己面门而来，不知什么东西，喊声不好，急忙往旁边一闪，闪得慢了一点儿，碰个正着，却不甚疼，只是吓了一跳。手里一松，孙温便夺出去了，再低头一看，不是什么旁的东西，正是孙温的一块书包，掉在地下，再往那边一看，孙谦站在桌子上，手里还拿着几本书、一块砚台，正预备往外扔呢。孙德聚这才知道打出东西的正是孙谦，一时气恼，便忘了一切，舍了孙温，蹦过去一把就把孙谦的腿揪住，只一扯，究竟孙德聚大人力气，竟自一把把孙谦从桌上拉下，孙谦就势往地下一滚，孙德聚却不曾防备，哎呀一声，摔倒就地，孙谦挣脱手爬起就跑。孙德聚原本没气，经这一来，气可就大了，爬起来三步两步就追了出去。孙谦爬起来是往里头跑，孙德聚也往里头追，刚一追进二门，孙德聚收不住脚，竟自碰在那人身上，两个都全哎呀一声，却一个向前，一个向后，全都摔倒。孙德聚倒在地下，偷眼一看，不由臊了个面红过耳，几乎无地自容。

要知碰倒的是什么人，且看下回分解。

第五回

失良机稚子昧本灵
炫怪异镖师传小巧

原来碰倒的人，不是旁人，正是孙福聚的大奶奶吕氏。赶紧爬了起来，怔怔呵呵地道："弟妹您快起来，没有碰着您哪？"

吕氏原来在里边听见外头又是哭又是喊，不知为了什么，所以才急急往外就跑，不想孙德聚急气往后一跑，被碰摔到地下，如今一看是孙德聚，不由脸上也是一红，便赶紧站了起来道："大哥，您为什么事往里头就跑？"

孙德聚方才本是一时急气，忘了自己身份，才往里跑，如今碰倒了吕氏，这份儿不好意思，就不用提了，听见吕氏一问，不由结结巴巴地道："我没有什么……什么……事……熊儿……熊儿这孩子……"说到这里，又是结巴住，说不出来了。

吕氏一听，还以为孙谦出了什么岔子，便紧问道："熊儿怎么了？"

孙德聚越急越说不上来，仍然结结巴巴地道："熊儿跑了……跑了！"

吕氏当然听不明白，还以为孙谦从家里跑了呢，不由哎呀一声道："怎么！熊儿跑了？"说着又哎呀一声，眼前一黑，心口一堵，二次又摔倒在地。

孙德聚一看这可真糟，上前拉又不是，不拉不是，走又不是，不走又不是，生把个人木在那里。幸好章氏听见有人说话，从里边走了出来，一看吕氏口吐白沫，躺在就地，孙德聚站在地上发怔，不由着急紧行几步，上前把吕氏扶着躺在自己怀里，捶砸撅叫。屋里的大孙妈、小孙妈、胖孙妈、麻孙妈也全听见了，全都跑到了院里，帮助一阵喊叫，工夫不大，吕氏吐出一口黏痰，才醒了过来，放声哭道："我的熊儿呀！"大家一听，也疑心熊儿出了岔子，便也全都跟着哭了起来。

孙德聚这时心神一定，也明白过来了，知道方才自己说话大意，吕氏听得错会了意，便赶紧双手乱摆道："弟妹，你把话听错了，熊儿他不听话，他跑到里院来了！"

吕氏道："熊儿到底跑到什么地方去了？"

孙德聚这才把自己如何责打孙温，孙谦如何淘气，打了自己一下，自己怎么要打他，他怎么跑到里边来了，从头至尾细说了一遍。

吕氏这才明白，不由呸地啐了一口道："大哥您也太爱真动气了，一个孩子家，他淘气您可以说他劝他，也犯不上就打他。即或他不听您的话，您还可以告诉他爸爸呢，也犯不上闹得这么乌烟瘴气啊！"孙德聚哪里还说得上一句话来。

章氏道："大爷，那么我们少爷现在呢？"

孙德聚道："我就看他跑到里头来了，现在他在什么地方，我可不知道了。"

吕氏道："这话不对呀！您从外头追他，我从里头出来，怎么会没看见这孩子的影儿呢？"

孙德聚一怔，无言可答。正在这个时候，就听头上有人喊道："大爷，娘，我在这里呢！"

大家全都抬头看，只见垂花门里横梁子上趴着一个人，正是孙谦，半个身子在梁上，半个身子在底下垂着，咧着个嘴正冲着底下乐呢。

吕氏一见不由哟了一声道："你这孩子，怎么上那么老高，要掉下来，是闹着玩的吗？大姑娘快叫个长工把梯子搬来，把少爷接下来！"

章氏答应，刚要往外走，就听孙谦一笑道："大姑姑你不用去叫人，我会下来。"说着话只见他腰往前一探，一长身子，两条腿到了梁上，猛地双腿往前一甩，嗖的一声，竟自脱了梁木从上面掉了下来。

吕氏吓得脸都白了，只把双眼一闭道："这下子可完了。"再睁眼看时，孙谦已然直挺挺地站在自己面前，丝毫也没有受伤。不由念了一声"阿弥陀佛"，赶紧揪着孙谦的手道："好孩子，你可吓死我了！"

孙谦一笑道："这算不了什么，娘不用害怕。"

孙德聚也不敢再问了，连向吕氏道："弟妹，这实在是我太粗鲁了，熊儿这孩子，我也实在管不了，将来要再闹出什么旁的事，我更对不过了。回头他爸爸回来，给我说一声吧，我可实在不能再往下教，我还是今天这就走。"

吕氏还没有说出什么来，孙德聚一溜烟相似，竟自去了。孙谦一看孙德聚去了，不由拍掌笑道："看他拿板子打人的时候，倒像那么一回事似的，敢情闹了半天，胆子还没有耗子大呢！"

吕氏道："你这孩子，满口胡说，你把他气去了，回头你爸爸回来，少不得也得打你一顿。再说你实在也闹得不像话了，这么高的地方，你就往上爬，这要是一失神，掉下来不摔死也得残废，这是闹着玩的吗！还不乖乖地跟我进去呢。"说着把孙谦拉了进去。

等到晚上，孙福聚从城里头回来，吕氏把白天的事一说，孙福聚听着发怔。孙福聚心里有一片心思，心里想着，这个孩子，本来是捡的，来历不明，究竟是怎么回事，自己也不知道，只因为自己没有儿子，拾回来当个眼前欢儿，没想到这个孩子，身得邪病，把一个聪明伶俐的孩子，会病成这种样子，不但没了聪明，性情也变了。看今天他这种神情，将来大了，还不定会给自己找出什么麻烦，真是天不遂人，枉自用心。

孙福聚一沉吟，吕氏道："你干吗不言语呀？孩子淘气，也是常事，总怪他大爷，不会教管小孩，明天咱们再换一位老师，慢慢地也就管好了。"

孙福聚一听，这话也有理，第二天便又托人请了一位老师来，上学没有三天，这位老师又辞学，说是学生不好教，怕是耽误了。这位走了，又请了一位，不到两天，老师又辞学，说是学生天分太高，自己教不了。一位，两位，一算请了有十几位，将来爽得一提请老师，人家先打听，孙善人家，干脆不来。孙福聚也说不上什么来，只有暗地着急。吕氏可不理会，没有老师就没有老师，反正家里有房子有地，等到稍微大一点儿，给说上一房媳妇，抱了孙子，也就完了。孙谦这一没有老师，更如同没了笼头的马一样，不是惹这么一个祸，就是惹那么一个祸，先还是在门里头闹来闹去，爽得闹到街上去了，吕氏不叫管，孙福聚也管不了，反正一天到晚，得到人家赔几回不是。

这一天孙谦又跑到街上，因为孙温和自己脾气相投，正要去找孙温祸害人家，刚刚出了自己住的那条街，只见一个杂货铺门口，围了一大圈子人，斜着身子就往里头挤，来到里头一看，只见大家围着一个衣裳褴褛，年约四十上下的一个汉子，地下还扔着许多什么锅饼馍馍之类吃的东西，不知这汉子，是一个干什么的，便也随在里头，听听大家说些什么。

只听一个人道："你这个人怎么这样不知好歹，我们看你是个外乡人，困在路上，于心不忍，大家商量，给你预备一点儿吃的东西，叫你吃饱了，给你凑几个盘缠，叫你好回家去，这原是我们一番好意，怎么给你吃的你不吃，给你钱你又不要，从早晨直坐到如今不走，你到底是干什么的？我告诉你，我们这孙家村，向例不容留外乡闲杂人等。你要是愿意吃喝，吃喝完了，拿着钱一走，我们合着跟你结个善缘，你要是不吃不喝，你也得赶紧走，等到天一晚，这个村子里，可是不能容留你老在这里。到了那个时候，你再走，前不着村，后不着店，可就不好走了。这话听明白了没有？"

那个汉子听了微微一笑道："承情，承情。不过众位所说的话，我还有些个不明白，贵村不容留闲人，不知当今皇上特许，还是地方官府有什么批示？我想贵村也不过和旁的地方一样，全是当今皇上的子民，那么皇上家的地方，谁都可以歇，谁都可以住，不知贵村是不是归皇上家管？不拘哪位，只要说出来，这块地经过皇上点头，不和旁的地方一样，我是当时就走，如果说不出来，我可不能就走。我漂流在外，一向四海为家，如果到一个地方，有人这样一说，我当时就走，那我就不用想再有安身之地了。众位话已说完，请给我一个凭据，我看见当时就走，绝不敢废话。如果任凭什么也没有，就凭众位这么几句话一说，那我可实在对不起，我却不能就这样一走。"

先说话的那个人一听，不由心火怒发，提高了嗓子一声高喊道："呸！你这叫废话，这孙家村不错是皇上的土地，不敢说是不容人走。不过我们这村子里有规矩，就是不准容留闲人，也不用提皇上，也不用提官府，就凭我孙善聚，今天就不能让你在这里待着。你要是懂事的，还是赶紧给我走，如若尽在这里磨蹭，你可别说我要按匪人办你，把你往联庄会一送，你就苦了。走！"

那汉子听了，微微又是一笑道："噢！原来不是奉了明文，对不过，你就把我当匪人办了吧！我还就是不能走。"

孙善聚恼羞成怒，抢一步过去就把那汉子衣裳一扯，不知道他那衣裳已是糟透了的，经过用力一扯，只扯下了衣裳，却没有扯着他的肉。心里虽然纳闷，嘴里却不肯服软，一回头向大家道："众位大家一起动手，把他给弄到了联庄会去。"

大家一听，谁也不敢袖手旁观，全都一齐上前，有的推，有的搡，谁知那汉子的肉，说来不信，那汉子比生铁铸的还结实，一任大家动手，却还是丝毫不动。这些人里就有害怕的，心里想着，不用说这个人一定是有妖术邪法，不然绝不能有这样怪事。里头有明白的，知道这件事闹大了，恐怕再闹出旁的事来，就打算给孙福聚去送信。

正待拔步走时，却听那汉子哈哈一笑道："我还以为有什么特别的能为，说出那些如狼似虎的话，闹了半天，原来是一群酒囊饭袋，说大话，冒大气儿，我可没有工夫奉陪，告辞了！"就在那一声长笑未完，人已像一条箭相似，出去了有一两丈远近。

孙谦一看，心里觉着这个人却是可怪，待要看看他是干什么的，不顾大众人嘈乱，一塌腰，便也追了下去。按说孙谦一个小孩子，又没有练过什么功夫，论脚程绝赶不上人家，一则孙谦天赋太好，二则来人有意，一出了村子，脚步却又收慢了，跑了不到二里地，孙谦已然把那人赶上。

那汉子站着脚步，回头叫孙谦道："你们村子人真厉害，人家怕了你，跑了都不成。你追了下来，不知要打算怎么样？"

这时孙谦，离着那人已近，看得很真。只见那汉子也就在三十七八岁，虽然满脸泥土，却是鼻直口方，相貌不俗，尤其是两只眼睛，黑多白少，漆亮放光。也不知为了什么竟有些怕那汉子，站在那里，怔怔呵呵地道："我和他们并不是一起的。"说到这里，又没有话了。

那汉子道："我不管你跟他们是一起不是一起，我只问你，你追我来干什么？"

孙谦道："我没有别的意思，我就是看你方才站在那里大家推你不动，我觉着倒怪有意思的，我打算跟你学一学，不知你肯教我不教？"

那汉子一听，又是微然一笑道："你这孩子说得怪轻巧，你姓什么、叫什么我都没有知道，我怎么能够教你功夫？真格的，你姓什么？叫什么？住在什么地方？你今年多大了？"

孙谦道："我今年十岁，我姓孙，我叫孙谦，我就住在这孙家庄。我都告诉你了，你可以教给我了吧。"

那汉子听了点点头道："你虽说你爱练我那功夫，你的父母也爱叫你练那功夫吗？"

孙谦道："我娘不管我，我爸爸也许不叫我练，可是我偷着练，不告诉我爸爸，不也成了吗？"

那汉子摇摇头道："那可不行，我教功夫，不能偷着教，你能够跟你父亲说我就教，要不能说，我就不教，你打算偷着学，那可不行。"

孙谦略一沉吟道："您在这里等我一等，我回去先跟我娘说试试，我娘要是能答应，我爸爸就能答应。"

那汉子道："好，你先回去说吧，我在这里等你。"

孙谦道："那您可别走。"

说完正待反身走去，却听身后人声大喊，有的就说："我们看见是往这条路上跑了下来了！"

有的就嚷："也许被那个匪人拐了去了。"内中还夹杂着有喊熊儿的声音。

再听有人带着笑声儿道："大爷您不用急了，前面不是少爷吗？"

急忙回头看时，只见从村里跑来了有二三十人，前头是自己家里种庄稼的长工，后头正是自己的父亲孙福聚，全都跑得满头大汗，便也赶紧应声道："爸爸，我在这里呢！"

这时孙福聚业已赶到，一手拉住孙谦道："你这孩子真是越来胆子越大了，你娘都快急死了，还不快快跟我回去呢！"说着拉了孙谦就要走。

孙谦道："爸爸，您先慢着，我打算跟那位先生学功夫呢！"

孙福聚在村里，原已听见村里人说，村里来了这样一个怪人，乡下人知识浅，说是来了一个疯子，要饭的花子不要钱，不要饭，叫他走他不走，不叫他走他倒走了。孙福聚先听着，原没有理会，后来又听说，孙少爷这个孩子，可是越闹胆越大，家里也不管，爽得闹到村子外头去了，倘若叫那个疯子给打一顿才糟呢。孙福聚一听，不用说就是孙谦了，不由心里轰的一声，便赶紧在后面问道："你们说的可是谦儿吗？"

说话的回头一看是孙福聚，便赶紧答道："可不是吗，您那少爷追了一个疯子跑出村口了。"

孙福聚道："你们瞧他往哪边去了，帮我追一下吧。"

那人答应一声："孙善人您随我来！"

那人头里一跑，后头又跟着跑下来好几个，孙福聚在后头也跟着一阵苦跑。好容易跑出村口，一看孙谦，正在那里指手画脚的，跟一个陌生汉子说话，便断喝一声道："熊儿你这孩子，真是胆子越来越大了，还不快快随我回去！"说着走进前一把扯住孙谦，往回就拉。

孙谦却不肯就走道："爸爸，我不回去，我要跟他学完了那手功夫才回去呢。"

孙福聚正在气头上便啐了一口道："什么功夫？他有功夫也不到这里要饭来了。"说着扯了孙谦，又往村里走。

那汉子微微一笑道："狗眼看人低，我又没有犯儿子迷，拿别人家的肉，往自己身上贴。不要看我臭要饭的，我绝不能拿人家的孩子当自己的孩子。真的推不掉，假的安不牢，我瞧还是看开的好。"

孙福聚一听这话，心里一动，心想这个人知道孙谦的来历，故意来找这个孩子的，这倒不要闹翻了。便赶紧站住脚步，回头一拱手道："这位朋友，前面并没有镇甸，何妨到兄弟家里避屈一夜，明天再走呢？"

那汉子又是微微一笑道："不敢，不敢，善人不怕我这个要饭的，来骗您点什么吗？"

孙福聚脸一红道："您要恕我心急口拙，请您到家里坐坐，我还要领教领教呢！"

孙谦一听正中下怀，不由分说，拉着那汉子衣裳，就往村里扯。那汉子连忙把手一拦道："别忙，别忙，我自己会走。"

大家一拥，便又回到孙家村，旁边那些便都散去。孙福聚让那汉子走进大门，来到厅房坐了。孙福聚一细看那人，不但是相貌清秀，清秀之中，还带着一股豪侠之气，不由肃然起敬，赶紧站了起来，恭恭敬敬作了一个揖道："请问大家尊姓台甫仙乡何处？"

那汉子又是微微一笑道："孙老哥，请您不要再闹这些礼了，我可实在受不了。你要问我姓苗单字一个敬字，你要叫我只叫我苗老二好啦！"

孙福聚赶紧又一抱拳道："苗二爷，久仰，实在失敬了！不知苗二爷要到什么地方去？从这里经过，有什么事？"

苗敬道："孙老哥你看你又来了不是？最好咱们把客套取消才好。"

孙福聚便也赶紧道："就是，就是，那么我年长，我就称呼您一声老弟吧！苗老弟，你一向是做什么生理？现在打算到什么地方去呢？"

苗敬道："萍踪浪迹，漂泊无定，身无一技之长，一向也没有什么营生，只是东奔西跑而已。"

孙福聚一听，苗敬说话，不像没有学问的人，心里一动暗道，我何不如此如此。便笑着道："老弟，您这话也未免太谦了！说一句不外的话，咱们哥儿两个，一见就得说是投缘，既是您没有什么要紧的事，我倒有个意思。您看这孩子没有，那就是我跟前的一个孩子，年纪已然不小了，一时找不着相当的老师，我看您一定学问不错，我想就求您住在我们家里，教这个孩子念几个字，借着这个机会，咱们哥儿两个，也可以多盘桓些日子，不知您肯屈尊不肯？"

苗敬听了毫不犹疑地道："怎么您会这么看得起我，实在是有缘，既那么说我也就不客气了。不过有两件事，我得交代明白，第一我可没有什么能耐，教得了教不了我可不敢说；第二，不要看我现在没事，能够答应您在这里教书，可是说不定什么时候，就许有事，只要有事，我是说走就走，您可不能留我。是这样我就在这里试试，不是这样，我可不能答应。"

孙福聚一口答应道："就是这样，就是这样。熊儿过来给你师父磕头。"

孙谦过去，趴下就磕。苗敬一手搀扶，却把个脸儿背了过去。孙谦磕头起来，孙福聚又陪着说了一会儿话，敢情苗敬还真有学问，说什么懂什么，不但口齿伶俐，而且说出话来，还是真逗笑儿。孙福聚谈了会子天，便告辞进里院去了。这外头只剩下孙谦，一看孙福聚进去，便磨着苗敬教他功夫。

苗敬笑道："好，今天就教给你。不过有一节，我叫你怎么样你得怎么样，不许不听话，不听话可学不了。"

孙谦道："您说吧，我听话。"

苗敬道："你先趴在炕边上，我教你这第一手功夫。"

孙谦不知要教什么功夫，高高兴兴，就趴在了炕沿上。苗敬这时已然把长衣甩了下去，只穿了一件小裤褂，先是"骑马蹲裆"式蹲好，一拔胸脯，一撅屁股蛋儿，双手平起，一曲一伸，呼吸了有十好几下，一蹲身，下右脚，跨左脚，左手向上一翻，右手横掌往前推，一跨右脚，左腿往下一蹲，进一步，一翻右手掌，左手往前横着一推，往前一纵身，双掌往孙谦脊背上砸去，只听哎呀一声，扑咚一声，接着便有人哭起"我的儿子！"来。

要知哭的是谁，且看下回分解。

第六回

遇奇人员外识风尘
教孽子英雄留绝艺

　　孙福聚来到了里头，跟吕氏一说，吕氏道："这个孩子，真是胆子越来越大了。不过你可也有点瞎闹，既是一个疯子要饭的，你干吗把他弄到家里来，即或看他可怜不过，把他叫到家里，也该给他几个钱，打发他走了也就完了，你怎么反把他留在家里，给孩子当起什么老师来了？孩子有了这样老师，将来还学得出什么好来！你真是越老越不明白了！"

　　孙福聚道："你先不用抱怨，据我瞧这个人可不是等闲之辈，咱们孩子准要能够跟他好生念书，将来绝错不了，就怕他没有那么大的造化。"

　　吕氏道："我就不信你这套胡说八道，拿着好好一个孩子，跟一个臭要饭的学，还能学出好来？孩子不是你一个人的，我不能由着你的性儿，拿孩子糟践着玩儿。大姑娘你跟我咱们到外头看看去。"

　　章氏答应，跟着吕氏走出上房。孙福聚一想不用拦，一个女人家叫她看看也好，便也跟着走了出来。

　　来到屋门外头，刚要掀帘子进去，就听苗敬说："你先趴在炕沿儿上，我教你这第一手功夫。"

　　孙福聚一听就是一怔，心想这叫什么功夫，怎么趴在炕沿儿上学？便赶紧拉了吕氏一把，低声儿道："你先别进去，咱们先偷着看一看。"

吕氏点头，顺着门缝往里一看，只见孙谦趴在炕上，苗敬却已然把长衣裳脱去，站在地下，正在一手一势比手画脚，吕氏心里好笑，孙福聚也不知从什么地方弄来这么一个怪人，教书还带练把式。正在一怔之间，却见那先生，两呼吸之后，脸上也鼓了，胳膊也立起来了，如同凶神附体一般，耍着油罐子大小两只大拳头，竟往孙谦后脊砸去，不由大吃一惊，知道这一拳下去，孙谦当时便会没了命，真是吓得亡魂皆冒，哎呀一声，扑咚摔倒在地。孙福聚站在吕氏身后，可也看见了，心里也是纳闷，不知这个姓苗的，跟这个孩子有什么冤仇，知道进去是来不及了，便狂喊一声："使不得！"一句使不得没有喊完，却听吕氏已然号啕大哭起来："我的肉呀！"孙福聚真急了，顾不得拦吕氏，一挺身便闯进屋去，双手齐摆，嘴里喊道："苗先生，使不得！"过去拦腰便要抱苗敬，没有防备苗敬只把身儿微微一摆，孙福聚力气用得太猛，一个扑空，竟自跌了过去，恰好正摔在孙谦身上。

　　孙福聚便就势趴在孙谦身上，正待呼喊，却听苗敬喊道："孙大爷，你可不要乱动，乱动他可就缓不过来了。"孙福聚听了，既不敢摇动孙谦，也不敢起来，趴在那里没了主意。

　　这时吕氏已然也赶进来了，一看孙福聚趴在那里，一声不出，也不动弹，还以为他是痛子心切，也晕过去了，不由一阵心酸意乱，往前抢一步，就也要去扯孙谦，又听苗敬一声喊道："这位奶奶，不要乱动，不要紧，一会儿就都好了。"

　　这时吕氏已然吓昏了，也说不出旁的话来，就在这一怔之际，只听院里一阵人声喊嚷："哪里来的臭要饭的，竟敢害死我们少爷！把他捆上，送到衙门去，叫他抵偿，捆，捆，捆！"接着呼噜一声，从外头拥进有二三十个人来。

　　吕氏一看，都是自己家里雇的长工人氏，领头的却是章大姑娘，心里就明白了，自己正在纳闷，怎么一时之间不见了大姑娘，原来却是去到外面邀人去了，心里正在不得主意，一见大家来了，心里不由一喜。还未及说话，长工里头一个叫孙八的，一抹袖子，伸出拳头，直照苗敬当胸捣去。苗敬不慌不忙，一看拳头到了，一闪身，一伸手就把孙八的腕子叼住，孙八使劲往外一拧，苗敬趁势一送，只听扑咚一声，孙八摔出去足有一丈远近。苗敬也不言语，笑不唧儿地看着这一堆人乐。

里头怒恼了孙八的兄弟孙九，狂喊一声："好小子，你竟敢要价儿还价儿，别走，挨我这一下子！"横着一脚往苗敬胯股上踢去。

苗敬喊一声："来得好，你也躺下歇会儿吧！"一拧腰，一错步，孙九的腿就踢空了，苗敬一蹲身，一伸手，从底下一抄，便把孙九的腿抄住，往起一提一抖，孙九便像一个球一样，嗖的一声，起来足有三尺多高，然后才一个元宝锞子摔了下去，摔得哼嗤不止。

大家一见，又怕又气，便齐喊一声："众位不用一个一个跟他比了，咱们把他攒了吧。"

呼的一声，大家就要往上围，却听孙福聚喊道："你们不要乱，少爷已然有了活气儿了。"

大家一听，老东家发了话了，便都赶紧止住脚步，回头往床上看。只见孙福聚已然爬起，孙谦也一挺身坐了起来，吕氏赶紧跑了过去，一把抱住，儿呀肉呀地喊了起来。说来却怪，这要在往常，孙谦不用说是自己家里有了这种事，即或在街上碰见有这么一件事，他也不能放过，一定要跟着大乱一阵，谁知今天却是大大不然，坐在床上，长长叹了一口气，望着孙福聚道："爸爸，您到书房干什么来了？"一回头又看见吕氏，便又喊了一声，"妈，您怎么也来了？他们这些人又干什么来了？"

吕氏一听，孙谦说话，业已恢复原状，不由大快，便情不自禁地在孙谦脑门子上亲了一下子。孙福聚心里可纳闷，这个孩子，自从王先生一走，一时急气，忽然失去智慧，比起从前，仿佛换了一个人，今天被这位苗先生打了那么一下，一时死了过去，却怎么醒来之后，仿佛他说话又似明白了许多，这是怎么缘故？实在令人纳闷。反正无论如何，这孩子没有死总是真的，这位先生就可以算是怪人了。方一犹疑，忽然想起屋子里还站着这么许多庄稼人，方才听他们口吻，已是错怪了那位苗先生，如今再不把他们打发走去，倘若再说出什么旁的话来，那就益发不是了。想到这里，便向那些长工道："这里没有什么事，你们快去下地忙活吧！"

大家一听，全都瞧了章氏一眼，心里说，我们在地里下得好好的地，你偏要说这里出了什么人命，我们也赶来了，人命也没见一条，我们糊里糊涂地叫人家给弄倒了两个，摔了个落花流水，真是没影的事，可是当着东家，也不便再说什么，只好答应一声是，便全都散了出去。

这里孙谦连问了两声，见孙福聚没有理他，便撅怔一下子打算从床上蹦了下来，苗敬向孙福聚喊了一声道："快点儿捺住他，别叫他动弹。"

孙福聚还没得上前，吕氏却喊一声道："不用你，有我在这里已然把他捺住了。"只见吕氏双手拦腰抱孙谦把个结实。

孙福聚趁着这个工夫向苗敬作了一个大揖道："苗先生，我孙福聚虽然是个粗人，没有什么深大的见识，不过我可瞧出先生你老是个高人来了，我这里给您行礼，请您始终成全我这孩子。"说着又是一揖到地。

苗敬笑道："得了，得了，我一个人的孙大爷，你别跟我闹着玩了，我本是一个要饭的乞丐，流落街头，蒙您抬爱，赏我一碗现成饭吃，我实在感恩不尽。方才我本是哄着少爷玩的，不想一时失手，竟把少爷震晕过去，幸而缓了过来，正在惭愧无地自容，您倒谢起我来了，您这不是故意损人吗？"

孙福聚也笑道："得了，先生，我先前实没有看出你老是怎么样一个人，实有得罪您的地方，您是英雄，千万别见怪我，还得求您始终成全我这个孩子。"

苗敬道："孙大爷，你怎么会看出我是有本事哪？"

孙福聚道："实在不瞒你老说，我一不懂麻衣，二不知柳庄，不过因为在外头跑的时候不少，见能人也见了不少，方才我在以前，我还蒙住了，后来看见你老把孙谦那孩子用功夫把他弄倒，原来您是大有用意。我们这孩子，在从前确实不坏，自从王老师一走，他突然改变了一个人，从前爱念书，现在也不爱了，从前非常安静，现在也闹起来了，不但闹，而且性质也改变了，方才经这一击，仿佛又回了从前常态，你老人家不是高人，谁是高人？"

苗敬微然一笑道："孙大爷，你真可以，实在我佩服你了！委实不错，您这位少爷，确实是被我救过来的，不过孙大爷你可知道什么人把你孩子给治到那种样子呢？"

孙福聚道："这个我倒不知道，因为自问我向例没有得罪过人，所以我不知道我是什么地方得罪了人。"

苗敬道："治你孩子的人，不是旁人，就是你们从前请的那位王老师。"

孙福聚摇头道："我不信，那位王老先生待我们这孩子如同自己孩子一样，十分疼爱，焉能做出那种事来？这话我真不敢信。"

苗敬道："我也知道你不能信，不过你可知道那位王先生他是干什么的？"

孙福聚摇头道："究竟是干什么的，我也不知道，我只知王先生在这村子里学问不错，在这村子里住了也有二三年了，至于他真是一个干什么的我实在不知道。您既然这样说，必定知道一点儿底细了。"

苗敬笑道："我不但知道他的底细，论起来您这位少爷，还得算是我的一个师侄呢。这位王先生，他并不叫什么正昌，那是假名字，他的真名字，一个单字儿叫个达字，他是四川万县人。您猜他原是干什么的？说起来您又该不信了，他是一个实缺的知府，他不但学问好，他的武学更好，他的一身功夫，是从四岁练起的。我和他在十岁时候，就见面了，我们是一师之徒，同堂学艺。艺成下山时候，我们师父曾对我们说，我可以在江湖上找碗饭吃，不许为官应役，倘若不听，恐怕将来有灾。至于我师哥，他的出身原和我不同，说他不是江湖上的人，应当还要给国家做一番事业。说这话的时候，我才十四岁，我师哥已然二十二了，他听了师父的话，回到家里，把全身能为，一字不提，埋头读书。他家原是世家，上辈都是做官的，他父亲又是饱学，只因四岁以前，身体多病，眼看奄奄欲毙，便被我师父救走，家人只以为是丢了，及至他一回去，他父母依然健在，看见他自是十分欢喜，便请了先生，开始读书。他的天资非常聪明，无论什么书，一看就会，不到五年工夫，已然是诸子百家、四书五经，无一不通，一考再考，全都高高在上，便取了榜下知县。他做官存心是要救济百姓，三年任满，大有劳绩，便升了知府，自从升官以后，益发是励精图治，真真可以说是两袖清风，爱民如子。我也曾奉了师父之命，调查过他两次，见他十分要好，便回去把这情形，告诉了师父，满心以为师父听了，一定高兴，谁知师父听了，只长叹了一口气向我说道，'你先不要高兴了，你再回去看看，只怕他这时已然被人家参了官了。'虽然师父那样说，我却有些不信，心想他做官很好，怎么会被参，这话一定靠不住。当时原想去看一看他，不想被事耽误住。过了不到半个月，我腾出了工夫，再去看他的时候，你们猜怎么样？果如师父所说，已然被参革职了。我跟人家一打听，他为什么事参的官？当地的人都长叹一口气说，'为了什么？不过是不能应酬上司吧。'幸亏还好，他因为做官的时候，不懂得要钱，没有闹什么亏空，走起来却很干净。我到的那天，他已然走了好几天了，我得了这个信，心里也还没有什么不痛快，想着师兄弟相好不错，只因他做了官，彼此便疏远了好多，如今他的官也不做了，我们倒可以都在一起盘桓些日子，便连夜赶到他的家里。到了家里，他却没有回家，以为他一定是回到师父家里，又赶紧跑到师父那里，却只有师父一人，他依然没有在那里。我和师父一说，师父一笑说，'他现在也跟你一样了，他现在在什么地方，我不知道，你慢慢留心找他，总有在江湖上见面的那一天。'我知道师父说的话不会错，便把这事搁下了。随后我便在江湖上留心打听他，却是一点儿消息没有，一晃儿十年，我听见人家说，仿佛他在河南卫辉府一带，及至我到了那里，他又不在那里了，我起初以为一定是他，也就放下了。有一年，我保了从江苏到北京的一只镖，走在沧州奇花堡，碰见吃水的朋友，讲面子不懂，跟人家一亮杆子，却不是人家的对手。正在急险时候，忽然有一个教书先生模样相似的人，破围而入，打退了对点子，解了我的围。我追过去要给人家道谢，及至来到临近一看，原来正是我遍访无着的师哥他，当时我就问我师哥，这些年没有见面，他在什么地方。他才说起，他自从丢官不做，便在豫鲁一带，明以教书为业，暗中干的却是江湖上的行当儿，据他自己说，所做的事情，实在比做官的时候做得还光明，还痛快。我又问他，以后还打算到什么地方去？他冲我一乐说，反正离不开山东、河南这块地。我因为当时保着镖，不能多耽搁，等我把镖送到地头，回来再找他，连一点儿影儿也找不着了，这话一说，又有二十来年了。我最近又闹了一档子糟心事，不但事情不能再混，连性命都有危险，没有法子，只好去找师父，师父敢情知道我师哥在什么地方，叫我到这里来找他，果然一下子就找着了。跟他一说，他说我的事倒不要紧，他这里扔不下，因为他物色着一个有天才的小孩子，要把他自己全身的功夫，全都给了这个小孩。后来我再三说，我的事非他不可，他跟我商量，叫我在这里等他，他去给我办事，又说不用引见，他自有法子叫我到那个孩子家里去。我们两个当时回去，办出一点儿头绪，他还在那里给我办没完的事，叫我赶紧回到这里来，又教给我一套话，便能成功。果然我到这里，就遇见了您这里少爷，我一看就知道说的孩子，就是您这位少爷，所以我才故意逗您少爷追我，所为引出您来，不想您竟赏识于牝牡骊黄之外，把我引进尊府，使我教您少爷，正中我的下怀。不过我临来时候，我师哥也曾对我提起，您这位少爷，已然被他点在慢穴，使他聪明的脑子，一变成为笨拙的脑子。他怕的是他走之后，您请了无用的老师，到这里把他教坏，从此便成了废材，因此才用手法把他制住。不过这种手法，至多不能过三年，如过了三年，再打算把他救过来，却是不易，所以在我临来时候，告诉清了他点的穴道，所以方才我假装教他把式，把他穴道解开，所为让他先恢复了他从前的聪明，才好教他本事。恰好这时您二位赶到，险些不曾误了大事。这时候您的少爷已然复旧如初，这位奶奶先请进吧，我还有几

76

句话，要和孙大爷谈一谈。"

苗敬把这话一说，吕氏如梦初醒，心说怪不得自从那位王先生一走，我们这孩子就那么忘神失魄，仿佛和从前变了一个人，敢情叫人家给点了穴了，这以后可得多留神，这可真不是闹着玩的。想到这里，一拉孙谦向苗敬道："苗先生，我把孩子带到里边去叫他养养神行吧？"

苗敬点头道："好极了，可是叫他静坐，不要满处乱跑，因为他的脑子，现在还没有定，如果一受震动，恐怕不易养好，留神留神！"

吕氏不住口地答应知道、知道，拉了孙谦，急急往里边走去。章氏大姑娘一看吕氏走了，也跟着走了进去，外头只剩下苗敬和孙福聚两个。孙福聚端端正正，走到前面，深施一礼道："说了半天，敢情您是一位侠客，我可实在眼拙，请您可别见怪。"

苗敬微微一笑道："孙大爷，您倒不必这样客气。我今天来到您这里，还有一件大事，要跟您商量一下，盼您能从权大义才好。"

孙福聚道："什么事？您就说吧，我是无不从命。"

苗敬一笑道："那就好极了。您这位少爷，据我师哥说，不是您亲生嫡养，更不是亲支过继，是您捡来的一个孩子，在您说可以算得是救孤行善、见义勇为，十分可佩。不过有一节，也许是您不知道，这个孩子，他上有父母之仇未报，下有手足之恨未雪，他却不能长在您的身前，这件事望您顾念大义，叫他把父母之恩报了，然后再来给你们二位养老送终。我看您这人也十分豪爽，必能成人之美。"

孙福聚一听苗敬这一套话，犹如兜着脑袋，泼了一瓢凉水，不由浑身打了一个冷战，费了多少日子的事，花了多少钱，闹了归齐，敢情孩子还是归人家，这才叫"镜里看花，水中赏月"，事到临头，一场虚空。心里虽然难受，嘴里可又说不出来，因为人家苗敬所说的话，全是行侠仗艺之道，自己如果一个摇头，就算于理上略有亏欠，可是如果一点头，只怕这孩子从此就算一去不回头，抚养了一场，怎么能够不难过？事出两难，忽然一低头，想起一个主意，便笑着向苗敬道："侠客所说，一点儿不错，天下哪有丢了父母之仇不报的好孩子？您能那样教他，也是他父母死去的阴魂有灵，所以才会有您这样人肯来救他，帮他报仇。我固然是个粗人，对于侠义之道，不很明白，不过您既把话说明，我要好歹不懂，那我就太不人物了。但是有一节，您既要叫他去报父母之仇，不是由文，就得由武，这个孩子，文既没有成，武更一点儿不懂，那么他凭什么可以去报他父母冤仇呢？当然不管学文学武，一定是由您指教他了，我的家里，房屋虽不太宽大，您要一位住在我家里，也还可以对付，我想就请您住在我的家里，早晚教给这孩子文武艺，等他艺成之后，叫他去给他父母报仇，在您固然尽了侠义之道，在我也可以稍微做一点儿好事，好人别叫您一个人全了。我这话说得粗鲁一点儿，您可要多多包涵。"

孙福聚的本意，只要暂时能把他给留住，孩子学艺，也不是三天五天的事，无论如何，总可以多留下他些天，一个走江湖的人儿，不过一时义愤，日子长了，只要他一腻，孩子他也就不要了，所以才想出这么一套话来。苗敬一听，微然一笑道："既是您肯如此顾全，更是那孩子的造化了，就依着您办吧。您就给找一个小院子，里头有个三五间房，就足可敷用，我可以住在那里，教他一些功夫，等他功夫学好了，我再把他带走，您看如何？"

孙福聚一听，正可心意，当时便叫人收拾出一个小跨院，里边有五间北房，叫孙谦给苗敬重又磕了头，便开了武功。刚一教那头两天，孙福聚也跟着去看了一看，只见苗敬所教的，也无非是普通人所教的那些什么窝腰窝腿，并没有什么出奇的功夫，孙福聚心里可就放心了。自己虽然不通武学，可是功夫究竟够不够一种功夫，总可以看出几分来，准知道他既练这种功夫，连青苗会庄稼拳都赶不上，不用说是报仇雪恨，就求其不挨打就不容易。这么看起来，这位苗爷，也不是什么江湖好侠义士，简直有点瞎蒙事。准要是这样，为哄孩子找碗饭吃，这倒也没有什么，就叫他在这里住着吃吧，好在他一个人能吃得了多少东西，一来二去，便也就放下心来。

一晃儿就是七年，这个苗敬连那小院子门儿都没有出过，孙谦也跟在里头七年工夫，虽然早晚都见得着孙福聚和吕氏，可是远不如以前那样亲热。孙福聚倒也还不理会，唯有吕氏妇女心肠，平常就是一个儿子迷，虽然孙谦不是自己亲生，已然有了这么多年的感情，自己爱儿子心，还和从前一样，可是一看儿子，对于自己，却远不如从前，不由大大起了狐疑。

　　这一天，晚饭之后，没有事，向章氏道："大姑娘，平常老听他们练功夫，咱们可始终也没有看过一次，今天咱们娘儿两个，闲着也是闲着，咱们偷着到那边院门，瞧瞧他们到底练的是什么功夫。你跟我去了一趟，好不好？"

　　章氏本来人很活泼，又好热闹，早就想到那边去瞧个热闹，不过没有吕氏的话，自己不敢去，如今一听吕氏领头要去，正合心意，便笑着向吕氏道："您要愿意去，我就陪着去瞧瞧！"

　　当下两个人悄没声儿来到了小跨院的门外。这天恰好是月半，月亮照得如同白昼一样，从门缝里往里看，看得很清楚。只见苗敬手里拿着自己用的那杆长烟袋，也不是当什么家伙在那里一跳一荡，一比一画。再看那孙谦手里拿了一块木头板，仿佛像练一把刀相似，也和苗敬一手一式、一来一往走了个严丝合缝。

　　吕氏回头，悄声向章氏道："大姑娘你瞧这两下子还练得真不坏，真仿佛咱们秋后谢神唱野台子戏的武戏一样火炽。"

　　章氏道："你先别说话了，您瞧苗先生手里又拿出一件什么东西来了。"

　　吕氏一听，顾不得再往下说，依然趴在门缝上往里面看时，只见苗先生右手攒着烟锅，左手却拿着一件明晃晃的东西，因为是灯影儿之下，看不甚清，仿佛那玩意儿有三五寸长，一头有尖，好似"冰穿"一般，不知干什么用的。正在纳闷之际，只见苗先生斜身往后就走，孙谦一拧手里那根木头片，长腰就追。看看追得就要首尾相连，孙谦一长腰，手里那块木头片，直奔苗先生后腰戳去。吕氏暗替苗先生捏一把汗，心说这个孩子，虽说是一块木头片儿吧，这要是杵在先生后腰上，也够先生受的，这个孩子怎么这么手黑？刚在一凝神之间，只见苗先生仿佛长着夜眼一样，陡地把身子往旁边一斜，孙谦手里木板，就戳空了。跟着苗先生一回身，前脚一站，后脚往前脚上一别，回头向孙谦一看，一抖右手，喊一声："留神！"一道白光，径奔孙谦哽嗓咽喉。吕氏浑身一哆嗦，差点儿没摔个大屁股蹲儿，两手一扶门，算是没有摔躺下。却听孙谦喊了一声"收着了！"赶紧凝神再看，只见孙谦平着往后一仰身儿，那道白光直从面门擦过。孙谦起右腿，拧左腿，往回一翻，长腰一把，就把那道白光抓住。一垫步，早已站定，带着笑声儿向苗先生道："师父，您瞧今天这手'铁板桥'，跟'回头望月'使得怎么样？"

苗先生点点头道："差是差不多了，不过伸手的时候，还显着慢了一点儿，这一来是我喊了，你知道留神，二则家伙分量重，如果家伙一轻，要再不告诉你，只怕你就找不着了，这个毛病，是在你腰上还软，翻身时候太慢，你还得多练腰上的功夫。"

吕氏暗暗长出了一口气，心说我的佛爷桌子，这简直是拿命拼哪，这要是稍微慢一点儿，正打在脖子上，那还活得了啊？这可真不是玩的，明天趁早儿让他们散了，不然日久天长，总有一天得闹出事来。

刚刚想到这里，却听苗先生又道："来，来，来，咱们再把'梯云纵'熟下子！"

吕氏益发不懂。只见孙谦把手里木头片儿扔下，又把衣裳紧了一紧，靴子蹬了一蹬，往下一蹲身，仿佛要蹲下去，忽然一拧腰，可把吕氏给吓着了，嗖的一声，孙谦竟自凭空起去，足有一丈来高，心说这不成了飞人了吗，这孩子可是越玩越玄，这要掉下来，还活得了啊？说玄更玄，只见孙谦起来一丈多高，并不往下坠，仿佛脚底下有什么托着一样，腰一拧，往下坠了有二尺，又上去了有三尺多点儿，又一拧，意思之间，还要往上去，这回可不行了，一拧腰不但没有往上起，反而哧溜一下子，落了下来。

却听苗先生道："你知道你毛病在什么地方吗？就是腰太软了，

腰一软，什么也练不了，你还得多多用功，不然可成不了，反正练功夫你怕吃苦可不行。"孙谦不住连连答应。

吕氏心里越想越害怕，这么看起来，这位苗先生，一定会点妖术邪法，不然怎么能够把人给催飞起来了，这简直越瞧越不是事，莫若趁早儿明天跟当家的一说，把这位先生辞了，不然将来也是祸害。当下便同章氏悄没声儿又回到里院，跟章氏一说，越想越怕，不等孙福聚进来，就把孙福聚请来。孙福聚一问什么事，吕氏便把方才偷看的事说了一遍，孙福聚噢了一声道："原来有这样事，章大姑娘你先去把熊儿给我叫来，等我问他一问。"

章氏答应，赶紧跑了出去，不多一会儿，气喘吁吁跑了回来道："大爷，大奶奶，可了不得了！我到了小院，叫了半天门，连一个搭茬儿的人都没有，不知少爷上什么地方去了！"

孙福聚急道："没的话，一定是你叫的声儿太小了，里头没有听见，走，咱们一块儿去瞧瞧去！"

当下孙福聚为头，带了吕氏、章氏、大孙妈、小孙妈一同来到小跨院，孙福聚连叫了两声："苗先生，苗先生！"里头没有声音，赶紧又把嗓门儿提高，叫了两声："熊儿！熊儿！"仍然一点儿响动儿没有。孙福聚可真急了，照着小门上当的一脚，门插关儿就折了，吱扭一声，门分左右，孙福聚大踏步就跑进去了，吕氏一干人也紧跟在后面。来到屋里一看，哪里有个人影子，桌上一盏油灯，却依然点在那里，灯座底下，压着一张纸条，上头字迹未干，写的是：崔家子已能手刃父仇，今且小别，即当重圆，诸所叨扰，并申谢意。底下画了一个像梯子又不是梯子那么一个玩意儿，又写了一个挺大的敬字在那梯子上。孙福聚就知道人是走了，数年的情分，拿着那张纸，不由扑簌簌流下泪来。

吕氏一见急道："到底孩子呢？"

孙福聚把脚一跺老泪纵横道："跟着苗先生走了！"

吕氏不听还好，一听哎呀一声，双眼一翻，往后便倒。

要知后事如何，且看下回分解。

第七回

破壁飞龙达人知机
推车引凤恶棍设阱

孙福聚赶紧招呼婆子下人，扶了起来，捶砸撅叫，半天工夫，吕氏才哇的一声哭了出来。婆子下人，先还不知道怎么回事，及至一听吕氏一哭，一叨念，才知道是少爷叫教书的给拐跑了，无怪大奶奶得哭，实在是可笑。不过没有法子，现在人已然走了，哭也没用处，跟着劝吧。

大孙妈就说："大奶奶您别哭了，少爷已然让人家拐了走了，咱们得赶紧想法子把人找回来，哭可没用，大奶奶，大奶奶，您先别哭了。"

吕氏哭得正痛，听都没听见。小孙妈跟着道："大奶奶，您想开一点儿吧，譬如少爷得了病死了，您难道也跟了去？"

吕氏听倒是听见了，这两句话，简直就拦不住。胖孙妈旁边搭茬儿了："大奶奶，您别难受了，要据我瞧，这话可不该我说，咱们这位少爷，简直就叫没那大的造化，放着有福不享，愿意跟着出去受罪，您有什么法子？少爷没福，您可有造化，您可别为着少爷把您身子糟践了，那可不值！"

这两句话，吕氏先听着倒是不错，忽然又一想，这回简直叫糟透了，爽得大哭起来。拢共四个婆子，大孙妈、小孙妈、胖孙妈，说了半天，没有劝住，就剩了一个麻孙妈没有过去，站在旁边为难，有心过去，又怕也照样儿碰钉子，不过去又瞧着大奶奶哭得难受。

可别瞧麻孙妈有点麻子，长得没有小孙妈漂亮，敢情心里特别透亮，想了一想，忽然把头一点一笑，走了过去道："大奶奶，您别难受了，你听我说。少爷走了，当然您得难受，不过有一节，您要能把少爷哭回来，您就多哭会子，您要哭半天，少爷连个影儿都找不着，越哭越远，那您又何必多流那些眼泪哪，这个您可以不哭。倒是少爷走了，您也这么大的岁数了，少爷也那么大的岁数了，不是有三位少爷、五位小姐，这倒不可不想个法子，倘若大爷要是一个盼少爷心盛，就许再弄个姨奶奶，那可就不好办了。"

麻孙妈这一套话，正说在吕氏心坎上，这一来更哭得欢了。正在这个时候，院子里有人说道："大奶奶，您这又是怎么了？"随着声音，走进一个人来，大家一看，不是别个，正是那能说会道的章氏。

胖孙妈一见赶紧喊道："大姑娘您快来吧，大奶奶哭了半天了，我们都劝不好，您快来帮着劝劝吧。"

章氏道："到底是为什么呀？"

胖孙妈遂把孙谦如何出走，如何留下字儿，大奶奶想少爷所以大哭，我们大家都劝了半天了，大奶奶还是不肯止住，您来了好，赶紧给劝劝吧。说着话，偷眼一看孙福聚，正在眼望墙上画儿出神儿，便赶紧向章氏一努嘴，又一伸二指。章氏也明白了，便赶紧向吕氏道："二婶，二婶，您怎么又急了，熊儿那个孩子，也不是您生您养，不过是从山窟窿里抱来的那么一个孩子，您待他固然不错，不过他没有那么大的造化，那可也没有法子。说句那什么话，您也许是前辈子该下他的，现在他已然要完了，他可不就得走吗？您可别为这么一个孩子，把您哭伤了，那可是不值，这话您听明白了没有？现在二叔他岁数也不高，您的年纪也不大，安知就不许生一个大兄弟了？就凭您二位的为人，无论如何，老天爷也不能不让您添个大儿子！得了，您别难受了，咱们娘俩到后边门儿拨叶子去吧！"

说着拉起吕氏胳膊，往外就架，大孙妈、小孙妈、胖孙妈、麻孙妈也跟在后面，拥拥架架，就给推到后院去了。屋里只剩下孙福聚一个，怔怔呵呵仰着脸儿出神儿。别瞧孙福聚是个乡下人儿，他的脑子可不糊涂，他自从看见熊儿那天起，他就觉得这个孩子来历可怪，他可没有说出什么，暗中一考察，这个孩子，跟旁的小孩，简直不一样，心里就知道这个孩子，必定养不到家，可没想到这么快。如今一看人已然走了，原未出乎意料，倒也觉得平常，不过方才一看那张纸条所写有"崔家子已能手刃父仇，今且小别"这么两句话，心里未免有点啾咕，崔家这孩子，他家为仇人所害，是在一见面时候，就知道的，至于仇人是谁，究竟怎么结的仇，这可不知道。现在纸条上所写，是就报仇去了，熊儿究竟有多大本领，自己完全不知道，就算他功夫不错，他也是个小孩子，无论如何，也不见得准能到了那里，就能手刃父仇。即使报了父仇，杀人之后，他应当逃到什么地方去？一个逃躲不及，就许被获遭擒，人家一问他住在什么地方，在什么人家里学的艺，他一定会说出是我这里，那样一来，我就算抄了家了。他再要报不了仇，当时露出形迹，那样一来，我这里更是苦不可言，哎呀，这真是慈心生祸害了！越想越窄，越想越烦，走过来，踱过去，越想越没处藏没处躲，不住唉声叹气。忽然又一想，嗐！事情已然出来了，怕有什么好处？愁有什么益处？一个人活在世上，哪里有那么多称心的事，自要是与人不亏，就算心安理得，对于这个孩子，虽不能说有什么特别好处，无论如何，对他总没有丝毫亏欠，他要是从这里好了，总算自己做了一件全始全终的好事，他要从这里走，闹出事来，就算把自己牵连在内，也是前世冤孽，丝毫不足为奇。想到这里，心里当时踏实了一半。又过了几天，并没听见外头有什么风声，慢慢也就冷落下来了。

如今再重起一个头儿，另说一家事。

在山东登州府属有个县叫蓬莱县，这县临近海边，虽不太荒僻，却也不甚热闹。在蓬莱县城外，靠着海边，有个小镇甸，名叫八宝甸。镇甸不大，有个百十多户人家，因为离着海近，大半是以养船捕鱼为生的最多。那个时候，天下太平，年月好过，五口之家，能够有只小船，出去半天，就能养家。这镇甸也有一个首领，姓陈，单名一个杰字，也是本地人。陈杰虽然是这个地方生人，却是在城里长大的，书念得不多，也认识几个字，一堆乡下人，忽然里头出来一个认识字的，那就是圣人，谁能不恭维他？况且他还有别的门子，因此陈杰便当了八宝甸的头领。这个人却是一个刁狡奸猾极无廉耻的小人。他的父亲陈炯，在蓬莱县衙门当看牢的，也是一个无恶不作的坏小子，有那样父亲，还能生出什么好孩子来？陈杰在城里念书的时候，每天跟着他父亲，耳濡目染，没有一件不是伤天害理的，本来习性就坏的人，又受了这种熏染，日子一长，把他爸爸那身本事全都学会不算，还添了不少新鲜的高招儿。他爸爸陈炯，当了二十来年看牢的，在那些犯人身上，连血都刮了下来，按说他应当很剩几个钱，却依然积蓄毫无，原来陈炯在外头能够昧尽天良，坑蒙拐骗，他的家里，却一样有人在那里强取巧夺。以陈炯这种人，居然有人敢欺负他，陈炯他还不敢有一点儿露出不愿意，只有乖乖儿地把他千方百计坑蒙拐骗弄来的几个造孽钱，双手奉送给人家去消遣。您猜是谁？这个人不是别人，正是那八宝甸首领陈杰的慈母蓬莱县牢头陈炯的令正夫人来氏。这个女人，原是蓬莱县里一家姓林的财主的丫头，平常在街上买买东西跑跑路，不断从衙门门前过。那时陈炯，还没有老婆打着光棍儿，看见这个丫头，虽没有什么人才，却是十分风骚，便起了心火，想着主意，每天等那丫头上街路过的时候，就和她尽力勾搭，又不时地给她一点儿小便宜。"好女怕磨男"，何况那个丫头，根本就是一个臭下三烂，虽然不曾正经有过丈夫，孩子却也生过三五个，看见这种样儿，心里有什么不明白，一个愿打一个愿挨，哪里还有个凑不上，日子不多，就拍在了一起。那丫头的主人，一看情形不好，恐怕遮遮掩掩再闹出旁的事来，爽得便把个丫头退了身契，给了陈炯，他们从此，才算奉了明文，搭了伙计。在陈炯一个看牢的小卒，平地得了这样一个老婆，倒也没有什么不满意，只是那来氏，虽说是个丫头，却是生在富贵人家，吃惯看惯，哪里把一个牢头看在眼里，却因过来日子不久，陈炯又是极力对付，所以还没有露形吵闹，不过每天陈炯一到牢里去上班，来氏依然满街遛遛走走，不管是谁，疯说疯闹，日子一多，很有些不好听的话，传到陈炯耳朵里。陈炯一向总觉得对不起来氏，便生了一种怜心，由怜心一转而为怕心，积威已久，夫纲早坠，如今听了许多言语，都不敢发作，心里却也暗自盘算主意。

又过了两天，便找了来氏一个喜欢当儿，向来氏笑着道："大姐姐，我有几句话要和你说，不过咱们可是商量的性质，你愿意就办，不愿意就散，你可别生气！"

来氏把眼斜着瞪了一眼，要笑不笑地道："你有什么屁只管放吧，干吗这么蝎蝎螫螫的，但是你没说之先，你可想想，不该放的，趁早不用放，我可没有工夫怄闲气。"

陈炯一听，把舌头一伸，一缩脖子苦笑道："干脆，我不用说了。"

来氏呸地啐了一口道："你瞧你那德行！有什么屁要放就放，不放就滚开，我不愿意看你这下作样子！"

陈炯一腆胸脯道："说就说，这也没有什么。咱们两个总算做了四个月夫妻了，我的来历收长，难道你还有什么不知道，我今天要跟你说的话，就是我现在挣的钱太少，你在城里住着我供养不起，我想跟你商量，城外八宝甸，那里有咱们老家，有房子有地，你要是肯其回到那里，帮我照管照管，不单这里可以省下不少，那里还得多收。这是我想的这么一个糊涂主意，你要愿意算着，你要不愿意，咱们就算吹，可不许生气。"陈炯说完这话，两个眼珠儿不错地看着来氏，就仿佛小孩子看见后妈一样。在陈炯想，来氏一向在城里住惯了，陡然让她回到乡下去，她准得不干，不但不去，还许痛吵一阵。

谁知这回完全料错，那来氏听了陈炯这套话，先是一拧眉，继而点了点头，又把牙一咬下嘴唇，脸上一红，又把眼斜着一瞟道："你这个人真是油包了心，泥浑了骨，既是乡下有房子有地，为什么你不早说，却叫我在这里受罪，真是糊涂死人。既是这样说，咱们今天就走好不好？"

这几句话简直是出乎陈炯意料之外，便赶紧赔着笑道："你既愿意去，那就好极了，可也不必忙在这一时，等我找人先回去收拾收拾，你再回去也不晚。"

来氏摇头道："那不行，你要早说，我早回去了，今天就是今天，拾掇什么，反正一个住家，咱们又没有高亲贵友，怕谁笑话，咱们这就走。"

陈炯一听来氏回家的心急，也不敢再说什么了，只好点头答应吧。当下找了一辆小车子，把城里这份东西，全都装上，在衙门里请了半天假，把来氏给送到家里，安置安置，赶紧回到衙门销假当差，以为从此起，无论如何，来氏离开了那班人，总可以清静多了，不至于再出逆事，便也塌下心去。

如是过了也就有两个月，忽然一天有人来找陈炯，陈炯一看，正是八宝甸的老街坊，赶紧就问出什么事。那个街坊一见陈炯，迎头作揖，嘴里连声道喜。陈炯一怔道："什么事？我哪里来的喜？"

街坊笑着道："陈大叔您怎么装不知道啊！昨天晚上，我大婶给您添了一个大兄弟，这还要多大的喜，您是怕请喝喜酒是怎么着？"

陈炯一听，不由脱口而出道："不对呀，她过门拢共才六个月……"说到这里，脸一红就说不下去了。

那位街坊更坏，一看陈炯不言语，跟着就说道："你怎么啦？俗话说七活八不活，六个月养个铁秤砣，您这个造化大了！"

陈炯不等他再往下说，赶紧拦住道："那么您先回去吧，我随后就到。"

街坊乐着走了，陈炯越想越不是滋味儿，可也没有法子，只好是回家瞧瞧吧。到了家里一看，来氏坐在炕上，旁边搁着一个又白又胖的大小子。陈炯年纪不小，没回来时候还有点气，及至一看见孩子，心里先舒服了一大半，他有他的想头，管他几个月呢，反正孩子是有了，谁能说不是我自己的孩子？人家还有往家抱孩子的哪，这总比抱的孩子强得多。心里这么一想，当然心平气和，笑不唧儿地问来氏道："你觉乎怎么样啊？"

来氏连眼皮都没翻一翻道："怎么不怎么，上刀山下油锅都过去了，要等你来，十二条命都没了，你趁早儿还当你的差事去吧，别回头把饭锅砸了。"说着两个眼睛一挤，真挤下两珠眼泪来。

陈炯一看，可没脉了，赶紧连声说道："大姐姐……不，不，孩子他妈，你在月窠儿里，可千万别生气，要是伤了肝，可不好办！"

来氏呸的一口啐道："你不用这里来咒我，我还不愿意死哪！老兔子，我告诉你，就凭你这小子那点德行，不用说儿子，你连个兔崽子也有不了，这是太太给你们家带来的风水，太太我可给你们家留了后，你要还像从前那样儿管着太太我，那可不行。从今天起，你挣多少钱，都得交到家里，太太不能受一辈子委屈，你要是觉乎着不合算，你可以到你们老爷那里告我一状，你要是没那个胆子，你就不用跟太太我按兵不斗，老兔子你听明白了没有？"

陈炯哪里敢说一个不字，只有连连答应道："你说得都对，我回去就让他们把钱给你送来。"

来氏听说，这才缓过颜色来道："咱们这孩子，你瞧够多胖啊？你瞧哪一点儿像你那块德行？将来给你们光宗耀祖，全在这个孩子身上哪，你赶紧找你们衙门的师爷，给孩子起个响亮的名字。你可别瞎对付我，这可关着这个孩子一辈子哪！"

陈炯又是连连答应："不敢，不敢。"又说了些个废话。

回到城里，真求师爷给起了一个名字，单名叫杰，告诉了来氏。从这天起，真是挣多少给家里送多少，一点儿也不敢耽误。又过了一年，来氏又添了一个姑娘，因为是个姑娘，没有惊动师爷，自己给起了个名字，叫平儿，取其平安之意。自从有了这两个孩子，陈炯就放了心了，知道她有了孩子，绝不至于再有什么不规矩的举动了。哪里知道那来氏天生来的是个下贱货，虽然有了孩子，却依然广行结交，绝不拿孩子当一回事。陈杰长到十岁，出息得还真不难看，就是有点奸猾之相。陈炯十分疼爱，便把他带到城里，找了一个私学，叫他跟着念两句书，天资虽是聪明，就是跟念书没缘，念了有三年书，粗粗地也就能写个说帖，便退了学，跟着陈炯一块儿助理牢政。偏是天生有这种才干，凡是监牢里那些细枝末节，他是无一不知，无一不懂，只要今天看过一遍，明天他再出个样儿，比那多年的老牢头，想的法子还高一头。父子狼狈为奸，很弄了几个钱，置了一点儿地，在八宝甸陈炯就算提得起来的有名人物了。乡下人势利眼，一看人家陈家父子有钱有势，就想着跟人家勾搭勾搭，恰好这村子里头脑人病故出缺，便由合村人向陈炯要求，请了陈杰当村头。陈杰这时刚才有二十一岁，忽然当了村头之后，这八宝甸可就搁不下他了，不是派张家今天干这个，就是明天派李家干那个。大家引狼入室，后悔不及，惹又惹不起，只好隐忍不言。

一天，陈杰吃完了晚饭，没事在村子里闲荡，正走在一个道口儿，忽然从身旁过去一辆小手车儿，在这车上，一边坐着一个年约四十来岁的妇人，一边坐着一个年在十七八的大姑娘，余外还放着些铺盖行李。后头是一个年约四十多岁的男子推着这个车，累得满头是汗，吱吱扭扭从身旁推了过去。旁的陈杰没注意，一眼就看见了那个大姑娘，不用说这个村里找不出来这么一个好看的，就连城里头都算上也未必能再找出第二个来。当下心里一动，紧走两步到了车子跟前，向那推车的男子道："这位老人家，您这是从什么地方来？要到什么地方去？您瞧您累得这个样儿，我帮着您推几步儿吧！"

那人一听陈杰说话和气，赶紧把车放下，带着笑道："承问承问，我这是从前边十八里滩到这里来投一家亲戚的。请问这位大哥，您这里可是八宝甸？跟您打听有一个姓林名叫土源的林老头儿，他住在这个地方哪个门里？"

陈杰一听，忽然一皱眉，接着笑道："这里正是八宝甸，您问那位林老者，是不是从前在省里带过兵的林总爷？"

那人连连点头道："不错，不错，就是他。您可知道他的住处？"

陈杰嗤了一声道："您大概有些日子没见着了，您不知道那位林总爷已然搬走了！"

那人听了哎呀一声道："是吗？什么时候搬走的？您可知道他搬在什么地方去了？"

陈杰摇头道："搬是搬了一个多月了，到什么地方可不知道，因为林总爷他老人家根本没说。"陈杰说着话，眼睛不住往那个姑娘身上盯，偏是那个姑娘毫不理会，也用眼不住上下打量陈杰。

看得正在出神，猛听那男子一声长叹道："唉，想不到我崔仲景时衰运坏一至于此，真是苍天怒我了！"

那男子说了这两句话，怔眼呵呵看着那妇人，那妇人道："仲景，既是我叔叔不在此地，我们这里举目无亲，不如还依旧回转十八里滩再想法子吧。"

那男子道："你怎么到了这个时候，还说些蹊跷话儿？如果十八里滩能够回去的话，咱们也不出来了！"

那妇人听了，不由抽抽噎噎哭了起来。那个姑娘却毫无悲苦之状，却仍然不住眼往陈杰身上打量个不休。陈杰知道方才自己说的话，他们信了，便又带着笑问那男子道："这位大叔既是从老远投到这里来，一定很劳乏了，如今您投的贵亲，可惜又不在这里住了，您无论到什么地方去，也总得歇一歇再走。来，来，来，您别嫌弃，您到我家里坐一坐，歇歇腿，喝碗水，回头我再派人给您打听打听林总爷搬到什么地方，再同您找去，您瞧好不好？"

那男子道："萍水之交，断断地不敢打搅。"

陈杰道："没什么，没什么，天下男女，都是一家，您就不用客气了。"说着过去就扶车把。

那男子还待不肯，却听那妇人道："仲景，你我现在日暮途穷，既是这位小哥有这番美意，不如你我依实了，权且歇一歇腿再打主意，也无不可。"

那男子听了长叹一声道："这一来只怕要应了李判官的话了！"

90

那妇人道："事到现在，可就不能再说些迷信话了！"

陈炯看那男子已经愿意，便过去一抄车把，往起就推，这一来几乎没有把那车人全给摔了下去。原来推那种车子，腰上腿上都得有劲，并且腰上还得特别活动，车往东歪，腰往西扭，车往西歪，腰往东甩，然后才能推起平安无事。如今陈杰虽然生长乡间，却一向是动嘴不动腿，不用说推车，连挑一挑水他都没干过，那如何成得了。车把往起一抄，腆肚子往前一推，妇人那边重，车头便往妇人那边歪去，他被车一歪，不懂诀窍，硬腕子一按姑娘坐的这边，好，那边不歪，这边歪了，再打算按那边，那如何能成，吱扭一声，车头就杵在地上，把自己手腕也戳了，把坐车的也蹾了，不由齐口哎呀了一声。

那男子一边擦着汗一边道："这位大哥，您前边指引道儿就感激不尽了，这卖力气事还是让我来吧。"

陈杰一想，自己简直就叫不成，这也不用跟人家吹，干脆让给人家，想着往旁边一闪，赔着笑道："这可怪对不住，这位大婶跟大妹妹没有碰着啊！"嘴里说着，手奔前头车头，背手一抄，就抄起来了。那男子一见，扶腰一冲，这车就又吱吱扭扭走起来了。

一路走着，一路说话，这才知道那男子名叫崔仲景，那妇人是他老伴儿林氏，那个姑娘名叫铁妮儿，是他两个的女儿。地方不远，说不了几句话，就到了陈杰家门口。陈杰向崔仲景道："大叔，您先在这里等我一等，我先进去回我老娘一声儿。"

崔仲景道："大哥您多受累，见了老太太，就提我们给她老人家请安。"

陈杰走了进去，工夫不大，就听里头有人喊着从里边跑了出来："哟！这是谁呀？说得这么怪苦的，等我来瞧瞧！"说着一阵脚步声音，从里边飞跑出来一个妇人，后头跟着一男一女。刚刚来到临近，只听那妇人一声怪叫道："哟！这不是姑奶奶吗？您怎么会来到此地！"

林氏定神一看，也哎呀一声道："你不是来福姑娘吗？你怎么会在这里？"

这一来倒把陈杰说得如同木雕泥塑一般，不知这事从什么地方说起。

要知后事如何，且看下回，便知分晓。

第八回

假殷勤母子双定计
真急怒父女两失机

陈杰正在一怔，却听来氏向自己一招手道："来，这是姑太太，快请安行礼。"

陈杰一听，这倒不错，平白地又找了这么一位姑妈来，没法子过去行礼吧，过去深深请了一安。

林氏道："罢了，我还没有谢谢你哪！"

来氏又招呼身后那个姑娘也过来行礼，姑娘过来一行礼，林氏道："这又是谁呀？"

来氏道："这个是我跟前的大丫头，她叫平儿。"

林氏赶紧道："得了，得了，姑娘长得真俊，十几了？"

来氏道："二十了。"说着哟了一声道，"你瞧我可真是糊涂了！这位八成儿是姑老爷吧，姑老爷您好啊！"说着双手一搭，福了一福，接着又道，"这可真是百年不遇的事，请吧，往里请吧。"

林氏、崔仲景、铁妮儿全都让了一让，来氏在前引路，陈杰往里弄车，大家全都来在里边。一看三间北土房，两间西土房，东边是个木棚，里头挂着些个打鱼的叉网之类的东西。来氏把北边屋门拉开，崔氏夫妻带了姑娘铁妮儿走了进去，屋子不大，里头倒还干净。来氏让了座，又叫平儿去预备水沏茶洗脸。在这个当儿，陈杰已然把车安置好了，也走了进来，站在一边，崔仲景让他坐下。

来氏让过茶之后，这才向林氏道："姑奶奶您怎么会来到这个地方来了？"

林氏长叹一声，才要说话，就见铁妮儿微微摇头示意，便改了话道："嘻，来姑娘，你哪里知道，我们原在十八里滩种了一点儿地，很可以对付着活，没有想到，今年上半年是大旱没雨，下半年是雨水太勤，地里是什么也没收，家里实在住不了，才和姑爷商量，来到这里，打算找二老爷想个法子。刚才听说二老爷已然不在这里住了，来姑娘你可知道二老爷在什么地方去了？"

来氏一听哟了一声道："什么？林二老爷，他老人家根本就不在这个地方住……"刚刚说到这里，就听陈杰微微一嗽，一摇头，来氏明白，赶紧道，"他老人家原不在这里住，去年因为说城里热，才搬到乡下来住了些日子，在前两个月，也不是京里派了二老爷什么差事，慌着忙着，就带了家里人全都进京，现在这里连一个人也没有了。"

林氏一听，深信方才陈杰所说不假，便不由又抽噎起来。来氏道："姑奶奶，这没有什么，既是二老爷走了，您老远地投到这里来，您只要不嫌弃我们这里供应不到，您就在这里住着，我托人打听，有人进京，给二老爷带个信，请二老爷派人来接您来，您再去也不晚。"说着向陈杰道："杰儿，你把西屋收拾收拾，回头咱们娘儿两个搬过去，这屋东间，请姑爷姑奶奶住，西间请大姑娘住，让你妹妹陪着做个伴儿。"陈杰赶紧答应。

林氏忙道："那可别价，从前你没受过我什么好处，如今你肯容我们在这里搅你几天，我们已然很不过意了，要再吵得你们举家不宁，那可更不安了，我们有西房两间，就足够了。"

来氏道："姑奶奶，您这话说远了。想我受了老爷太太天高地厚之恩，正恨没法报答，难得老天爷可怜见儿，把你老二位给吹到我们这里，我们真是请都请不到，我们借着这个机会，也好报答报答老爷太太那点恩惠。只要您不嫌我们这里茶饭不好，我们就踏实了，您可千万别再说客气话，反使我们心里难受。"说完又向陈杰道："你这孩子还不快去？"

陈杰向崔仲景道："你老在这里坐一会儿，我这就来陪您。"说着转身去了。

这里来氏又陪着说些闲话，说来说去，就说到铁妮儿身上来了，问问铁妮儿有了人家没有。林氏告诉择婚太难，还没有人家。来氏道："可不是嘛。现在这个年月，男婚女嫁，可真是不易，就拿我们平儿说吧，今年也二十了，提亲的倒不少，高不成，低不就，一直也没有说妥一个人家儿。姑奶奶，不怕您笑话说，我想娶儿媳妇、找女婿，可不能把眼不睁开了，什么财主不财主，有功名没功名，我瞧倒没什么，第一得人小神气好，能够挣钱养家，就比什么都强。别忙，大姑娘在这里住着，我一定给说一个好主儿，讨您一杯喜酒喝。"说着一阵嘿嘿一阵畅笑，又连看了铁妮儿几眼，嘴里还不住说，"长得真体面，就跟一张画儿似的，连我瞧着都爱。"

林氏也笑道："来姑娘，你瞧你这样夸劲儿的，要说起来，我们铁妮儿，还没有你们姑娘长得俊呢。"

闲扯了几句，陈杰进来，告诉来氏："西屋已经收拾好了，您先陪着姑太太姑老爷到那里坐一坐，商量商量吃什么，我跟平儿在这屋里再归掇归掇。"

来氏听了问林氏道："姑奶奶到西屋里瞧瞧去，让他们再拾掇拾掇这屋里。"

崔仲景道："真是搅得太过了。"

说着来氏在前引路，林氏跟崔仲景就跟出去了，铁妮儿一看，跟着也往外走。陈杰笑嘻嘻地一拦道："姑娘您先别走。"

铁妮儿道："有什么事？"

陈杰道："事是没有，不过您在这屋里可以看看怎么样拾掇好？"

铁妮儿微然一笑道："客随主便，你爱怎么摆就怎么摆，你多费心吧！"说完把脸上笑容一收，一晃身子，便走了出去。

陈杰落了个没趣，向着平儿一伸舌头，做了一个鬼脸。平儿冷笑一声道："该！本来和人家素不相识，跟人家废什么话？也不想想人家什么身份！"

陈杰从鼻子哼了一声道："什么身份？难民！给脸不要脸，我让她认识认识我！"

平儿听了一皱眉，一声儿也不言语。林氏在西间正和来氏让座工夫，一看铁妮儿也进来了，便笑着道："怎么你也来了？人家姑娘在那里给咱们拾掇屋子，你也应当帮一点儿忙儿，怎么跑出来了？"

铁妮儿只说了一声："我头一天到这里来什么都不明白，给人家帮忙更乱了。"

来氏赶紧接过来道："姑娘，您别听姑奶奶的，哪里敢劳动您，您坐着吧。"

刚刚说到这句，就听院子里有人说话："嘿！天都什么时候了，怎么还不掌灯？可真会过啊！平儿妈在哪屋里哪！"

说话的声儿，是又粗又野，崔仲景、林氏不由一怔。这时天色才黑，屋里暗，院里还亮，从窗户里看外头看得很真。只见院子里站着一个汉子，身高七尺，漆黑的一张脸，长得凶眉恶目，膀阔腰圆，穿着一条山东纺的裤衩儿，露出两腿黑毛，上身光着脊梁，披了一件葛布对心的小坎肩，却敞着前胸，也露出一身黑毛，站在那里，不住摇头晃脑。林氏等正在诧异之间，只见陈杰从北屋里跑了出来，到了那汉子面前，低低声音，也不知道说了几句什么，那汉子点了点头，摇头晃脑而去，陈杰才蝎蝎螫螫回到北屋。崔仲景虽没有明白怎么回事，反正已然知道这个汉子绝不是什么好人，并且看出连来氏这家里也不是一个干净所在。

正在猜疑之际，却听林氏问来氏道："来姑娘，院里说的话是谁？听说话的口风儿，可像您那位老姑爷似的，你怎么不让他进来？咱们都不是外人，那样一来，我们更不好意思了。"

来氏结结巴巴说了一句："不是，平儿他爸爸在城里县衙门平常不能出来……"

林氏这才觉乎出自己太冒失，方才自己这句不该说出来，一时倒侦侦呵呵全都僵住了。恰好陈杰北屋已经收拾好了，过来请仲景夫妻到北屋去坐，才算解了围。到了北屋说了一会儿话，平儿把菜饭预备得了，吃喝完毕。

来氏问林氏道："姑奶奶您今天一路劳乏，可以早一点儿先歇着，有什么话，咱们明天再说吧。"

来氏说完，同了陈杰自去，屋里只剩下平儿。林氏向平儿道："姑娘累了半天，可以早一点儿先歇着，我们说几句话，也就安歇了。"平儿答应一声，自退到西间去了。

仲景向林氏道："这个咱们可真糟了，实指望投到这里，暂顾一时，哪里知道，来到这里，姻丈又不在此地，如今我们真成了进退无门了。我还没有问你，你和这里那个妇人，怎样认识？据我看那个女人却很靠不住呢。"

林氏道："谁说不是，我也有点看出来了。提起她来，要说倒不能算是外人，她就是二叔叔屋里用的丫头来福，在家里时候，就是那样疯狂，如今也不知道嫁了什么样的人，我就听说是给了一个看监的牢头，如今看起来，却又不像，这真是怪极了。"

铁妮儿道："就是她那个儿子，也就很不是善类，我们总是早点离开这个地方才好。"

仲景道："我们在十八里滩，惹下祸事，才跑到这里来，钱又没有钱，路又没有路，我们到什么地方去呢。"

铁妮儿道："我们到这里来，投的是林外公，究竟林外公，是不是还在这里住，我们根本就打听了他一个人，方才我看他们母子说话的神气，恐怕未必全是真话。爸爸无妨明天出去再找一个旁人问问，真是林外公不在此地，或是到了什么地方，咱们再想法子，如果根本他们别有用心，林外公还在此地，那我们还有什么说的，赶紧投到那里，自是极好。像他们这种小人，无恶不作，将来自有他们的恶报哦，我们也无须去理他，爸爸您想我这话说得是不是？"

仲景道："你这话说得一点儿也不错，我明天就去。不过我想李判官在咱们临走的时候，他说的那几句话，什么事出意外，有小人搅乱，难免有血光之灾，我总觉得这里头确实有些可怕。"

铁妮儿道："爸爸，您怎么这样迷信李判官的无稽之谈，难道您忘了人定亦可胜天？何况现在咱们还在平安无事呢！事不宜迟，你老人家明天一清早起来就走，这里既是离城不远，您就到城里头去问，恐怕这里都是他们一党。"

仲景道："我又担心我走了之后，他们对你母女又有什么不利。"

铁妮儿道："这个您倒不必担心，不用说他们不见得动手有这么快，即使他们有那样快，凭着孩儿囊里的小玩意儿，也还可以支持一气，绝不会使您丢了脸的。"

林氏道："不要多说了，我们多时不睡，反使他们生疑，早些歇了，有什么话明天提早办吧。"铁妮儿答应一声，自往西间去了。

仲景才问林氏道："方才我没有好好问你，你蹾了那一下子，没有觉得肚子里有什么不安吗？"

林氏道："方才一蹾的时候，仿佛有一点儿疼，现在倒又不觉得了。"夫妻两个又说了几句话，便自睡去。

再说铁妮儿来到西间，一看被已铺好，平儿正在那里坐着，一看铁妮儿赶紧站了起来，铁妮儿过去一把按住道："快别起来，你一客气我就不好意思了。"平儿一听，真个复又坐下。铁妮儿道："你十几了？"

平儿道："我今年二十了。"

铁妮儿道："这样说起来，你还是姐姐呢。"

平儿道："那可不敢那样称呼，我是什么样的人，怎敢和小姐并肩而论？"

铁妮儿双手齐摇道："那就不对了，你也是人，我也是人，什么身份不身份。要实说起来，你父亲大小还当着官儿，我们是逃难的难民，身份还不如你，你怎么倒自谦起来，难道你看不起我？"

平儿不等铁妮儿再往下说，便接过来道："那可是没有的事，您既如此说，我可就不说客气话了。"

铁妮儿道："那才对呢，以后我在这里住的日子很多，一切还求姐姐疼呢。"

平儿一听，脱口而出说："唉！可惜，恐怕未必能长吧！"说着陡地把话止住，忽然眼圈儿一红，眼泪围着眼眶子乱转，几乎没有流了下来。

铁妮儿一看，准知道里头有事，不由也暗吃一惊，急忙低声问道："姐姐谁欺负你了？你告诉我，我给你报仇去！"

平儿赶紧换过笑容道："谁敢欺负我？"说着看了窗户外头一眼，故意抬高嗓音道，"崔姑娘，咱们睡觉吧。"努嘴示意。

铁妮儿就明白了，赶紧过去躺在炕上，平儿也把灯吹了往炕上一躺，一伸手把铁妮儿手给揪住，用力捏了一下，低声叫道："妹妹。"

铁妮儿赶紧也低声叫了一声："姐姐。"

平儿道："你真拿我当姐姐吗？"

铁妮儿道："我一点儿假意没有，如果我不是真心，我可以起誓。"

平儿赶紧一扯铁妮儿手道："我信我信，你可别起誓，既是你这么看得起我，我就把实话向你说了吧。你们来找的那位林总爷，现在还在城里住，根本没有进京，你们明天一清早，赶紧就走，如若不然，恐怕你们走着就要费事了。"

铁妮儿明知故问道："难道说你们留我们的心这么实在吗？"

平儿使劲又一捏铁妮儿手道："嗜！我也豁出去了，爽得全都和你说了吧，谁让咱们两个人有缘呢！"

铁妮儿道："姐姐，你有什么话，你就说吧。"

平儿道："提起这话来，都怕你不信，我可不能不说。我虽然投生在姓陈的家里，只恐我前世作孽过多，这世应受惨报，所有他们一举一动，没有一件可以让我看得下眼。我的爸爸，是在县衙门里看监，虽然人不公正，但是在干那种营生的人里，还不算十分太坏。最使我难过的，就是我妈妈跟我哥哥，我妈我实在不忍说，无论如何她老人家也养我一场，并且非常爱我，我不能说出看不起她老人家的话来，俗话说得好，儿不嫌母丑，狗不嫌家贫。我虽不说什么，可是妹妹你也得留神，刚才院子里有人喊叫，八成儿妹妹你许听见

99

了吧，我妈专门就爱跟这一班人来往，说出去好说不好听，可是妹妹你想，叫我一个当女儿的说什么劝什么，所以我妈，我不能说她老人家别的，就是太不给儿女留体面了。至于我哥哥，在我们家里，可以算是第一个祸害，别的不说，就凭他所作所为，简直将来必遭横死，坑蒙拐骗，软欺硬诈，无所不为。我也曾经累次劝他，他是执意不听，有时候还要受他一顿恶骂，所仗我妈爱我，还拦着他。他又有一样特别，他在外头那样胡作非为，在家里对我妈可特别孝顺，要不然的话，我们家里早就出了笑话了！"说着又长叹了一口气。

铁妮儿道："据我看，他那个人也不见得一定十分坏，不过没有遇见好人，那倒或许有之，就看他对于我父女三个，萍水相逢，就这样款待，也就不能算是特别的坏人了。"

平儿又长叹一口气道："傻妹妹，你到如今还糊涂着呢！你以为他把你们请进来，有什么好意吗？你要以为他对你们母女起了仗义之心，那就全都错了，他哪里是那样的人？方才他进来时候，我已然听见他和我妈在那里啾咕了，我听见了几句，大意是看你们父女全是老实人，又因为你长得十分好看，他就起了邪心，意思之间，是把你先让了进来，先礼后兵，于妹妹你，大有不利，你倒以为他是好人了，真是可怕。我因为看妹妹你年纪又小，人又老实，我不忍看见他们害你，所以才和你说出实话，你要信我，明天一清早，赶紧请你父亲假装出去闲逛，快到城里，找着你们亲戚，叫他们派人快来接你们进城，才可脱险。如若不然，可恐怕要受他们危害。我话是跟你说了，信也在你，不信也在你，天也不早了，咱们也快睡吧。明天起来，还要假装没这回事一样，千万不要露出破绽，叫他们看破才好。"

铁妮儿听完，使劲一捏平儿的手道："姐姐，你真是好人，幸亏今天你把这话全告诉我了，不然我们一定要中他们诡计。至于这里大哥，我在一见面时候，已然看出他的形色不对，不过还没有想到他竟是这样厉害，既是今天姐姐都告诉了我，我明天一清早得个便儿先把这话告诉我父亲，让我父亲快想主意，好早早脱离这块险地。不过有一节，姐姐头天见面，待我就这样好法，倘若明天真个一走，再想看见姐姐，就很难了，我倒有些怪舍不得。姐姐有什么法儿，咱们还可以常见呢？"

平儿听了又长叹一口气道："傻妹妹，你别看姐姐我也没念过书，也不认识字，可是什么事都想得开、看得透。我既是投生在这种人家，我的命不问可知，将来还会有什么好事临到我的头上？不过我想人生一世，草生一秋，早晚都有一个死在，反正我拿定了主意，能够干净死，不能丢脸生，我是时存此念，有今天没有明天。妹妹咱们总算有缘，今天这一见，也算头一天，也许算最后一天，如果能够改过命运，将来咱们也许还有见面的一天，不过那就不敢说一定了。"说到这里，竟有些哽咽起来。

铁妮儿急摇平儿的手道："姐姐，你能不能跟我们一块儿走？"

平儿急忙一夺手道："你越说越傻了，你们现在身子还在危难之中，还不一定说能够走得了走不了，你怎么倒想把我拐走了，那如何能成呢？好妹妹，我虽没有读过书，可是我的一双眼睛，看人倒还不错，我看两位老人家气象全都不好，恐怕要应在这回事上，不能避免，妹妹你却是虽然有些小晦气，里头可藏着有好气色，当时不免稍吃一点儿苦头，将来必错不了。现在同走的话，不用说我舍不得我妈，我不能跟你们走，就是我舍得我妈，我愿意跟你们走，也办不到。不过我们只当一句笑话说，将来妹妹你安居无事有了力量时候，你还能惦记着我，想着还有我这么一个人，能够把我救出去，自是上好。倘若那时，姐姐我已然埋在地下，没有别的，妹妹你能往地下洒一滴酒，叫我一声，我就感谢不尽……"说到这里，嗓子有点发颤，哪里还说得上来。

铁妮儿也抽抽噎噎地道："姐姐，你不要说这些伤心话，我明天如果能够见着我的外公，我必定想法子把姐姐救了出去，姐姐你别难过了。倘若明天他们看出形色，连我们也走不成了。"

平儿道："好妹妹，你的话，我记住了。我的话，你也记住了，咱们不要再多谈这些事，倒是赶快睡了吧。"两个人又说了些旁的闲话，才慢慢睡去。

在他们说话的时候，西房里母子也在提这回事。陈杰向来氏道："妈，您瞧我说的一点儿都不错吧？咱们要娶这么一个姑娘，也就说得下去了吧。"

来氏摇摇头道："你小点声儿，回头再让人家听见。要据我瞧，你趁早死了你那条心吧。第一节，要论人家身份，无论如何也不给咱们家。二则你没有看见那个姑娘吗？虽说长得不错，可是她一脸的煞气，连我瞅着都怪可怕，真要是娶那么一个搁在家里，我也受不了。再者纸里包不住火，人家来投林二老爷，咱们佯说没在，人家不会出去打听吗，只要打听着，人家当时就走，你有什么法子能够留下人家？人家可不比那无名之辈，人家可不准怕你那鬼吹灯，弄得好还好，弄不好再闹出旁的事来，那可不是闹着玩的。要依我说，得饶人处且饶人，咱们可别找硬钉子佯往上撞。明天早晨，趁早打发他们走，他们要在这里住个十天半个月，那就把我给憋死了。"

陈杰道："妈，平常您说什么都行，唯独今天您说放他们走那可不行，我跟我爸爸学了这么多年，从没有过说出来不办。您要胆小，我还有旁的法子，反正无论如何，我这回就是豁出死去，我也要试一试。妈，您别害怕，您听我告诉您这么办怎么样？"

说着扒在来氏耳朵旁边一阵啾咕，说得来氏先是摇头，后是吐舌头，末了点了点头道："好孩子，你要是这么办，还有什么不成的，不过可太损一点儿。"

陈杰道："这也没有什么损，只要他点头，咱们一点儿委屈也不能叫他们受，还得好好待承他们哪。他要是给脸不要脸，那可就说不起了。"

来氏又摇头道："这里头还有点不妥的地方，那座上的官儿，就能那么听你调动吗？"

陈杰道："那也没有什么，咱们还有压箱底的玩意儿没使哪，您听这法子怎么样？"说着又是一阵啾咕。

来氏摇头道："法子倒是法子，你总不该把自己家里人也垫进去。"

陈杰道："妈，不是我说，把她去了，您还舒服多呢，省得在您眼皮底下乱晃。"

来氏道："总是别这么办的好，她无论怎么说，也是我生下来的不是？"

陈杰道："妈，天也不早了，您先睡吧。"

来氏累了一天，睡下去不多时便酣然入梦，去寻那满身黑毛之人去谈知心话儿。及至一觉醒来，天光已然大亮，睁眼一看，屋里并没有陈杰的影子，就知道他是办事去了。这时上房已有响声，便赶紧起来，到了北房，一看崔仲景林氏、铁妮儿连自己女儿平儿，都已起来了，便笑着道："姑爷、姑奶奶怎么不多睡一会儿，这么早就起来了？别跟我们乡下人学，我们乡下人睡得早就起得早，别回头歇不过乏来。"说着又向平儿道："你快去烧点柴火热点水，好洗脸沏茶。"平儿答应一声，走了出去。

林氏笑着向来氏道："我们真是累了你，实在是过意不去。真格的，我有句话问你，姑爷他在十八里滩惯出一个毛病，每天早晨，得出去遛一个弯儿，回头才能照常吃饭，要不遛这个弯儿，这一天都不能合适。不过昨天才来到这里，道路不熟，不知这边有什么地方，可以出去走走的没有？"

来氏道："哟！我们这个穷乡僻境，可真找不出什么可以出去玩的地方。再者说，我平常一年三百六十天，没有一天不坐在家里，别说外头没有什么地方可以逛，就是有我也不知道。杰儿那孩子，他对于这边地方可比我熟，您等他回来，问问他叫他陪着您出去遛遛也好。"

平儿正在院里烧火，听见便搭茬儿道："咱们西边那块盐滩，就挺有意思，您让姑老爷出去瞧瞧，离咱们家又不远那多好！"

来氏听了回头便骂道："小蹄子，你就烧火吧，什么事都要你插嘴乱说。那盐滩的地方，岂是姑老爷可以去的地方？你再多嘴，留神回头我揭了你的皮！"

平儿一听，也就不敢言语了。正在这时，就听外头有脚步声音，回头一看，正是陈杰，满脸带笑，从外面走了进来。平儿一看就知道事情要坏，可也不敢言语。

陈杰进了屋里，先叫了一声："姑老爷姑太太！"又向铁妮儿叫了一声："姑娘。"铁妮儿连言语都没言语。

来氏赶紧道："你回来得正好，姑老爷打算出去遛一遛，你可以陪着走一趟吧！"

陈杰道："这里穷乡僻境，有什么可以逛的，要不然我同您进城去走走，就手儿在城里头吃点什么，您瞧好不好？"

仲景还没有明白里头的意思，当下正中心思，便一口答应道："好，我正打算到这边城里头去看看。"

铁妮儿在旁边叫声："爸爸，要不然我也跟你进城去看一看好不好？"

仲景道："也好。"

陈杰忙道："这我是拦姑娘高兴，这个地方，人们多不开眼，平常没有像姑娘这样的人在街上走，如果今天您在街上一走不要紧，碰巧遇见那些无赖光棍，不用说旁的，他就多看您一眼，您就失了身份。要依我说，您还是在家里陪着老太太说些闲话倒不错。"

铁妮儿哼了一声道："光天化日，什么野种，敢在街上狂行无礼，王法管不了他，我还打算管教管教他哪！"

来氏也跟着道："姑娘那话不是那么说，真要是您走到街上，受了一丝的委屈，我们就对不起您，倒是不去的好。"

林氏一听也道："那么铁妮儿你就不用去了。仲景你也快点去，快点回来，省得家里也不放心。"

仲景道："就是吧。"说完同了陈杰走了出去。

这里来氏陪着说话，说来说去，就又说到铁妮儿身上，笑着向铁妮儿道："姑娘您同着平儿到西屋坐坐，我有两句体己话儿要和姑太太说说。"

铁妮儿这时已知就是那话来了，强忍住气冷笑一声道："有什么体己话儿，说就说吧！我最爱听人说体己话儿。"

来氏一听仍然笑着说道："姑娘我不该说，我这话正是有点要背着姑娘你。"

铁妮儿一听，脸上颜色一变，冷笑一声道："你打算背着我，你就不说也可以……"

将将说到这句，就听外头一阵脚步声音，抬头一看，正是陈杰，气急败坏，从外头跑了进来，一路喊道："可不好了，姑老爷让县里给捆进去了！"

这一句话不要紧，林氏哎呀一声，竟歪倒在椅子上。铁妮儿不去扶林氏，微抬小腿，嗖的一声，从裙里解下一个皮囊，扣簧一弹，只听锵啷一声响，出来一口迎刃吹毛，杀人不带血，冷森森，碧晃晃短剑。右手拿住剑把，进步一伸左手，就把陈杰当胸揪住，玉眉双竖，杏眼圆睁，宝剑在陈杰迎面一晃，一声喝道："我把你瞎了眼的猪狗牛，你把我父亲藏在什么地方？快快请了回来，饶你不死，稍迟一迟，我叫你先死在我这宝剑底下！说！"

陈杰哪里防备有这么一手儿，不由哎呀一声："姑娘，您先撒手，我吓唬着您玩呢！"

铁妮儿一声娇叱道："你这猪狗牛，谁便和你闹着玩，真乃无礼，须吃我一剑！"说着一压手腕子，那剑就奔陈杰脖子上劈下，只听哎呀，扑咚，哗啦，当时响成了一片。

要知后事如何，且看下回分解。

第九回

铁骨冰心侠孝遭困
狼声鸦影凶顽逞奸

天生来的邪不侵正，来氏自从一看铁妮儿，就觉得她有些个可怕，依着来氏，陈杰这片意思，就算办不到了。偏是又疼自己的孩子，不敢不说，说的时候，深怕铁妮儿听了变脸，想着要是能够支开铁妮儿，跟林氏说，林氏人很老实，也许就答应了。谁知她家里早有人卖了底，话才一露苗儿，铁妮儿就听出来，瞪眼不走，来氏她就怔不敢说。正在这个时候，陈杰一个人回来了，来氏就知事情已经得手，心里正在高兴，没有防备陈杰刚说了一句，铁妮儿会从身上掏出要命的玩意儿，这一来可真吓蒙了。有心过去，准知道自己没有那么大的面子，说好了还好，一个说翻了，横着手腕子往自己脖子上一送，自己准知道自己脖子是什么长的，绝干不过那个家伙儿，十分着急。一眼看见林氏还在桌子上趴着，椅子上歪着，心想到了在这个时候，除去央告这位老太太，叫她刀下留人，实没办法。想了个挺好，才往起一站身，两只腿偏是不给做脸，抖了一个不住，扶着桌子，刚一迈腿，就见铁妮儿说了一句"我要你的狗命"，那剑就奔自己心爱的儿子脖子上砍去，准知道这一下子是完了，心里一害怕，嘴里哎哟一声，手一软把桌上茶壶茶碗全都扫在地下，腿儿一软，扑咚一声，摔了一个屁股蹲儿。铁妮儿这时准知道自己父亲落在人家手里，生死不明，如果把陈杰一杀，就打听不出来了，往起一举剑，也无非是为吓唬吓唬他，为的是好叫他说出实话，没有想到把来氏给吓得摔了一个筋斗，自己倒觉得好笑，又想自己母亲也吓过去了，不能不想法子给叫过来，回头一看平儿，向她一使眼色。

平儿本来一看陈杰笑着从外头跑了进来，准知道就没有好事，赶紧扔下烧火的东西，也跟着跑了进来，听见陈杰一说，也吓了一跳，及至一看铁妮儿不慌不忙从身上扯出家伙来，心里不由好生痛快，准知道陈杰今天遇在硬对头上，也可以出出自己平常受的郁气。正在看着，忽见铁妮儿向自己一使眼色，心里明白，是叫自己过去讲情，给铁妮儿一个台阶。心里可知道，陈杰放不得，如果把他一放过，底下还不定得出什么事，可又不能说出来，没法子只好向前往前一抢身，把脖子往前伸递，嘴里喊道："崔姑娘，您歇一歇气，饶了我哥哥吧！您要把他一杀，我们一家就都苦了。您要一定杀他，您先把我杀了吧！"

铁妮儿一看装得还是真像，便又娇叱一声道："你快快躲开，骗我们父女的是陈杰，我只要他的命！你又没有得罪我，为什么要杀你？宝剑虽快，不杀无罪之人，你快快躲开，倘若受了误伤，你可不要怪我无情无礼。"

平儿往起一伸手，先把铁妮儿拿剑的那只手架住道："姑娘，您无论如何，您也饶他这一次吧！"

铁妮儿一阵冷笑道："就凭你这样的猪狗，也敢生心害人，今天若不看在你妹子面上，非要把你杀掉不可，如今权且把狗头寄在你的脖子上，等我救醒了老娘再和你算账！"说着一落手里剑，往囊里一顺，掐簧收好带起，过去这才叫林氏。

林氏这时已然醒了过来，一看铁妮儿又拿剑要杀陈杰，刚要喊杀不得，杀了他就找不着你父亲了，忽然一想，铁妮儿平常就有胆有识，绝不至于想不到这里，这里头一定还有用意。果然平儿一劝，铁妮儿便把陈杰放了，心里这才踏实一半。见铁妮儿过来叫自己，便眼含热泪向铁妮儿道："妮儿，你问他，你爸爸呢，叫他同你把你爸爸找回来去，他要不找回来，那没有旁的说辞，你只把他杀掉替你爸爸报仇也就是了。"

铁妮儿答应一声："那个女儿知道，娘在这里稍等一等，我便同他去把爸爸接了回来。"说着又向来氏一指道："狗虔婆，要依着我的性儿，我今天一定把你杀掉，给人世除害，不过我妈长年吃斋念佛，不肯见我杀人，所以让你多活些时。告诉你，我现在要带着这猪狗牛去接我爸爸，你母女只好生看待我妈，回来便饶了你这贱命，倘若有一丝一毫慢待，你就留神你那狗命！"

来氏连连说道："阿弥陀佛！姑娘只管放心，我一定把老太太当我亲老太太一样侍奉，姑娘回来，只要听老太太说个不字，您就把我剁成肉泥烂酱，我是死而无悔。"

铁妮儿冷笑一声道："我不怕你不好生侍奉我娘！"说着又向陈杰一声娇叱道："贼猪狗，你把我爸藏在什么地方？快领我前去，把他老人家接回！他老人家倘若一点儿委屈没受，我便体上天好生之德，饶了你这条狗命，倘若他老人家受了一点儿委屈，对不过，我要你一窝的命！走！"

陈杰哪里还敢说一个不字，只连连答应道："不敢，不敢，您跟我走吧！"说着陈杰在前，铁妮儿紧跟在后面，出门直奔海岸。

铁妮儿喊一声道："慢走！你方才说同我爸爸到城里去的，如何往海边上领我？敢莫非是不怕死吗？"

陈杰连连又说道："不敢，不敢。实在我同他老人家并没有到城里去，只在前边那个拐角一个朋友家，姑娘你只随我去，我定然把老太爷接出交给姑娘就是。"

铁妮儿冷笑一声道："哪里我也敢去，不怕你这里有虎穴豹子窝！"

说着话，拐过一个弯儿，又是一条街道，这条街门，比陈杰住的那条街道，仿佛整齐一点儿，东西的街，路北的门，门虽不大，里头好像房子不小。到了门前，陈杰止步不走，向铁妮儿道："老太爷就在这里，姑娘同我进去，还是我一个人进去？"

铁妮儿道："我不进去，你也不必进去，告诉他们这门里的人，叫他们进去问一声，在这里不在。如果在这里，赶紧请出来，我便同了回去，如果他们说一个字不在这里，对不起，我先要了你的狗命，回去再杀那老猪狗！"

陈杰一听，没法子，只好是站在门口喊一声吧。遂向门内喊道："门里有人吗？请你告诉大爷一声儿，我同着姓崔的姑娘，来接崔老太爷来了，快点请出来才好！"

刚刚喊完，就听里面有人喊道："什么人？在我这门前胡嚷乱叫！真来大胆！"随着声音，从里头走出一个人来，铁妮儿一看，就是一怔，出来的不是别个，正是昨天到陈杰家去的那个大黑胖子。

陈杰一见胖子，赶紧单腿请了一个安道："村正陈杰给大爷请安！只因方才我同着那位崔大爷出来散步，不想被您给请到里面，方才我回去一说，这位姑娘，是那位崔大爷的小姐，疑心我把崔大爷给藏在什么地方，不答应我，叫我出来给找回去，如果不给找回去，这位姑娘身上带着有宝剑，要把我全家全都杀掉，给那位崔大爷报仇。大爷您可怜村正上有父母，下有弱妹，您把崔大爷给请出来，好救我村正一家性命！"

黑胖子听了哈哈一笑道："陈杰，我看你这差事越当越糊涂了！那姓崔的本是国家要犯，岂是私人做人情的？如今我看在你的面上，不拿他的妻女，也就是了，就叫他们快快逃命去吧！"

他说着话，他可不出大门，就在门槛里头，摇头晃脑叫人瞧着就有气。铁妮儿哪里还忍得住，一抬腿，又从裙下把剑囊取出，弹簧一掐，剑就出来了，单手擎剑，提身一纵，嗖的一声，就奔那个黑胖子当胸抓去。黑胖子喊声："别撞，接暗器！"呼的一声，一片白的直奔铁妮儿当面扑来。铁妮儿以为真是什么毒药暗器，赶紧一落步，脚才一沾地，忽地一软，就知道不好，打算再往起纵，焉得能够？咕噜吱扭一声响，翻板轴儿一转，铁妮儿就掉下去了。赶紧抱肩膀，裹裆一滚，落在里面，剑也撒手了。

稍微一怔神，就听上面说道："二大爷，你瞧这手儿使得怎么样？"分明是陈杰的口音。

109

再听又一个哈哈笑道："好小子怨不得人都管你叫白脸无常呢！你这小子是真有两下子！"仿佛是那个黑胖子口音。

又听陈杰说道："好，真悬！差一点儿没当了送命无常，这总是我小子走着这步'桃花运'哪！"说着就听一阵狂笑声音往里边去了。

铁妮儿又悔又恨，又愁又怕。悔的是自己不该心急，以致中了他人诡计；恨的是陈杰胆大包天竟敢如此作恶；愁的是自己父亲被人诳去，不知吉凶祸福；怕的是自己母亲，现在她在贼人手里，倘若父亲遭了他人毒手，母亲也不能独自生存，母亲现在身怀有孕，母亲一死，崔家连条后都不能留，真是天不佑善。越思越想，心里越是难过，忽然又一想不好，今天姓陈的故设圈套，不过为的是自己，现在已然落在他们手里，倘若被他们摸一把掠一把，自己颜面何存？想人生在世，终须一死，不如现在趁着贼人还没有前来啰唣，先行一死，不怕他们再有千方百计，自己总可以落个干净。想到这里，往腰里一摸，宝剑已然没了，这才想起，方才自己往坑里一落，宝剑已然撒手，一定是落在坑里。低头摸去，却一时摸不着，心中好生焦急，心想自己真是命苦，这一定是非要落在贼人手里不可。正在这时，就听头上吱扭一响，翻板就开了，露出亮光，不由心里大喜，低头先看地下，打算把宝剑找着，再往上纵。四下一看，并没看见宝剑，心里好生诧异。就在这一犹疑之间，上面唰的一声，四外下来二十把挠钩，全都奔了自己身上而来，自己手里又没有家伙，只好是往四外躲闪，一个没闪开，正钩着自己身上衣服，赶紧一抱头，上头一用力，就给拉上去了。铁妮儿本想到了上头，只要他们一撒钩子，自己就可以施展。没有想到，人才到坑口，还没等缓过劲儿来，早有一片又黏又软的东西，搭在了自己身上，睁眼一看，原来是一面渔网，人在网里，哪里还能转动，只好是束手被捆。铁妮儿被人捆上，只好闭眼不看，一会儿工夫，就觉着有人给搭起来了。再睁眼一看，自己已然到了屋里，屋里站着两个女人，不看则已，一看这气就大了。原来这两个不是别人，一个就是陈杰的母

110

亲来氏，一个就是来氏的女儿平儿。来氏笑嘻嘻地往自己面前一站，平儿却是连一点儿笑容都没有。

却听来氏笑着向那几个抬自己的人道："你们都先出去吧。"那几个人答应一声，各自走去。来氏笑着向铁妮儿道："姑娘您受委屈了！"

铁妮儿急道："我妈呢？"

来氏道："姑娘你别着急，你们老太太我们姑奶奶现在好好地在我家里呢，您只要答应我一件事，我包管交给您一位老太太就是了，不但老太太，就是老太爷，也一块儿交给您，这件事就看姑娘答应不答应了。"说着话嬉皮笑脸看着铁妮儿。

铁妮儿把双眉一立两眼一瞪道："姓陈的，你们母子，狼狈为奸，欺负好人，我们一时大意，中了你们诡计。不过你要知道，明有天理，暗有鬼神，你无缘无故，害我们一家，我们既是落在你们圈套里头，也是情屈命不屈，你要叫我死，那个容易，无论是你们动手，还是我自己动手，我是绝不含糊。如果你要说出一句不中听的话，来糟践我的耳朵，对不过，我可不会骂人，我只拿你当狗放屁一样，绝不理你就是了。"

来氏一听，嘿嘿一笑："姑娘，这话我可不该说，您说我们插圈弄套，陷害姑娘，姑娘您是有房子是有地？我们干吗那么不开眼？姑娘您想我们为的是什么？我没说出来，姑娘不愿意，也不想听，我一说出来，姑娘不但不生气，还准得爱听。"

铁妮儿陡的一声喝道："你瞧你那下贱样儿，有什么话要说就说，不该说你就给我趁早儿滚开，不要在这里气我！"

来氏道："我说就说，说出来你要一喜欢，你可就算对我不住。姑娘您别以为我是傻子，这回姑老爷姑太太为什么跑出十八里滩？我也有个耳闻了。姑娘你想想，我们孩子跟孩子他爸爸都当的是官差，如果不是念其有从前的好处，只要把你们往衙门里一报，当时就得个三千两五千两。不过我们母子，虽说家人都在公门，都是心存善行，绝不敢瞒心昧己欺骗老天爷，所以才不肯做出那种事来。

不过有一节，纸里包不住火，没有不透风的篱笆。我们不说，日子一长，村子里多出好几个人来，谁能不知道？到了那个时候，不但我们保护不了你们，你们还得牵连我们。因此我和我们杰儿才想起一个好法子来，打算遮掩旁人耳目，除去咱们做了亲戚，绝不能把大家都给说信了。因为我们商量好了，才和你们母女商量，谁知话还没有说出一句，你们母女就全都不愿意了。我也明白，你们现在是背着时的人，无论什么事，你们也瞧不透，我想既然事关重大，好说不听，没有法子，才想出这么一个主意。如果姑娘你是个孝女，知道父母生你不容易，你就答应了咱们这头亲事，我们既是做了亲，无论如何，我们也得想法子，保护你们一家，绝不能让你们受一点儿委屈。你要一定认住死扣儿，执意不听，那时候我们为了我们一家子性命的话，没有法了，只好是把你们那来踪去迹，全都告送官家，任凭人家办理，叫你们活也好，叫你们死也好，没有我们什么事就算完。到了那个时候，你的父亲母亲，全都身遭惨戮，你也不能干净而死，到了那个时候，姑娘，你再打算我救你我可却救不了你了！我的话是完全跟你说了，听也在你，不听也在你，当孝子也在你，当逆子也在你，你就细细想想，我为你们容易不容易吧？"

铁妮儿一听，准知道她所要说的就是这一套儿，本想破口骂她出去，后来一想，父母现在不能见面，不知陷身何处，她所说的话，固然多是假的，不过有一节，倘若我真不答应，他们就许把假的说成真的了，到了那个时候，可也是真糟。可叹父母生了自己一场，一点儿好处没有得着，反倒因为自己受了累，这事情实在是让自己难过。不如牺牲自己一个人，救了父母，等父母另有了安身之处，那时再想法子，把这些恶人除掉，自己再豁出一死，洗清自己，给爹妈留脸，也就是了。想到这里，便向来氏道："既是有这番心思，为什么不早说？只顾这样一来不要紧，我的爸爸跟我妈不定得着多少急。如今你的话，既已说清了，这也没有什么，不过你得先把我爸爸和我妈找来，跟他老两位一商量。想他们老两位，为了救活自己性命，一定得答应，那时没个不成。如果你现在就当面问我，我

112

没得可说。"

来氏一听拍着巴掌儿道："是不是？我就知道一说就准能成吗？等我告诉他们一声儿去。"说着向平儿道："平儿你在这里陪着你嫂子说几句话儿，我这就来。"说着欢天喜地，迈开两只大鸭子（足也）往前边跑去。

平儿一看来氏去了，不由流下眼泪向铁妮儿道："妹妹，这回可苦了你了。不过有一节，无论如何，你可也不要答应，我才来的时候，听说姑老爷已然被他们给害了！"

才说到这一句，就见铁妮儿一咬牙，竟顺着嘴流出血来，惨叫一声道："姐姐，你当真以为我答应她了吗？我实在是被逼无已才想出这么一个主意来。咱们姐儿两个虽说不是亲生，可是一夜谈话，总算气味相投，我想求姐姐一件事，姐姐你能不能把我绳子给我解开，放我起来，我到了外头，杀掉他们一个两个，给我父亲报了仇，我就是死在地下，也感激姐姐你的好处。"说着泪随声下。

平儿听了，也不住抽噎道："妹妹别的我不会，要胆子我有，等我来放你也就是了。"说着一低头，就把铁妮儿脚底下绳子解开了一根。还待去解那根绳子时，只听外面一阵脚步声音，知道来氏已回，事不能办，便赶紧站起身来，一边擦着眼泪，一边低声向铁妮儿说道："妹妹，事情是不成了，干净自己要紧！"

说到这句，来氏已然跑进来了，笑着向铁妮儿道："姑娘你方才说的话，我已然跟他们说了，他们说那可不行，倘若你们见面一商量，你父亲是个书凯子，他是一定不答应，他不答应，当然你也就不答应了，那时候我的话就算白费了。依他们的主意，今天好日子，先把亲事办了，明天早晨，再见姑老爷姑太太，那时候生米已成熟饭，他们打算不答应也就不成了。姑娘，我看你既愿意，你就答应了吧！"说到这里，过去用手就摸铁妮儿的脸蛋儿。

铁妮儿手虽然捆着，腿已然放开一只，一听她这套话，就知道方才平儿所说之话不假，又悲，又痛，又气，又恨，正在这时，只见来氏来摸自己，不由心火怒发，一抬腿往上一踢，正踢在来氏小肚子上。这一脚气力不小，来氏哎呀一声，一个翻白儿就倒了下去，疼得在地下翻来覆去一打滚儿。这时候陈杰正和黑胖子在外头等着哪，一听屋里有响动，赶紧往屋里就跑，到了屋里一看，不由全吃一惊，急忙过去把来氏扶起，一问怎么回事，来氏用手指着铁妮儿，颤颤巍巍地道："她……她踢得……我……"

一句话没说完，那个黑胖子就火了，一声怪喊道："好个野丫头片子，竟敢伤我心爱之人，你是活腻了，等我放了你的生吧！"话到人到，提起脚尖照着铁妮儿胸口一脚踢去。

铁妮儿被捆在地下，动转挪移，都是不能，一看黑胖子嘴里说着，就人过来了，准知道事情不好，到了这个时候，倒觉得死了干净，便把双睛一闭，静等一死。黑胖子一脚飞起，直奔铁妮儿心口，恶狠狠往上就踢，只听当的一声，哎呀一声，扑咚一声，红光四射。

要知后事如何，且看下回分解。

第十回

工毒针狠人施奸
急亲仇孝女遇难

陈杰也是跟着一块儿进去的，先看见自己母亲躺在地下，爹妈乱喊，也吓了一跳，及至黑胖子过去抬腿照着铁妮儿脸上就踢，陈杰可就顾不了他妈了，时候来得太快，连喊一声使不得都来不及，就在黑胖子脚离着铁妮儿的脸还不到五寸远近，蹦过去横着一腿，奔了黑胖子抬起来那条腿上一挑。黑胖子全身力量，全用在一条腿上，恨不得这一脚把铁妮儿踢死，万也没有想到旁边会有人给他这么一下子，腿上一着重，平着踢出去的脚，就往上起去，腰往后一闪，再打算落下那条腿可就落不下来了，后脑一沉，站着那条腿往下一软，扑咚一摔，摔了一个屁股蹲儿，无巧不巧，正倒在来氏身上。来氏本来挨了一下子踢，肚子疼得正在难受之际，没有想到又挨了一下子砸，黑胖子又高又胖，足有一百七八十斤，正砸在来氏身上，来氏不由哎呀一声，砸得背过气去。

陈杰正在一怔，就听窗户外头有一个南方人口音喊道："你们这些狗男女，青天白日，竟敢在屋里害人，实在可恼，还不快快出来受死！"

陈杰一听，院里进来人了，不顾里屋乱七八糟，迈腿往外就跑。刚一出门，又听一声喊道："狗男女接法宝！"一片黑乎乎径奔自己面门而来，出来得太急，打算低腰退步，全都来不及，才喊出一声"不好！"这东西正打在鼻子上，哗的一下，血就下来了。陈杰一害怕，摇头一甩，血光四散，叭嚓一声，法宝掉在地下，摔了一个粉碎，定神一看，原来是一把破夜壶。略一沉思，黑胖子也从屋里跑出来了，一看陈杰满脸是血，不由也吓了一跳，急忙问道："怎么了？"

陈杰道："院里进来了人，给了我一法宝，把我鼻子打破了。"

黑胖子呸地啐了一口道："你怎么会信这个鬼吹灯呢，叫我转过去瞧一瞧。"陈杰答应，跟着黑胖子转过大房一看，连一个人影儿也没有。

陈杰道："您瞧怎么样？这个来手可不软，您可别大意，咱们那档子先听一听再说吧。"

黑胖子一点头，又回到屋里。这时候平儿扶着来氏，也站起来了。陈杰向黑胖子一啾咕，黑胖子摇头道："这回事我可真有点不明白，要说凭来人的手里，不用说我一个人，就是再来一位，也未必能够干得过人家。不过有一节可怪，为什么他面儿不照又回去了？要据我瞧，这也是江湖上的朋友，瞧着咱们的行为不对，特意给咱们一个信儿，要依着我，趁早儿把那个丫头他们一家子打发走，省得招出旁的事来倒麻烦。"

陈杰道："别的都行，唯独这件事，我不能答应，我就是豁出死去，也得把这件事办了。您要有胆子，您帮我一个忙儿，您要没胆子，您什么也不用管，您瞧我一个人儿的。"

黑胖子一使眼色，却故意大说道："这件事据我看可是不办的好，你要一定要办，你也有家，你可以到你们家办去，我这里不能为着你办那些伤天害理的事。你还是趁早儿就走，别给我找麻烦。"

陈杰准知道还有话，不便明说，便道："走就走，想不到你会这么怕事！"说着话迈步就走到院子里。

黑胖子也跟出来了，一看旁边没人，便向陈杰一咬耳朵，说得陈杰不住点头，连连作揖，黑胖子一摆手，摇头晃脑走去。

陈杰进到屋里，就埋怨来氏道："妈，你也这么大的岁数了，什么事都是那么大惊小怪的，现在闹得这么乱七八糟，算是怎么一

116

回事？"

　　来氏挨了一下子踢，又挨了一下子砸，本来就没好气儿，听陈杰这么一说，火儿就上来了，开口就骂道："你这忘了五伦的活畜类，我把你养得这么大，你有什么孝顺我的？没有本事，可在外头生事，把事惹出来了，自己办不了，倒抱怨起我来了，我还活着有什么意思？小子，你是有骨头的，痛痛快快给你妈一刀，你算成全我了。你要没有胆子，从今以后，你也不用认我这妈，我也没有这个造化，有你这样儿子，你趁早儿躲开我，咱们谁也没有谁，我的老天爷哟！"说着往地下一坐，拍胸捶肚一阵大哭大叫起来。

　　平儿在旁边看着，实在忍不下去了，才冷笑一声向陈杰道："哥哥，你可是个男儿汉大丈夫，怎么会一点儿人事不懂。平常时间，就是无法无天，横行霸道，如今爽得越闹越好了，把一个素不相识、一无仇二无怨的过路人，给诓到家来，害得人家五零四散，还要把自己老娘气得这样。无论如何，你也是个人，怎么竟是这样不干人事起来？虽然你眼前没有显报，恐怕将来你也不会好。如果你还念在兄妹面上，把那位姑娘赶紧放了，让人家骨肉团圆，你也可以折一折你的罪过；你如果觉得我的话不入你的耳，你打算把我怎么样办就怎么样办，你还可以快一点儿，我可实在不愿意看你这种不是人的行为！"平儿说话的时候，眼泪含在眼圈里，声儿都有些颤了。

　　陈杰听着，微微一笑道："哟！好姑娘，您怎么也说起这样话来了？别人我可敢骂，我也敢打，我打算把他怎么样，就能怎么样。唯独对于你妹妹，我可不敢，将来指着妹妹提拔的地方还多着呢，我天大胆子，也不敢得罪姑奶奶。你要瞧我不顺眼，你愿意骂我几句，你就骂我几句，你要打我几下，你就打我几下，全都没有什么，反正我不惹你。"说着嬉皮笑脸，一看平儿。

　　平儿不知道他的话从什么地方来，便也没法子理他，只好冷笑一声，长叹一声，站在那里发怔。这时候来氏还是在那里乱哭乱叫，嚷成一片。铁妮儿躺在地下，闭着眼，把牙咬得山响。

　　正在这时，就听院子里有人喊嚷："崔大姑娘在哪屋里呢？"

陈杰一听，脸上颜色陡然一变，赶紧向来氏摆手，来氏急忙止住喊嚷。这时已然有人走进屋子里来了，两个婆子在前头，两个男仆跟在后面，进门就问："哪位是崔大姑娘？"

平儿赶紧用手一指铁妮儿道："这位就是崔大姑娘。"

婆子一看，哟了一声道："哟！怎么给捆上了？胆子可真不小！"过去动手就把绑绳给解了。

铁妮儿略微一活动就站起来了，瞪眼一看陈杰，陈杰就要溜，那两个男仆当门一站道："别走，姓陈的，有人把你给告下来了。"

陈杰道："什么人告我？我犯了什么罪？"

那两个男仆道："谁告你，就是你那第二个爸爸李三纲把你告下来了。"

陈杰道："他告我什么？"

那两个男仆道："他告你见色起意，逼死男的，打死女的，怎么，这个官司还不够你打的吗？"

陈杰一听，当时面如羊肝，又红又紫，话也结结巴巴说不出来了。这时旁边来氏也吓坏了，她一听说原告是李三纲，李三纲不是外人，就是方才那个黑胖子，自己的野汉子。怎么会闹出这么一手儿来？

正在这时，却听铁妮儿向那两个男仆道："你们是什么地方来的？怎么会找到这个地方来？"

那两个男仆道："回崔姑娘，我们两个是城里二道家林老爷家里的下人，我叫林祥，他叫林瑞。只因方才有一个李三纲到宅里去报信，说宅里的姑老爷崔仲景，从十八里滩到这里来投我们老爷，不想走错了地方，走到城外八宝甸，遇见一个姓陈的坏小子，他见姑娘长得好看，起了坏念，他把姑娘诓到这里，叫我们赶紧到这里来接姑娘，他还要到县里去报案。方才我们来到这里，门外县衙门的差役也来到了，就请小姐赶快跟我们进城去吧。"

铁妮儿听了，眉毛微然一皱道："你先等一等。"说着又向陈杰道："你这猪狗，把我父母藏在什么地方了？快说出来！"

118

林祥、林瑞一听，同"哟"了一声道："对呀，还有姑老爷姑太太呢！嘿！姓陈的，你快给请出来，我们好进城。"

陈杰道："我要把姑老爷姑太太都请出来，你们可得饶了我才行哪！"

林祥道："没那么些个废话，快给请出来，你还卖上了呢！"

这时候平儿一见陈杰这份可怜的样儿，不免又动了手足之情，便赶紧向铁妮儿道："姑娘，我要跟您求一件事，您可千万别生气。"

铁妮儿赶紧道："什么话？您快说吧。"

平儿道："论理呢，我哥哥的行为，实在是不法，应当办他一个罪名，不过他幼小没有念过什么书，心里糊涂，总求您不要跟他一般见识，叫他赶快把姑老爷姑太太请了出来，送了回去。无论如何，您饶了他这一次，倘若您把他一办，我的父母就生下他一个男子，我们家里就完了。这件事情，请您不要记念他的坏处，从宽放他一条生命吧！"说着不由有些哽咽起来。

铁妮儿一听，真是龙生九种，种种不同，哥哥那样坏，妹妹那样好，自己到了陈家，固然受了一番惊恐，究属没有闹出什么事来，平儿和自己一见面就投缘，如今她既然说了出来，要是驳了她的面子，实在是对她不过，不如就答应了她，免得平儿难过。想到这里，便向平儿道："要论他的行为，剐之有余，如今看在您的面上，便饶了他，只是叫他快把我父母请了出来，好一同走路。"

平儿一听，先谢了一谢，这才向陈杰道："哥哥，你把姑老爷姑太太藏在什么地方了？快快去给请出来吧！"

陈杰道："姑老爷是我给同来送到院里，现在后面，至于姑太太，是我交给你们，现在什么地方，我却不知道，这个得问你们才行了。"

来氏在旁边赶紧说道："姑太太是我同来的，现在也在后院，大约跟姑老爷在一块儿呢。"

铁妮儿一听，向林祥道："走，快到后头瞧瞧去。"说着自己先走了出去，大家也跟在后面，一同走了出来。

到了后院一看，是五间北土房，陈杰用手一指西头那间道："姑老爷就在这间屋里。"

铁妮儿过去一看，外头有锁锁着，单手一用力，往外一拧，锁就拧下来了，一拉门进到屋里一看，不由心一酸一软，就哭出来了。只见仲景夫妻两个，全都坐在地下，浑身是泥，满脸是泪，急忙跑一步，一把拉住林氏道："娘，您可受了委屈了！"

林氏也一把拉住铁妮儿道："孩子，你可心疼死我了！"说着往后一仰，晕倒过去，铁妮儿连连喊叫，林氏才悠悠醒转。

仲景道："妮儿，你先不要哭，现在到底是怎么一回事？我听说姓陈的他们安心打算害你，不知你是怎么样跟他们说的？"

铁妮儿怕把话说忙了，再听错了，便慢慢地把方才经过之事，以及现在到什么地方去全都说了。仲景听着，又是点头，又是赞叹，听到临完，忽然把头一摇道："不对吧，你想姓陈的跟那个姓李的，都是一路人，插圈弄套，好容易把事情办得有了眉目，如何到了临完，他又肯这样办呢！我想这其中还有毛病，妮儿你想可能跟他们一道走吗？"

铁妮儿道："这件事我已然想到了，不过事情已然到了现在，怕也无益，不如跟他们去走一遭。果真是林外公家，自不必说，是我们家里有这种德行，不该出逆事。倘若不是林外公家，到了那个时候，依然不过还成现在，至大不过一个死字，倘若死在一起，总比大家临死不能见着一面，还要强得多。爹爹您看我这话说得是不是？"

仲景又长叹了一声道："一点儿也不错，既是这样，我们就走吧。"

铁妮儿道："今天这件事，推起原因，自是姓陈的不对，不过我们丝毫没有受着他的害处，依着从宽的话，孩儿把姓陈的一家饶了，不知爸爸以为怎么样？"

仲景道："原是，原是。既是他们知道错了，勇于改过，咱们自然应当原恕他们。至于你们说的那个姓李的，不止是应当原恕他，而且我们还应当感谢他才是。现在我们先无论这事真假，到城里去看一趟再说吧。"

林祥、林瑞过来一请安，告诉两个人是做什么的，仲景叫他们预备车进城，林祥道："不劳姑老爷嘱咐，车已然齐了，您请吧。"

仲景一听，告诉林氏，大家一同来到门外一看，只见门外站着有十来个戴红缨帽拿竹板子的官人，官人旁边，搁着两辆车。仲景急问林祥道："大管家，这些官人是干什么的？"

林祥道："这就是县里派来锁拿姓陈的官人。"

仲景道："我们现在人没有受害，不知道可以不可以把姓陈的免了这一场官司？"

林祥道："既是您肯开脱他们，我去问一问。"

过去把这话向来的官人一说，官人摇头道："不行不行，我们是奉了公事来的，现在既已见着本人，那就是我们的差事，我们可不敢轻放。您既是有这番意思，您可以到城里头去给递一个保结，保他们无事完案，我们看那倒可以行得了，至于说现在就凭您这么一说，我们就给放了，那可没有那个胆子。"

说着话，更不容分说，过去一抖铁链子，头一个就把陈杰给锁了，又一抖锁链，要锁来氏。来氏把眼睛一瞪道："你们先等一等，我们犯了什么案，不是就凭你们一说吗？怎么你们就要动手锁人，那你们未免过于显急点儿。别管是谁，他有一告，我们还有一诉不是？我们要不跟你走一趟，怕你们僵了不是意思，跟你们辛苦一趟倒没什么，你们可别太大气了，留神惊了牲口，伤了你们的爪子！"说着话，毫不过意地走了过去，双手一扶车沿，一抬腿就上了车，大马金刀地盘腿往上头一坐，一点手叫平儿道："姑娘跟着妈妈进城逛一趟去。"

平儿一看，妈跟哥哥都上了车，自己不上去，也没了法子，只好走过去，爬上车。官人一看三个人全都上了车，吆喝牲口，就要开车，平儿双手一摆道："劳驾，你们稍微慢一点儿，我还有几句话说。"官人把鞭子一立，车又站住了。平儿问铁妮儿道："崔姑娘，你这回可以算是受了一点儿小委屈，幸喜老天有眼，您又躲了出去，不过有一节，人心难测，甚于虎狼。您这次进了城，如果见着令亲林大老爷，那自是再好没有，不过你可也不必久居此地，因为这个地方，究属是非之区，早离一天，早太平一天，否则再出舛错，姑娘你可懊悔不及。我今天进城，官司绝无紧要，不然我这条命大概也就不会再回乡下来了，姑娘将来到了年节时候，您要是肯在花前月下，叫我一声，赏我一滴残茶，我就感激不尽了。"说到这里，抽抽噎噎简直要说不出来，忽然一咬牙道，"崔姑娘，你一个人保重，我先走了。"说着一挥手向官人道："走！"官人一摇鞭，辘轳一声响，车就走了。

仲景虽然不知道怎么回事，可是心里也觉着难受，再看铁妮儿，两眼发直，不哭不笑，不言不动，目定口呆，成了傻子一样，急忙喊道："妮儿，妮儿，你怎么了？"连问两声，铁妮儿连听都没听见。仲景就急了，过去照着铁妮儿背上就是一掌道："妮儿你怎么了？"

铁妮儿经这一震，方才醒了过来，唰的一下子，泪就流下来了，嘴里还叨念着道："姐姐，你放心，我必定想法子救你就是了。"

林氏道："妮儿，妮儿，你自己要紧，别让我们两个再着急了！"

铁妮儿赶紧把神一敛道："是，是，孩儿不着急了，咱们也进城吧。"

铁妮儿林氏带着两个婆子坐了一个车，仲景带着林祥、林瑞坐了一个车，车走得很快，不一会儿工夫，已然进了城。才进城没有多远，忽见前边一阵大乱，街上行人，四散奔逃，林祥赶紧也把车止住，一看街上走路的人，全都进了街上铺子里头，只剩下这两辆车停在道儿上。林祥不知道出了什么事，打算告诉仲景，闲下来找个铺子躲一躲，好在城里铺子都熟，这话要说没说，就听前边一阵锣响，地保跟小狗儿似的，夹着皮鞭子四下追赶闲人。林祥、林瑞都明白，是知县大老爷的轿子从这里过，赶紧把车往旁边一领，留开那股大道，自己跳下来脸朝铺子门脊背朝街一站。就在这么个工夫，知县的轿子就算到了。林祥准知道官轿走得不慢，眨眼之间，就能过去，谁知等了半天，依然听那地保在后边追赶闲人，心里可就有点纳闷儿，为什么今天轿子走得这样慢？回头一看，不由吓了一哆嗦，原来知县这顶大轿，正在自己这辆车的旁边打了杵。以为一定得出麻烦，谁知一声儿没言语，轿子底一响，轿夫一起肩，轿子又走了。林祥、林瑞全都出了一身冷汗，一看人家轿子已然走了，自己也走车吧，一摇鞭车又走了。

却听街上人说话道："你瞧今天怎么了？这要是搁在往常，就是秦老八摔了他的轿杆子，轻者也得挨一顿皮鞭子，今天连问都没问，这事可真邪行。"

又一个道："这个不怪，他为什么看见那辆骡车，住了轿死往里盯，这里头又是怎么一回事？"

一个又说："趁早儿别管旁人的事，他没来找寻你，我瞧你就得念佛，没事管人家闲事干什么？"说着一路嘻天哈地而去。

林祥也觉着可怪，可又想不出是因为什么来，便也不再费那思想。一会儿工夫，车到了门口，站了车，把仲景、林氏等全都扶了下来，一面往里头喊报："姑奶奶接回来了！"

这一嗓子不要紧，里头人就出来多了。头一个是林氏的哥哥林裕，带着林裕的夫人毕氏。第二个便是林氏的弟弟林昌，带着夫人纪氏。林氏的六个侄儿，林大光、林大文、林大明、林大为、林大义、林大仁，四个侄女，林雯、林云、林灵、林霖，婆子丫鬟全都迎了出来，见面大家一阵寒暄、问好、请安。

全都完了，仲景向林裕道："大哥，叔叔呢？您带着我去给他老人家请请安。"

林裕、林昌带路，仲景、林氏全都跟在后头，到了上房。林裕一推屋门，只见迎面站着一位须发苍然的老头儿，满面笑容地道："姑老爷，我们多日没有见了，你倒好！"

仲景赶紧上前道："托您福，我们全好，您老人家倒还硬朗？"

林老头儿哈哈一笑道："不成了！不成了！连走路儿都得人扶着了！坐下，坐下说话儿。"

大家全都落座。林老头又问起何以会想到来到这里，仲景依然说是年成不好，不能养活，才来到这里。林老头儿长叹了一声道："仲景，现在这个年月完了，你说你们那里年成不好，没法生活，我们这里，年成不错，也快活不了了。"

　　仲景道："那是为什么？"

　　林老头儿道："皇上也不是从什么地方，给这里派来了一位好官儿！他比那蝗虫还凶、水火还猛，我们这蓬莱县吃他的亏吃大了。"说着脸上颜色，就有点发白。

　　仲景本来还要往下问问，一看林裕坐在那边，向自己在摆手，便把话遮了过去，又说了两句闲话，仲景请林老头儿先休息休息，自己先洗个脸。林老头儿又说了两句客气话，仲景才走了出来，到了外头坐下。

　　林裕道："妹夫，你的事我们已然知道一点儿了，你可千万不要叫老爷子知道，他老人家年岁这样高，却还是从前的脾气，一句话说来就来。方才说的那个知县，他姓杨，双名仁生，这个家伙，是个捐班子出身，目不识丁，胸无点墨，却是会拍会谄，便得了我们这里实缺知县。他到了这里，蓬莱县里便遭了瘟，苛捐杂税，自不必说，比旁的县分担得重，并且是无钱不要，无恶不作。有罪有钱，可以买成无罪；无罪有钱，可以闹成有罪；无罪无钱，方可平安无事。加上一班如狼似虎的差役，助纣为虐，作奸犯科，老百姓是敢怒而不敢言。还听见人家说，这个东西，有一样极坏处，最是好色不过，只要有个长得不错的姑娘，千方百计，也要弄到他的手里，甚至于害得人家家败人亡。不瞒你说，我家里几个女孩子，现在无论如何，就不准她们出门，怕是闹出点什么事来，好说不好听。"

　　仲景道："大哥不过是这样说，他虽然胡作非为，像您这样门第，他还敢怎么样？"

　　林裕道："妹夫你可是不知道，他那种人，已然丧尽天良，无恶不作的人，他不管你是什么人，他依然敢和你无礼。我知道的，城里已然有许多家有头有脸的吃他陷害了不少，我们只一味躲着他，他也就没法子来寻我们的晦气。不过这种人，随时随地都可以害人，你却不能不拿他天天当贼防，一个失神，就许受了他们的暗算。他一天不去，一天不得安生。国家用了这样官，真是百姓的运气坏到了家。"

仲景道："今天我们到这里来，不怕来滋事吗？"

林裕道："正是呢，我也正虑到这一层，如果旁人，也许没有什么事，不过妹夫你这次从十八里滩出走，却不能说干干净净一点儿事情没有。他们不知道，固然没有法子下手，如果风声一个走漏，只怕不能就是那样轻描淡写过去。要是据我说，这里既不安全，为妹夫你设想，不如趁着他们还没有知道，趁早离开这里，倒还可以没有险难。按说咱们这样至亲，您既是投到这里来，总该留您住下，慢慢替您想法子，不过现在处境很难，多住反有不便，为今之计，能早走一天好一天，妹夫你可不要多心。"

刚刚说到这句，旁边林昌冷笑一声道："哥哥这话真亏你说得出来。姐夫如果有路可走，他何必又投到这里来？既是投到我们这里，当然有求我们替他遮掩的意思，如今什么情形还没有看出来，你就要脱手不管，我们这样亲戚，尚且如此，那么跟他素不相干之人，又为什么会管他闲事呢？那岂不是出了虎口，又进了狼窝，岂不是太狠了一点儿？"说着把两个眼不住看着林裕。

林裕笑着道："老二你又犯了心思了！我们这样至戚，我焉有袖手不管之理，不过一件事情，应当权衡轻重，无益有害的事，何必做它。我们现在把他留在家里，绝对不敢说是一点儿危险没有，倘或闹出事来，我们自己也卷在旋涡里，到了那个时候，又应当怎么办？你动不动就是使气，那如何能成？"

仲景看见他们兄弟为了自己犯了闲话，便赶紧笑着道："大哥、二弟，你们二位全是为我们的好心，我实在感激不尽，不过二位千万不要为了我的事情，伤了和气，有什么话尽可慢慢商量。"

林昌道："不是，姐夫你不知道，我哥哥的为人，无论一件什么事，他都害怕，总觉得不惹事就可以过得去，其实哪里有那么回事。

外头的人，都是欺软怕硬的人多，你越是怕他，他们越来欺负你，爽得你能硬起腰来和他们周旋一下子，他们倒也许完了。本来世界上的事，都要怕起来，还怕得完吗？"

林裕笑道："好好好，算我胆子小，不敢惹事，我方才说的话，算我没说，你看怎么办好，就怎么办。"

林昌道："这事情有什么难，只把姐夫姐姐往后院一藏，告诉家里人，到了外头，不管见着什么人，却不要说起咱们家里来了人，那狗官虽野，他还能够直入后院，亲自搜查？况且我们没有说出来，他如何便会知道我们这里住着有闲人呢。"

林裕点点头道："依你，依你，好不好？你就赶快带着人去收拾后院住房去好了。"

林昌这才面有喜色，站起来向仲景说了一声："少陪。"径自往后边去了。这里毕氏、纪氏陪着林氏，大光兄弟几个、林云姊妹几个陪着铁妮儿，也一齐往后院去了，屋里只剩仲景和林裕两个。

林裕看见大家都走了，便笑着向仲景道："妹夫，你不知道，老二没有出过外，外头人情世故，他是一概不懂，一味意气用事，从前也曾闹出好几回事来，幸得有人帮忙，才没有出了大麻烦。直到如今，他还是没有改这个脾气，只怕这样闹下去，将来不免还要闹笑话。现在还是我们商量，这里绝非安全之地，最好还是赶紧走开，倘若真要闹出事来，我们这样亲戚，不管是不妥，管又没有法子，那一来可就糟透了。"

仲景道："我也想到了，不过现在我们到什么地方去，我却还没有想起来，倒也是件难处。"

林裕道："要说你这次在十八里滩，原可不走，你这一走，倒不妥当了。你的事情，我前三天，就得着了信，不然我也不会知道那样详细，你到这里来，那方也知道了，他们既知道你逃到这里，他们岂肯放你安身？一定会有人追到此地，再遇上本地狗官，无事还要找事，如果知道这回事，岂肯放手不问？如今这里既是没有法子把你放在安全地方，但我倒有个去处，离这里也不算甚远，就是这福山县，那县属有个地方，叫白鹿洞，那里我倒有个朋友，姓吕，原也是个读书的人，也做过两任小官，脑筋很是清楚，人也极其豪爽。他看着官场里绝不能有一个好人，他便退了出来，自己现在做些小买卖。那个人虽是一个粗人，却很有些侠气。我现在写一封信，趁着这里还没有发觉，你赶快投到他那里。他那个地方，荒凉偏僻，轻易不为人注视，你可以投到那里，他一定会仗义把你留在那里，保护你们一家。暂在那里住一住，等到这里事情，稍微冷淡一点儿，再想法子把你们接回来，妹夫你看好不好？”

仲景道：“我现在已然是走投无路，只有这条路可走，不知什么时候走最好？”

林裕道：“既是妹夫愿意走，事不宜迟，今天晚上就走。倘若不是这样，恐怕夜长梦多，再想走就走不成了。”

仲景道：“既是这样，我去和内人说一说，叫她也预备预备。”

林裕道：“我去给你请来。不过有一节，待会儿见了我们老二，你就说你自己主意愿意走的，不然老二一犯上牛性来，他要不叫你走，再传到老爷子耳朵里，老爷子跟老二脾气一样，不管事情怎么样，先得使气，那一来可就糟了。”

仲景道：“我知道，我知道。”

当下由林裕把林氏找了出来，仲景把那话一说，林氏也只好是点头答应。正在这个时候，林昌从后面兴高采烈跑了出来道：“姐夫，你到后边去看一看我给你收拾的屋子好不好。”

仲景道：“劳驾，劳驾。不过有一节，我方才想了半天，我还有一家朋友，离在这里不远，他那个去处，比这里僻静得多，我想也投到他那里去住几天，如果风声不紧，我再到这里来。”

林昌听了，脸上颜色陡地一变道：“怎么？方才还说得好好的，这么一会儿工夫，又改变了，不用说一定是哥哥又说了什么话，姐夫才待不住的。”说着恶狠狠又瞪了林裕一眼。

仲景忙道：“不是不是，是我自己方才想起来的，二弟千万不要误会。”

林昌把嘴一撇道："我就不信这鬼吹灯，方才还没有想起来，这么一会儿工夫，又想起朋友来了。亲戚靠不住，朋友就靠得住？我就不信这些怪事。好，你们爱怎么样就怎么样，我也不管了，出了毛病，也别抱怨我。"

仲景道："我想还是事不宜迟，现在就得走。"

林裕道："先吃一点儿东西再走也好。"说着赶紧派人预备做饭。

仲景夫妇一肚子心事，哪里吃得下去，只吃了一点儿东西，就不吃了。铁妮儿跟着这些表姊妹，虽然是方才见着，却是有些舍不得离开了。当下林裕又拿出散碎银两，交给仲景，仲景收了。这时天已然有些要黑上来了，林裕告诉他们预备好了车。仲景要上去向林老头儿告辞致谢，林裕一使眼神道："老爷子已然睡了。"仲景便不再说。于是林裕、林昌跟毕氏、纪氏带着一群儿女把仲景夫妻送到门外上了车，只说了一声保重留神，便全都回去不提。

仲景夫妻上了车，叫铁妮儿坐在里边，车帘儿一撂，仲景低声向林氏道："咱们这件事是越闹越糟了。"

林氏叹了一口气道："事到如今，后悔也来不及了，但愿得老天爷保佑，化险为夷，也就是了。"

仲景道："还有一件怪事，我自己看不见我自己的脸上颜色，不知是个什么样子，至于我今天看见铁妮儿大舅、二舅以及一家子人，脸上颜色都不好看，仿佛脸上又黑又暗，还有些绿惨惨的，不是我心里不静，还是有什么变故？自从十八里滩出来，心里一阵不如一阵，说不出来的难过，仿佛眼前还有什么大祸来到的样子，不知是怎么回事。"

林氏道："你不要胡思乱想了，这是你半个多月，没有得吃得睡，精神失常的缘故。我们有不好，还没什么可疑，我哥哥他们一家，好生在家里，关上门过日子，会有什么不好？你不要枉费心思，益发使你心神不安了。"

铁妮儿道："妈，这话不怪爸爸那样说，实在我也觉得有些可怪。我和表姐她们，原没有多少天的在一起，何以今天这一分手，

128

仿佛就要见不着，心里十分凄惨。我想着那个姓陈的跟姓李的，既是一路的人，何以姓李的忽然要去报官，和姓陈的过不去？这里头确是有毛病。可惜方才未问林霖什么人来送的信，他们何以知道我们叫人家困住，就可以明白了。"

林氏道："年轻轻的，青口白舌，满嘴胡说八道，你怎么就咒人家姓林的长短。"说着唉了一声道，"都是你这丫头找出来的事，没有你还不会出这些毛病呢！"

铁妮儿听了，便低下头去，不再言语。

说话时候，车已到了城门，因为天已然快黑上来了，赶城的人很多，车出城门，并没有人过问，仲景才把心放下一半。又走了半里来路，仲景才出了一口气道："这真是又过了一关。"

林氏道："白鹿洞离这里还很远，我们一口气，无论如何也到不了，明天路上，还要特别留神。"

仲景道："只要有这一夜的工夫，出去也就不近了，能够离开了这蓬莱县，也就没有什么可怕了。"

又走了一会儿工夫，天就全黑了。铁妮儿和林氏连日困顿，车一走稳了，便有些要睡的意思。铁妮儿靠着林氏，林氏靠着车厢子，两眼一闭，蒙眬之间，仿佛就要睡着。忽听远远一声哨子响，仲景就是一激灵，赶紧告诉赶车的快走。赶车的也害怕，照着骡子背上，唰唰就是两鞭子，骡子一怕疼，耳朵一抿，四个蹄子一蹬，就跑欢了。这时候林氏、铁妮儿也全醒了，林氏不住哆嗦，仲景也直往车里头靠。这时候哨子声儿更近了，赶车的还打算抽骡子，前面就有人搭话了："对面掌辕的站住，不站住我们可要对不过了！"

赶车的是个乡下人，哪里遇见过这个，腿也软了，浑身直抖，鞭子也抡不起来了，两个手扣着骡子屁股，人就趴下了。仲景一看，这可真糟，不过又一想，只要不是官面儿的，就是贼也不怕，至多损失点儿钱，也就完了。车一站住，四外就围上了，月黑天，看不甚清楚，借着车上纸灯那点亮儿一看，可了不得了，来了足有二三十口子，个个是绢帕罩头，手里都是明晃晃的家伙，把车的去路

129

横住。

仲景没有法子，只好跳下车来，向着来人一拱手道："众位，在下我是逃难的，身上并没有什么，请众位高手放我们过去吧。"

二三十人里头，有两个为头的，听了仲景的话哈哈一笑道："这倒不错，逃难的还坐着大鞍车呢。别废话，躲开，让我们洗一洗！"过去把仲景往旁边一推，就奔了车里。

赶车的一看，了不得，双手一离骡子屁股，扑咚一声，从车上掉在地下。来人过去一腿，就把赶车的给踢开了，一掀车帘儿，过去伸手就摸。这个苦子可就逮上了，就在他手刚往里一递，就听叭的一声，一个铁板相似的巴掌，正打在嘴巴上，如同火烫了一样，又热又疼，一撒身，哎呀一声，人就掉下来了。一只手捂着腮帮子，嘴里不住呜呜道："风儿紧，哥儿们，圈上！"呼噜一声，就把车给围了。

铁妮儿打了来人一个嘴巴，跟着一长身，就从车上蹦下来了，一抬腿往裙下一摸，不由哎呀一声，这才想起，自己那口剑掉在李三纲家翻板坑里，现在强敌当前，手无寸铁，这可是真糟。艺高人胆大，赤手空拳往那里一站，静候来人动作。来的这些人一看，对点子的下来了，并且满不在乎，大家就有点害怕。两个当头儿的可不能瞪眼看着，一抡手里刀就奔了铁妮儿，当头一劈。铁妮儿往旁边一闪，刀就空了，横着飞起来一腿，正踢在那人软肋上，那人哎呀一声，当的一声，扑噜就是一个滚儿，刀就撒手了。铁妮儿一看那人刀已出手，心里大喜，纵一步过去弯腰就捡那把刀。就在才一弯腰，手还没有够着刀，后面呼的一声，家伙带着风，连肩带背，就砍下来了。铁妮儿一听后面有风，就知道有人暗算，单手摸住刀把儿，身子平着往前一冲，后脚一蹬，人跟燕儿一样，平着就出去了，刀也到了手。那人一刀砍下，扑的一声，把地下土砍了一个大坑，自己差点儿没栽过去，往起一拔刀，刀尖儿一指，喊一声："老哥们圈上！"众人呼啦一声，就把铁妮儿给圈在当间儿了，也有单刀，也有铁尺，也有木棍，也有大叉，削、劈、扎、砍，齐往铁妮

130

儿身上招呼。铁妮儿喊声"好！"单手立着一推，就听叮叮当当一片声响，所有家伙全都磕了回去。二次家伙又到，铁妮儿又往回磕，如此三次，那个先躺下的为头的，又站了起来，向旁边站的人一瞅咕，旁边人一点头，当时就分成了两路，一路围着铁妮儿，一路就奔了那车子。仲景这时正站在车的旁边，两眼发直，眼看铁妮儿一口单刀，横冲竖撞，仿佛跟没人一样，心里正在欢喜，也许能够仗着这个孩子，今天脱险。正在一高兴，就见人分两路，一路奔了自己这辆车，就知道事情不好，撒腿就要跑。那焉能跑得了，才一迈步，就让人家兜着后腿一脚给踹趴下了，打算再爬起来，就不行了。人家过去，两个人一抬，就把仲景给抬到车上，抄起赶车的那根鞭子，一扬鞭，一声吆喝，车就往回头走下去了。铁妮儿正在酣斗，一看这些人，忽然分成两路，就知事情不好，打算过去保护车上人，可过不去。铁妮儿一看，车已然让人家给轰走了，心里可就乱了，人也急了，刀一紧，净奔致命处，挨着近的，已然有三个受了伤，大家还能不乱。乱可乱，可全不跑，就是把圈儿由小改大了。铁妮儿一想，这可是麻烦，这班人老在这里围着，把他们都弄倒了不易，就算把他们都弄倒了，车已然没了影儿，也是不好办，不如趁早儿舍下这班人追车要紧。虚晃了两刀，往前一阵胡抡乱砍，大家往后一退，铁妮儿一喜，知道自己这就算出去了，急忙往前一抢步。没有防备脚下忽然一绊，腿一软，知道不好，再打算往起纵，没有余力，人就倒下去了，正压在一个人身上。只听得那人哎哟了一声，原来一个没留神，正踩在那个赶车的身上。这时候四面的家伙就全都举起来了，齐声喊道："好丫头，你还往什么地方跑？看刀！"只听锵啷一片声响，铁妮儿把眼一闭，静待一死。

底下紧接陈平儿义烈捐躯，林总镇全家遭难，火烧林家街，弹打林昌，李三纲威逼林节妇，假瞎子救友全孤，风云堡，烈火岩，比武招亲，智盗龙凤扇，铁妮儿降妖，铁龙头夜杀七十二命案。一切热闹节目，均在第二集《屠沽英雄》，现已脱稿付印，不日出版。

第 二 集

第一回

勇铁妮舍死拒强梁
软陈杰贪生遭横报

第一集书写到崔仲景夫妻带着女儿铁妮儿逃难，误走八宝甸，遇见坏小子陈杰，存心不良，诓哄崔仲景，铁妮儿识破，逃到林总镇家里。林氏弟兄一说当地县官杨仁生，如何贪赃枉法，行为不端，恐怕他们住在这里，再出舛错，叫他们赶紧投奔福山县。车出了城门，没有多远，又被人截住，铁妮儿仗着浑身的力气，打退围的人，不想脚下一绊，正摔在赶车的身上，围的人家伙齐起，高喊："好丫头，你还往什么地方跑？看刀！"锵啷一片响声，家伙就下来了。铁妮儿把眼一闭，静待一死。

正在这时，忽听有人喊嚷："别下家伙，要活的。"这一句话刚一说完，呼啦一下子，人就全都上来了。铁妮儿人虽躺下，手里刀可没撒手，一听可了不得，要我的命倒不要紧，你们要打算糟践我，那可不行，反正事已至此，根本也不打算活着了，杀一个够本儿，杀两个赚一个，手里刀一使劲，单等哪个先过来砍哪个。这班人也都是亡命徒，方才一听说要活的，全都往上一拥，忽然全都想起，人家手里还有刀，又全都往后一退。

里头就有出主意的，站在那里喊："哥儿们留神对水青子（对方刀）！拿绳子兜！"呼啦一声，人又散开了。

铁妮儿不懂这些话，反正准知道没有自己的便宜，打算站起，浑身一点儿劲儿也没有，一咬牙道："事到如今，还想活着有什么意思，莫若趁早把自己性命自刎，省得落在人家手里，那时求生不得求死不能，可怎么好？"自己这么一想，精神往起一壮，一横手里刀，就想往脖子上抹。正在刀离脖项没有二三寸远近，就听枭的一声，吧嗒一声，一颗弹子，正打在自己手背上，十分疼痛，当啷一声，那口刀就撒手了。才要说声不好，就觉得有东西从自己腿下兜来，双腿一飘，跟着一紧，腿的一头，已然被人给捆上了，跟着脑后有东西一兜，两只胳膊一紧，上半截也让人家捆上了。长叹一声，把眼一闭，准知道今天这件事是糟了，便也不再动，只凭人家处置。不一会儿工夫，又被人家抬到车上。这时候真是说不出来的难过，自己父母都到什么地方去了，也不知道，连问都不能问，爽得把心一沉，什么也不管了。就听辘轳一响，车身儿一动，车走如飞，就走下去了。

也不知走了多大工夫，鞭哨儿一响，车才站住。就听有人喊："先把她搭进去，哥儿们多辛苦，回头咱们有酒喝！"铁妮儿一听，正是陈杰的声音，心里不住叫苦。

又听有人说："得啦，陈杰，您别来这一套了，咱们有什么说的，快给陪进去，别回头挑了眼，喜酒喝不成了。"

铁妮儿又是一阵咬牙，车帘儿一打，露进灯光，留神一看，认得，又回到八宝甸陈杰家里了。七手八脚，就把铁妮儿给抬进去了。

陈杰带着笑向大家道："众位多辛苦，明天我是准请客，诸位到屋里歇歇吧。"

大家一笑道："得啦陈大爷，明天您就是官亲了，谁比得起您？以后有什么事，多给我们说两句好话，就全有了。今天我们不敢搅您喜事，明天见吧。"嘻嘻哈哈，一阵畅笑而去。

铁妮儿越听越有气，闭着眼睛，只一声儿也不言语。忽然脚步一响，就觉有人过来一拍自己肩膀道："姑娘，你多受惊了，实在是对不过。可是你得原谅我，自从见着姑娘时候起，也是三生石上，姻缘早定，我就觉得姑娘和我恰是一对儿，不想姑娘还有些害羞耐口，致令好事多磨，不得已才把姑娘捆捆绑绑，确实是对姑娘不过。

现在只要姑娘说一句愿意嫁我，不但立时放姑娘起来，就是姑娘那里老爷太太，我也必定另眼看待，姑娘你不要执意才好。"

铁妮儿本是绝顶聪明，事情一到这种样儿，自己早已恍然大悟。不用说连昨天陈杰母子被捕，都是假的，这其中恐怕还有旁的缘故。听平儿昨天所说的话，和今天平儿母女不见，一定是连平儿都身遭不测。自己父母生死不明，别听他说得好听，事情未必是那个样儿，准要是舍了自己，救出父母，倒也未为不可，恐怕是白白糟践自己，于自己父母丝毫无补，那就更糟了。莫如先向他一问，倘若父母无恙，叫他先把自己父母放走，有什么话，自己再跟他说；如果他不能把自己父母找来，那就一定是受了他的暗算，无论如何，总要求对得住死去的父母才是。想到这里，便微微把眼一睁道："姓陈的，事情已经到了现在，旁的话也不用说了，只求你把我父母请来一见，我父母叫我如何便如何，倘若一味见逼，你家姑娘是有死而已。"说着复又把眼闭上。

陈杰一听，有点意思，便赶紧答话道："姑娘说的话，一点儿也不错，当然男婚女嫁，凭的是父母之命、媒妁之言，就是个普通小家姑娘，都要如此，何况姑娘，原是书香门第、礼学人家，当然更要如此。不过有一节，事有执礼，也有从权，现在姑娘，不比在闺中，父母平安无事，一切都可相商，如今姑娘是身在樊笼，父母也在难中，只要姑娘答应一句，当时就可以平安无事，一家团圆；倘若姑娘认定一条道儿，非此不可，恐怕是一点儿益处没有，这件事我看姑娘还是看开一点儿为是。"

铁妮儿一听，心想自己父母凶多吉少，自己无论如何，再也不能受一点儿委屈。再一想自己父母平常为人，真可以说是非礼不看，非礼不听，非礼不言，非礼不动。如今自己遭了这种事，父母不见，不用说见不着自己父母，不该做出没脸的事来，就是见着自己父母，也不该有这种事。倘若叫他们二位得知自己姑娘做出没脸的事，臊也要把他二老臊死，那自己还算作什么人物？即便活着还有什么意思？一往这里想，当时气就壮起来了，眼也睁开了，笑着向陈杰道：

"嘿！你过来！"

陈杰不知道怎么回事，还以为自己这套话，说得投了实，姑娘愿了意，笑嘻嘻往前一凑合，往前一伸脖子道："姑娘可是听明白了？你想可是再好没有？"

说着话没防备铁妮儿呸地就是一口，啐得陈杰满头满脸都是唾沫，大吃一惊，再听铁妮儿一声娇叱道："猪狗牛，瞎了你的一双没眼珠子眼，你也不看看姑娘是什么样子人，竟敢絮絮叨叨，前来无礼。要杀就杀，要死便死，你要再说一句废话，我死了之后，总也不饶你！"

才说到这句，却听院子里一阵脚步急响，跟着有人说道："杰儿在屋里吗？"

陈杰不耐烦地答应一声道："在屋里，什么事？"

外头脚步一紧，来氏从外头气急败坏地跑了进来道："杰儿，可了不得了！"

陈杰斜着眼看着来氏道："什么事恁地这么大惊小怪的，有什么话，您倒是说呀！我胆子小，可受不了这个。"

来氏恶狠狠瞪了陈杰一眼道："你这小子，算是油蒙了心、浑包了胆，竟会说出这样话来，实在是天良丧尽，你哪里还能算人！"说着话又双手往腿上一拍，两只脚一跺，扑咚一声，坐在地下，号啕大哭起来。

陈杰急道："您倒是什么事呀？瞧您这个丧劲儿的，好事也得坏了，真可急死人，您有什么话，倒是说呀？"

来氏委委屈屈地道："都是你这没良心的小子出的主意，把你亲妹妹一条命给送了，我养活她这么大可不容易，上刀山下油锅，这是闹着玩的事吗？好容易拉扯这么大，能够帮我干点什么了，就因为你癞蛤蟆想吃天鹅肉，算计别人，没有算计到手，反把自己亲骨肉给送在火坑里去了！好小子，你就赔我一个姑娘吧！哎哟，我的平儿，我的好孩子！"

来氏连哭带号，陈杰始终没有明白是怎么回事，还是不住着急，过去一把向来氏一扯说道："您这是怎么了？平儿这次出去，是您愿意的，您干什么又说出这些怪话来？难道说她出去享福不好，非得让她在家受没头儿的罪才算好哪？这不是没的事吗？您瞧您这闹劲儿的，好事也得叫您给闹坏了！您快到那边屋里活动活动去吧！您要想平儿，我明天同您去，管保到那里一受款待，您就不难受了，又该喜欢得咧着大嘴乐啦！"说着话过去又要扯来氏。

来氏呸地就是一口啐道："你别他妈的做梦了！你还想得不错呢，见你妹妹，哪辈子再说吧！"

陈杰一听，不由轰的一声，撒手向来氏急问道："您怎么说？"

来氏道："什么怎么说？平儿现在已然没了，不但这个，狗官儿还差点儿没跟她一块儿走了。你小子留神吧，狗官派人也下来了，你爸爸也让人家弄进去了。待一会儿狗官人一到，你小子也就不用高兴了，也把你请进去，让你尝尝滋味儿，害人不成，惹火烧身。我的平儿，我的苦命的孩子呀！"

陈杰一听，半截身子跟掉在水里一样，顾不得再说废话，只说了一句："妈，妹妹她怎么会死了？"

来氏道："都是你的好主意，要了她的命，你还问我干什么？好孩子，这份家也闹完了，你的心大概也就干净了，我的平儿，我的苦命丫头啊！"

陈杰顾不得再说话，一纵身出门便往李三纲家里跑。出门还没多远，只见迎面一片灯光，照得如同白昼，二三十个壮兵，围着一匹马，马上坐着一个人，抬头一看，不是别个，正是自己要找的李三纲，不由喜出望外。赶紧站住脚步才待喊时，李三纲已经看见陈杰，用手里鞭子一指道："杰儿，你可知道出了大毛病？"

陈杰道："我才听了一点儿信儿，还不大明白。"

李三纲跳下马来，把马交给兵壮拉着，一拉陈杰的手道："走，咱们先找一个地方说说这回事去。"陈杰只得跟着。

往前走了没有几步，就是一片树林，李三纲向那班兵壮道："你们先等一等。"说着话一拉陈杰，走进树林子里头道："这回可真出了特别的事了，没有想到平儿那个孩子，会有那么大的烈性。我跟她说的时候，她是喜笑颜开，一声儿没言语，我以为她是千愿意万愿意了，没得留神。送到衙门里，杨官儿还不用提够多高兴，赏了大伙儿二十两银子，就把平儿给送到里衙去了。至多没有一顿饭的工夫，里头就出了事了，杨官儿叫我，我先还以为有什么好事，及至进去一看，杨官儿左眼皮上头缠着一块布，满脸是血，颜色都变白了。我一看吓了一跳，刚要请问什么事，杨官儿冲我一乐说：'李三纲，我有什么对你不住的地方吗？你怎么往衙门里头给我送女刺客呀？'我一听吓了一跳，可还想到是平儿出了毛病，赶紧跟杨官儿说：'那可不敢。'杨官儿冷笑了两声说：'不敢，不敢吃抽条儿的，你来看。'说着话一拉我的手，就进了里间，用手往炕上一指道：'李三纲你来看！'我顺着他的手一瞧，可真把我吓坏了。炕上躺着一个，也满身是血，你猜是谁？嗬！可再也想不到，正是平儿那个孩子！你说这玩意儿我可说什么？还有一节，我不准知道准是怎么回事，或许杨官儿害死了平儿自己捏的伤呢。"

陈杰道："对呀。"

李三纲道："对什么呀？我也想到这一层了，要是杨官儿有心把她伤成这种样儿，刚才又何必把她搭了进去，方才那么高兴，一会儿工夫，又腻得把她杀了，这简直不可能有这个事。"

陈杰道："对呀！"

李三纲道："对？我还没有想起说什么来，杨官儿当时就变脸了，冲我一阵冷笑道：'好啊！敢情闹了归齐，你们跟我有过不去呀，暗遣刺客，刺杀国家大员，你们还反不了啊！来呀！把李三纲先押起来，再与本案有关犯人，全都逮捕到案听审。'我一听可了不得了！这要真是这样一办，不但是我一个，咱们这一拨儿滚汤老鼠，一窝都是死。我一想没有旁的法子，只好是哀求吧。说了半天好话，赔了半天小心，杨官儿才变过脸色来，告诉我这件事是可大可小，要大的话，平儿现在已经是死了，他就把人往齐了一攒，瞪眼说公事，不是咱们安心谋杀，也是咱们安心谋杀，杀官情同造反，咱们谁可也活不了，可打的是一面的官司。"

陈杰急问道："那么要是往小里的话呢？"

李三纲道："要是往小里的话，那咱们可太便宜了，只要答应杨官儿一件事，不但是死去的平儿没有余罪，还要把你提升一步，我们大家也都能够得点好处。就是有一样……"

陈杰道："什么事？"

李三纲道："别的也没有什么，就是你得稍微受一点儿委屈。"

陈杰这个人却是坏透了的人，拔根眉毛当哨儿吹，粘上毛比猴儿都机灵，什么事他不明白？李三纲话才说完，他早就明白了，心想好啊，绕来绕去，又绕到这儿上来，我闹了半天，为的是什么？现在我累了一个落花流水，妹子也搭在里头了，怎么着？要照他们心思一办，我合着全完。别的全行，唯独这件事，说到什么地方，只要有气儿在，也绝完不了，不能答应他们。心里虽然想到了，可是一点儿神色也不露，依然装作不知道，笑着问李三纲道："您瞧您这话说的，我这两个肩膀扛着一个脑袋，可有什么，让您这么一说，倒仿佛我有什么似的。您别跟着一块儿打哈哈了，干脆您还是说真格的，不往小里，杨官儿他打算怎么办就怎么办，我是全接着，旁的话，我也没有那力量，我也不敢往下打听。"

李三纲一听，得，这小子合着全明白了，那可不行，今天除去知县，就是我也不能让你得了这个媳妇了！便也冷笑一声道："杰儿，你枉叫了白脸无常了，这回事你可没瞧明白，我告诉你，光棍不吃眼前亏，水贼不过狗刨儿，现官不如现管，你别以为你一肚子全是好能耐，你可把事瞧透了，咱们可别落了话把儿，那才是光棍哪！你也不是三枪打不透的人，你还有什么不明白的，干脆打开窗子说亮话。杨官儿说了，叫你把那姓崔的妞儿送到衙门里，什么事全都算完，不但前罪不追，还要余外提拔你，可是限在今天晚上，就得办到，倘若一过今夜，什么话也就不用说了。我还告诉你，这件事你心里非亮一点儿不可，你来看，弟兄们来了足够三十多位，哪位都有亲自传出来的话，谁也不能就这么空着手儿回去，你要一个闹滋了，照样儿也得受人家的，不过有一样，那可叫敬酒不吃吃罚酒，一点儿好处也没有。这件事你还是往明白想一想才对，可别闹到事到燃眉，扑救不易。杰儿，你可得明白，我可全为的是你，你可别疑心我在这里头有什么用意，故意这么说，叫你吃点亏，别说咱们两个人还有旁的关顾着，就算谁也不认识谁，我也不是那样人，我也不会插圈弄套琢磨人。这话你听明白了没有？你还是快着点儿，现在天可已然不早了。"

陈杰仔细一听，这话可也不能说是完全没理，倘若杨官儿真把脸一变，这种县官儿，什么叫爱民如子，体察民情，干脆说比野兽还厉害，老虎不吃回头食，这种官儿隔六千八万里要吃你，他也能走三个来回儿，俗语有云，抄家令尹，这个可不是闹着玩的，真要是拿鸡蛋砸门闩，那简直就是自找其苦。这件事真要是答应了，自己妹妹白死，一番心思白费，未免太差一点儿。心里正在犹疑之际，李三纲道："你不用乱想心思，告诉你几句心腹话。"陈杰往前边一递脑袋，李三纲扒在陈杰耳边轻轻说道："你干什么那么傻，他现在要那个崔家妞儿，你就把崔家妞儿给他送去，城里头有的是时式的妞儿，你爱哪个，咱们就想法子要哪个。别瞧他不敢干，咱们可敢，干脆就那么办了，人在什么地方？走！咱们赶紧把人给送了去，你在城里赶紧打听，我还必定给你帮忙儿。"

陈杰一听，没有法子，只好点头答应道："既是那么着，我可就全听您的了，您可别到时候来个面儿不照，跟我来转影壁。"

李三纲道："好小子，你把你三大爷瞧得没了人了。咱们现在什么话也不说，走着瞧，到了算，有什么话，咱们是过后再说，现在咱们先去搭人去。哥儿们，走啊！"呼啦一声，陈杰在前，李三纲在后，带着这三十来个长了翅膀的老虎，就全都到了陈杰门口。

陈杰一回头向李三纲道："您告诉众位，先在外头等一等，等我先进去把她稳住了，众位再进去，您瞧怎么样？"

李三纲一想，大家已然都到了他的门口，他还敢把她弄到什么地方去，莫若稍微等一等，省得一下子太逼急了，再闹出旁的事来，反而不是意思了，便点了点头道："好，你快进去吧！我们在外头听你的信儿！"

陈杰一听，答应一声，往里就走。这小子是天良丧尽，一点儿好心都没有了。往院子一走，心里就想，我费了千方百计、万苦千辛，把人弄到我家里，连一句体己话儿还都没有说，怎么着瞪眼让人家讹了去了？强龙不压地头蛇，谁让我惹不了他。不过有一节，人生至多一百年，能够有多少快活，百年易过，佳人难得，我现在一充大方，把人不要，人家落得享受，我又有什么便宜？这件事可不能这么轻描淡写。无论如何，我不怕豁出死去，也要和那狗官儿干他一下子！现在人还在我家里，打算弄走，可是不易，不怕他弄走，我先取乐一时，再叫他们弄走，总算我抢了先了。丧尽天良的恶贼，才往屋里一迈步，仿佛听见后头场院里，铠地响了一声，声音清脆，非常好听，就像那算命的瞎子使的那种"报君知"一个声儿。陈杰微微一怔，这时他的神志已迷，毫不理会，就走进了屋里，借着灯光一看，可太难看了，铁妮儿踪迹不见，地下扔着一堆绳子，来氏让人家给脱了个四肢无条线，捆在椅子上，张着大嘴，露出一身肥肉，好像一只才剥的大肥羊，瞪着眼睛，看着自己，不住点头。陈杰又是害怕，又是难受，又是着急，又是生气，赶紧跑过来，就要解绳子，忽然眼前一亮，定神一看，原来椅子背儿上还插着明晃晃一把刀子，不由又吓了一跳。才喊得一声哎呀，院子里忽然一阵大乱，陈杰赶紧就往门口儿跑，他怕是旁人闯了进来，太不雅观。刚来在门口，李三纲已然闯了进来。

李三纲放陈杰才一进去，忽然一想不好，这个小子什么事都干得出来，倘若他到屋里先闹一下子，回头我再往杨官儿那里一送，不是我也是我，这个小子可太厉害，这件事可不能由着他。赶紧一捏嘴吹了一声哨儿，大家跟着往里头就跑。才一迈进大门，就听见那声"报君知"了，李三纲道："快走，了不得，动上手了！"

大家往前一拥，院子没多大，就到了门口，正赶上陈杰也正往外跑，脸跟大红布似的，话也说不利落了，来到门口，用手一横向李三纲道："三大爷你先等一等，里头有点事。"

李三纲一听，果然不出自料，这小子真做出来了，你就顾了你，你可忘了我，让我回去怎么交代："好小子，别废话了，等你事完了，行得了吗？哥儿们，进去！"

人又往上一挤，陈杰可真急了，使劲一推李三纲道："姓李的，今天你要再往前进一步，咱们是白刀子进去，红刀子出来！"

李三纲平常没有受过陈杰的，今天一听，他这意思是真急了，心说你真急这个也不行，无论说什么，今天也不能由着你，把手一砸陈杰的胳膊。陈杰四个也拼不过李三纲，一掌砸上，当时就是一栽。李三纲趁势，往旁边一领，陈杰就栽到旁边去了。李三纲把手向大家一指道："哥儿们，进去。"

陈杰也拦不住了，躺在地下闭上眼，不敢往那边再看，偏是李三纲领头，又是两只近视眼，一看来氏脱个赤条精光，在椅子捆着，又是低着脑袋，他可就没瞧出是来氏，还以为是铁妮儿让陈杰给捆上了，心里气不打一处来，一回手就给了陈杰一个大脖儿拐，又啐了一口道："呸！好小子，你的胆子真叫不小，当着我你还敢闹这套二仙传道哪！哥儿们过去解开！"

这些狗奴可不能全是近视眼，早就瞧出来了，铁妮儿梳的是辫子，来氏梳的是平三套，铁妮儿脚底是两只周正瘦小的脚，穿着是小绒靴子，来氏穿的是两只大红缎子足够一尺三四的软底子鞋。别瞧她低着头不给大家正脸看，大伙儿可早就瞧出不对簧来了，听李三纲一说，大家不但不往前进，全反都往后一退，里头有能说的，向李三纲一笑道："三爷还是你一个人过去吧！您先找件衣裳给她穿上，我们再往外弄她不晚。"

李三纲回头瞪了大家一眼道："这可是差事，你们都当的是官差，我是一不吃粮，二不拿饷，为什么你们见着不办，得让我上去？"

那个能说的又一笑道："三爷您还别说这个话，不错我们是当差的，不过这回事，一则您是眼线，二则您是一半儿原办，您不过去，我们不能过去，您把差事办下来，官儿有什么好处给您，您只管领，我们绝不眼热，也绝不分您一点儿什么。三爷，您管办您的。"

李三纲一听，这些小子实在可恶，真不怨人说车船店脚衙，没罪就该杀，这明摆着是他们怕冲了运气，不肯过去，给自己难题做。其实这也没有什么，过去就过去，我就不信这些个那些个。回头向那些人冷笑一声道："哥儿们你们真叫成就结了，都不过去瞧我的!"说着话，身子往前走，三步五步，可就到了。李三纲平常和来氏相好，来氏身上有股子说不出来的怪味儿，李三纲是常常领略，今天先没有理会，身临切近，忽然这股味冲进李三纲鼻子里，李三纲鼻翅儿一动，心说怪呀，怎么她跟她全是一股子味儿呀？使劲再一看，可了不得，来氏脑袋上有块疤瘌，虽然现在低着头，因为两只手全让人家给捆上了，没法儿遮盖，疤痕依然露在外头，李三纲是看惯了的，哪还想不过味儿来，不由咦了一声，转身往外，到了陈杰面前。陈杰恰好还没有站起，李三纲过去照着脖领子就是一把，硬给提了起来，正着一个，反着一个，叭叭两声，左右开弓，就是两个嘴巴。陈杰还摸不清是怎么一回子事，怔怔忡忡，连话也说不出来了。他这一说不出话来，李三纲气更大了，要不是他跟来氏有那么深的交情，陈杰不用说乱伦，就是真把他爸爸陈炯活埋了，或是点了人油蜡，他也绝不动心，这个可不行，好汉有三不让。再说亲妈妈儿子，无论怎么说也完不了，越想越有气，一回头照着陈杰叭地又是一个嘴巴。这下子还是真打着了，打得陈杰满脸青肿顺着腮帮子往外流血，李三纲打着不解气，嗖的一声从腰里掏出一把刀来，单手一举照着陈杰脖子就剁。陈杰就知道这条小命儿完了，把眼一闭，静等投胎转世。

正在这时，猛听有人一声惨叫："哎哟! 可扎坏了我了。杰儿你倒是想法子把你妈妈救下来呀! 哎哟! 我的天哪!"

大家正在一怔，却听窗户外头有人扑哧一声，大家不约而同，全都一哆嗦，李三纲知道事有蹊跷，他也顾不得再杀陈杰了，拿手里刀往窗户外头一指向大家道："哥儿们，咱们外头有风，圈!"说完这句，呼啦一声，李三纲领头，大家跟在后头，全都跑出屋外，要伸手拿人。

究竟外头来的是什么人？来氏怎么被人绑上？铁妮儿到了什么地方？请看个三五回，便知分晓。

第二回

工设计狼子丧天良
誓孤芳平儿洒热血

　　陈杰自从一见铁妮儿就生了坏心，原想把他们诓进家来，用花言巧语，也许能够如愿以偿。及至一听崔仲景投的是林总镇，心里就凉了半截，准知道人家比自己高得太多，要跟人家提那件事，简直就是废话，可是不提心里又惊得慌，这才告诉来氏向林氏探探口风，一听一点儿活动气儿都没有，这才又想用武力办这件事，所以才想法子把崔仲景诓了出去，以为铁妮儿母女两个，全是女流，用言语一威吓，她们还敢不答应吗？没有想到，铁妮儿是全身武功，不用说自己没有练功夫，即使自己练过三年五年功夫，也未必是人家对手。这又千想万想，想起自己第二个爸爸李三纲，不但一身好武功，而且在当地盐滩之上，很有些个势力，便想请他帮忙。

　　到了李三纲那里，向李三纲把这话一说，李三纲不住摇头道："这个事可不容易，人家又不是无名少姓的人，一个弄不好，再弄出大事来，那可不是玩的，依我相劝，趁早儿放人家走道，那是正经。"陈杰正在迷乱之中，哪里听得这个话，便一再还是苦求李三纲。李三纲道："这件事可不是我不帮你的忙，实在是办着扎手，既是你一定要办，我指你一条明路，你都预备好了，就可以办得到。前天我进城去了，听说现在县里杨官儿，四下里托人给他找一个好看的小姑娘，并且吹出风来，只要他看中了意，要钱给钱，要事给事，要他帮忙，他就帮忙。据说前两天林总镇家里办事，里头有位

147

小姐出来送客，十分美貌，被他看在眼里，他很是喜爱，就是一样，林总镇比他地位还高，论什么人家也不怕他，他没法子走人家门子，正在寻思怎么往里伸腿，我瞧着倒是个机会。"

陈杰听错了，以为是李三纲叫他把铁妮儿给送到县官那里去哪，不由摇头道："不瞒您说，事情我也不想找，钱也够使的，我要把人往他那里一送，我依然还是个空，那个我不干。"

李三纲道："你听错了，那可不是，要把人往他那边一送，你还说这些个干什么？我说的不是这个意思，不过这件事要办的话，你妈也许不愿意，干脆我告诉你吧！你的妹妹平儿，今年也不小了，长得虽不能说出奇美貌，可也不能不算是美人之流，现在我的主意，就是叫你把你妹妹送进县衙，只要杨官儿他肯收受，你这里事，你就办你的，绝有不了错儿，即或闹到林总镇家里，林总镇现在也没有势力，也不能把杨官儿怎么样。你准要照着这条道儿走，我想是没个不成，就是不知道你舍得你妹妹舍不得？"

陈杰道："这个法子倒是不错，恐怕没人去说。至于说我舍不得我妹妹，那是绝没有那么一点儿。一则这个孩子，在家里总是看不上我，一天到晚，连个喜容儿都没有，我也真腻了；二则把她往杨官儿那里一送，只要是人家肯要，吃要比家里好，喝比家里好，穿比家里好，住比家里好，哪有什么对不起她。现在所可发愁的，就是没有人去跟杨官儿说那句话。"

李三纲道："你放着现钟你就不会打。"

陈杰道："现钟是什么钟？"

李三纲道："你爸爸现在不是还在衙门里当着差事，你找他去说，那还不是一说就行。"

陈杰把脑袋不住地摇道："不成不成，您可不知道，我爸爸他最疼的就是我妹妹，现在说把她往杨官儿那里一送，搁在旁人，一定高兴，唯独我爸爸，他是一定舍不得。可是如果现在有人进去说了，人也送进去了，生米煮成熟饭，我爸爸就是知道了，至多也就是哭两声儿人，他也就没了法子。不是这样，现在托他去说，干脆，比写的还准，绝对办不到。"

李三纲道："我告诉你一个法子，准保一说就行。"

陈杰道："什么法子？"

李三纲道："你把耳朵送过来。"

陈杰往前一递耳朵，李三纲扒在陈杰耳朵边一啾咕，陈杰先是摇头，后是点头，末了道："您这个法子倒是行，不过有一节，可未免损一点儿。"

李三纲呸了一口道："呸！你别不害臊了！你还懂得什么叫损什么叫不损哪？怕损，好，就不用办了，你别听我的，算我没说就完了。"

陈杰赶紧道："别价，别价，我不过就是这么说说，这么办可是太好了，不过你可得始终帮我这一下子才好。"

李三纲道："没错儿，没错儿，咱们就分头办事吧。"

陈杰回到家里，当晚就把自己的主意向来氏一说，来氏舍不得平儿，陈杰再三解释，把平儿送进衙门，是享福不是受罪，往后咱们就是官亲了。来氏终属是个女人，眼皮子浅，一听以后能够有这么一门子亲戚，倒是也不错，便答应了陈杰。陈杰第二天便照计而行，先把崔仲景诓了出去，给捆在李三纲家里，由李三纲向崔仲景把这件事一提，崔仲景不答应，李三纲把崔仲景给囚在后头，又叫陈杰去把铁妮儿诓了进去，用陷坑把铁妮儿拿住。把林氏来氏也给弄来了，让来氏跟林氏说，林氏也是两个字不行，把林氏也给囚起来了。又叫陈杰来氏当面去跟铁妮儿说，叫铁妮儿一阵臭骂，全都给骂了回来。这时候李三纲到了衙门，找着原托说话的人，向县官儿杨仁生把话一说，告诉县官儿假装派人办案，可就把事办了，县官答应。李三纲又跑到林总镇家里，告诉有这么一件事，二爷林昌走出来，一听当时就火儿了，叫家人林祥、林瑞两个，赶紧到县衙门去报案拿人。林祥、林瑞两个人到衙门里一报案，杨仁生早就预备好了，派了快班，到八宝甸去办这回事，放了铁妮儿和崔仲景夫妇，又把来氏、平儿全都送进城去。平儿一见他们那种举动，鬼鬼祟祟，准知道今天自己凶多吉少，含着眼泪就上了车，一直送到衙门里。在陈杰的意思，原想过个一两天，再想法子去收拾林总镇家里，把铁妮儿劫了出来，没有想到林大爷怕事，当天就没叫住下，派车往下送。陈杰还没出城，就听见这个信儿，心说这可是俏事儿，便赶紧约了李三纲手底下那一班土棍，各带家伙，在大道上把车劫了，派人单把崔仲景夫妇先送到李三纲家里，自己却和这些人把铁妮儿给抬回自己家，心里高兴，自不必提。他哪里知道，他这里还没有成其美事，衙门里已然出了惨事。

杨仁生本是色中恶鬼，自从前两天有人进来和自己一说，已然是小手儿在心里乱搔，后来听说这里头套着还有一个姑娘，更是大为心动，便在铁妮儿他们车进城时候，迎头出去看了一看。果然是天生绝色，十分好看，哈喇子（口涎）流出来足有二尺多长，赶紧打轿回去。到了衙门里，什么事也顾不得问，就叫人预备房子，把来氏和平儿全都送进屋里去。

这时候李三纲还在这里，一看有人搡着平儿往里送，便做个鬼脸儿道："姑娘你大喜了。"

平儿丝毫不露悲苦之容，笑着说了一句："多谢您费心，将来我必好好报答您。"说着笑着，就跟着进了屋子。

李三纲长叹一声，什么是真的？就是钱是真的，官儿是真的。这个孩子，平常够多有心胸之气，如今一看见这种势派儿，敢情她也愿意。哼！什么都是假的，就是钱跟官儿是真的！

平儿一进屋里，一看屋子里站着一个人，身高也就在三尺挂零，精瘦的长脸，两只小母狗眼，蒜头鼻子，翻鼻孔，上下颏，大颏拉嗦，薄片耳朵，往前扇着，脸上有点小麻子，穿着一身补子官衣，冲着自己也不害怕，平着脸往椅子上一坐。来氏坐了半天车，也觉手腿有些发麻，看见平儿坐下，自己也过去一屁股坐下了。

那个官儿微然一笑，一捻那几根七上八下的狗蝇胡子向来氏道："请你外头坐一坐，等着回来领赏吧。"

屋里还站着不少的人，过去往起一搡来氏，就给架出去了。平儿不由喊了一声妈，忽觉得嗓子眼儿一发堵，鼻翅儿一发酸，眼睛边一发辣，心里这份难受就难过极了，赶紧平着气往回一压，把牙一咬，一跺脚尖儿，硬把那眼泪咽了回去。

这时候屋子里就剩下了那个官儿了，看了平儿两眼，笑嘻嘻地往前一探步道："姑娘，你累了吧，吃什么东西不吃？"说着话往前一递手，意思之间，打算摸摸平儿脸蛋儿。万也没有想到，平儿陡地从裙子底下把手往外一抽，嗖的一声，抽出一把把儿长、头儿尖又白又亮的剪子来，多话也没有说，只说了一句："狗赃官，今天不是你就是我！"往起一挺身，手里剪子直奔杨仁生脖子上扎去。出其不意，杨仁生吓得差点儿没喊出妈来，一看剪子到了，往后一退步。平儿本是没出闺门的大姑娘，不用说杀人，就是平常宰只小鸡子，她都下不去手，今天不过是个急劲儿，剪子去得慌，手又发颤，浑身一点儿劲儿都没有了，杨仁生躲得又快，哧的一声，可就扎在眼皮上，当时血就下来了。杨仁生自己也不知道扎在什么地方了，往后连退几步，没有留神，脚绊在门槛上，扑咚一声，摔在外间屋里去了。那些下人从屋里退了出来，正在说闲话耍笑，忽听扑咚一声，从屋里摔出一个人来，大家不由吓了一跳，赶紧过去扶起一看，正是座上官儿杨仁生，满头满脸是血，舌头也短了，话也说不出来了，两只手不住乱指自己脑袋道："我……的脖……脖子还在鼻子……脖子……鼻子……上吗？"

大伙儿一听，好官儿啦，简直不会说人话了，听他说话，瞧他的神儿，实在真是可乐，可是谁也不好意思乐他，怕是一下子乐僵了也是麻烦。赶紧给扶了起来，要往椅子上送，还没有送到，就听屋里一声惨叫道："妈！爸爸！没有出息的女儿，不能伺候你们，要先去一步了！"

杨官儿瞧挨了一剪子，他的心并没有死，站在那里不住哆嗦，耳朵可还听着屋里，一听这两句话，就知道不好，赶紧叫人道："你们……快……拦……拦……住……"

果不其然，这句话还没有说完，就听屋里哧的一声，扑咚一声，

151

大家就知道不好，赶紧跑到屋里一看，平儿手里的剪子，已然扎在哽嗓咽喉，进去足有二寸多深，深红的鲜血，顺着脖子流了一地。可怜一个德貌双全的姑娘，只因遇见一个软弱无能的爸爸、荒乱无度的母亲、灭绝人伦的哥哥、形同禽兽的父母官，就把一条性命，如同水流花谢、灯消火灭的一般，魂依芳草去了。大家看着，全都觉得十分可惨，尤其是杨仁生，别瞧他是地道八百的贱种，敢情他也懂得敬重好人，过去就磕头，跟着就叫人，先把尸首抬到炕上，跟着又叫人找来氏。大家再找来氏，已然是踪迹不见。

原来来氏先前没有到过县衙门里头，就看见过他老头子陈炯那里。陈炯是看监的，所看的全是些个犯罪的，一个犯人，哪里会有什么好样子的，她以为所有衙门里，全是一个样，所以她听说把平儿送进衙门里，她心里不怎么高兴。及至今天到了县衙后头这么一看，地方也大，房子也高，使唤的人也多，屋里摆设也好，心里可就高兴起来了，怨不得人家都巴结儿子念书做官哪！敢情做了官，是舒服，一个人真要是能够多在这里头过些日子，那可真是哪辈子修来的造化。又一想自己这辈子虽没有做官和当官太太那一天，可是自己女儿已然是现成的官太太，只要女儿一得宠，自己跟着就得享福。人家都说生下女儿赔钱货，这话可不一定，要照自己这个姑娘看起来，不但不赔，而且又赚，往好里说，实在比供给一个儿子成名还容易得多，这可真是意想不到的飞来凤。等过个两天，跟姑奶奶一商量，借姑老爷轿子坐一天，回到八宝甸叫他们也瞧瞧，儿是儿，女是女，谁敢跟我比？心里想着，是越想越高兴，坐在外间屋，听大家这么一谈天，又都是自己没有听过的，更是爱听。正在心旷神怡，没想到县官扑咚一声，从屋里摔出来，心里还说，到底是年轻人，真爱闹着玩，刚过门，这就动手动脚，当着好些下人，也不怕人笑话，真是一见就投缘。想头还没有断，县官结结巴巴把话一说，也有听见的，也有没听见的，当时可就毛了烟儿了。再从人缝里往那边一看，县官顺着脑袋瓜子往下流血汤子，本来脑袋就显小，这一来瞧着更显小了，皮里抽肉，肉里抽筋，那脑袋剩了也就有一个小肉馒头那么大个儿。心里好生埋怨平儿，有被不会睡，会睡没有被，天大的造化你不懂，怎么才见面就掐架，固然说别让人家把你拿下去，那也得过个几天，没有说刚见面就使下马威的，这可是不对。正在寻思怎么想两句话过去说说平儿安安县官儿，猛听屋里一声惨叫，听得清清楚楚，明明是自己亲生的女儿嗓音，仔细一听，可了不得，敢情这个孩子她要寻死，这可不是闹法儿。才往屋里一挤，又听哧的一声，扑咚一声，头一个一探头，一看平儿已然躺在了地下，纹丝儿不动，就知道事情坏了，这要是县官按着刺客一办，这个官司可打不了，趁着还没有问到，趁早儿跑，别等野火烧身。想到这里，一声儿没言语，往后一缩脖子，抹头就跑。到了城门口一看，城还关着没开，来氏这急可就着大了，又不敢过去叫城，也不敢再回衙门，站在城门那里苦这么一等，两条腿一个劲儿打哆嗦。

幸得工夫不大，一拨儿人三十多口子，全都奔了城门，来到临近一看，领头的不是别人，正是自己第二个爷们李三纲。要招手没来得及招手，城门就开了，城门一开，呼啦一声，人就全都拥出去了，来氏也裹在里头挤了出去。李三纲骑着马在当间儿，四外的人都捧着家伙打着灯笼，来氏先本有心叫住李三纲，骑几步蹭儿马，忽然一想，不怎么老好，谁知道他是出来找谁的，倘若要是找我的，那我岂不是飞蛾投火自取焚身之祸？现在女儿完了，老头子大概跑不了，就剩了母子两个，赶紧到家，叫杰儿这孩子，趁早儿找个地方躲一躲。心里想着，脚下加快，敢情比李三纲骑的马还快哪，一边跑，一边后悔，人是天生来的命，好好的一份家，弄得这么乱七八糟，挺好一个大姑娘，眼睁睁瞧见这么惨死，如果从前不是贪图那一点儿富贵，何至于此。现在福是一点儿没享着，罪倒也受上了，这个丫头可也真是没福，不愿意就不愿意，想法子赶紧回来也就完了，什么事年轻的就活腻了，拿着家伙就往脖子上抹，只顾这么一逞性儿不要紧，得这个罪全让我一个人受上了，平常可没亏她，临完来了这么一下子，不怪人家说，生男生女，伤财惹气，果然一点儿错儿也没有。只顾叨叨念念，也没看着门，走了半天，猛地想起，抬头一看，已然走过有十几个门了，自己急得拧了自己屁股一把，直骂浑蛋。

二次来到家门口，一看街门大敞开，连一扇儿都没关，三步两步，就进了屋里，把话和陈杰一说，陈杰仿佛不大理会。正在暗骂陈杰无良，忽然陈杰凝神一想，翻身往外就跑，屋里就剩下了来氏和铁妮儿。铁妮儿是四马倒攒蹄在炕上放着，旁边搁着一把椅子。跑了半天，眼也乏了，往椅子上一坐，睁眼一看铁妮儿，这个气可就来了。心说要不是因为你，我们这一家子，何至于弄到这个样儿？现在是死走逃亡，倾家败产，都由你身上所起，想起实在令人可恼。往前一探身，一把就把铁妮儿辫子给揪住了，左手往前一带，伸右手就要打铁妮儿嘴巴。刚把胳膊举起来，就觉乎飕的一股凉风，从胳肢窝往里一钻，当时浑身一麻，手再也动不了啦，噗的一声，屋里灯就灭了。正在害怕要跑，可了不得，就觉乎身后伸过一只小手往自己乳头上一戳，登时往里一吸气，周身全麻，一点儿也动不了了。这只小手还是真厉害，揪住了脖领儿往下一拽，哧的一声，从领子那里起，这件褂子就算下来了，露出一身胖肉。那只小手跟着一摸裤腰带，可把来氏给吓坏了，心说这是什么玩意儿，怎么个样儿，打算干什么？心里干着急，嘴里一个字儿可也说不出来，浑身跟抽了筋一样，一动也不能动，只好把牙一咬，任凭人家处置吧。那个小手儿，把裤带扯开，提起裤脚，往下一扯，就把来氏的裤子也给扯了下去。来氏心口不住怦怦直蹦，可是一点儿法子也没有。那只小手儿把她衣裳全都给她扒去，又拿起绳子，三绕五绕，就把来氏给捆在椅子上了。来氏心里正在纳闷，哧的一声，火种一响，油灯又着了，不但一个人影都没有，连炕上放的铁妮儿也是踪迹不见。心里这份难受，简直是没法子说，想不到一念之差，会闹出这么多的事来。刚才这个，绝不是人，不定是什么神灵儿显圣，要报应我，没死就是便宜。只要今天还能够对付活过去，别的不说，我可要改恶向善，绝不再做为非助歹之事。心里正在想着，外头脚步一响，陈杰从外头进来了，心里十分高兴，盼着陈杰赶紧给她放下捆来，打算叫一声陈杰，谁知是干使劲，嗓子一点儿声儿都不出，这一急更是非同小可。忽见陈杰往前来了，正在心里一喜，听外头又是一阵脚步声儿，仿佛来人不少，心里又是一急，盼着陈杰把自己先放下来。陈杰不能过来，话说不出来，可听得明白，一听外头说话的不是别人，正是自己的外家李三纲，心说你一个人来倒成，可别全进来。怕全进来，呼啦一声，人全进来了，来氏实在也觉乎有点不得劲，赶紧把头一低，静等李三纲过来把自己解开。没有想到，李三纲一个劲儿跟陈杰麻烦，始终不过来给自己松绑，心里可真有气，平常实在有个小错，怎么今天非瞧我哈哈笑不可，这可真是没的事。一着急，往后一挣，仿佛身子已然能够活动，才把脖子往后一歪，万也没想到椅子上还插着一把刀，身子往后一挪，正碰在刀尖子上，长血一流，痛入心腑，脱口一喊，没有想到会喊出来："哎哟！可扎坏了我了，杰儿你倒是想法子把你妈妈救下来呀！哎哟我的天哪！"

大家正在一怔，窗户外头有人扑哧一乐，大家全都没有防备，听后头猛然来了这么一下子，不约而同，全都是一哆嗦。李三纲究属在外头跑的地方多一点儿，知道今天这件事，里头必有毛病，顾不得再和旁人说废话，用手里刀往窗户外头一指向大家道："哥儿们，咱们后头可有风！圈！"

大家一听，全都是单刀铁尺，各自扯出，呼啦一声，全都往后院去了。这屋里只有陈杰没去，过去先把来氏绑绳儿解开，来氏顺着胳膊直流血，不顾疼痛，先找了一条裤子穿上，又穿好了褂子，两眼一看陈杰，不由哇的一声就哭了起来。陈杰到了现在，也觉得自己所经过之事，都怪可怕，现在又听来氏一哭，自己也觉得一肚子委屈，嘴儿一撇，仿佛也要哭。鼻子就在这刚一抽搭，猛见那椅子脚儿上钢刀底下扎着一个纸条儿，上头有字，赶紧过去一看，不由目瞪神呆，急忙扯开嗓子冲着后院喊道："李三大爷，你们都快回来，这里又出事了！"

155

李三纲带着大家到了后院一看，任什么也没有，正在一怔，来人身手好快，就听屋里陈杰喊嚷，大家又回到屋里一看，陈杰两只眼睛瞪得包子那么大个儿，看着刀底下扎着那张纸条儿。李三纲虽然识字不多，可是这个纸条儿，写得非常简明，一看便已了然，不由哎呀一声，向来的人一招手："风紧，钻窑儿，回水！"

大家顾不得再瞧什么，再说什么，前队改为后队，泼剌一声，开腿往回就跑。

要知条儿上写的是什么，他们为什么这样害怕，请您别着急，慢慢看下去，自然就明白了。

第三回

急变骤生惊鼠骇雀
勇气备至扑虎敲狼

原来那张纸条儿上，歪歪斜斜写着几句似诗非诗似词非词，那么几句流口辙："我本游侠子，偶来齐鲁间。蠹吏朋奸役，行止半末端。人自不可欺，冥冥有苍天。豪夺与强取，暂快终偿还。敝榱产金珠，芬芳澈霄泉。艳质冷如冰，稜骨臭摧兰。我有炉中铁，煨成双雀环。日来夜常鸣，欲裂奸蠹肝。灭门一令尹，咫尺丧其元。寄语诸宵小，报应有循环。"

李三纲虽然识字不多，像这路没有多深的词句，对付着也能看懂了，知道事情出了岔劈儿，暗中有能人看不下去，才救走铁妮儿，留下这张说帖儿。看他纸条儿这种口气，所有的事，人家全都知道了，不用说头天飞夜壶打陈杰也是这个人干的。要凭人家能耐，不用说自己这两个人，不是人家对手，就是有个三十二十人，也未必能跟人家支持，可怪为什么这个人不肯露面，只在暗中和人为难。再看他后头所说，灭门令尹，一定是指的杨官儿，咫尺丧元，是目下就要摘他的脑袋，这件事可不能大意，倘若他要真干出来，这个岔子可就出大了，事不宜迟，还是赶紧就得走。

李三纲一声喊嚷："风紧，钻窑儿，哥儿们回水！"说的是，事情太急，来人可到衙门去了，大家赶紧回去。这些人一听，可了不得了，衙门里要出了事，大家就不用想再往下混了，谁不着急，提左腿，搽右腿，脚后跟朝前，前队改了后队，大家就全都跑下去了。

屋里扔下来氏，也不知为了什么，大家都跑了，她还以为是林家搬了人情，二次要和她为难，心里一害怕，也顾不得什么叫难受，哪个叫疼，提起裤子提上鞋，连个亮儿都没拿，就跑下去了。

来氏往海边上跑，李三纲、陈杰带着二三十个差目往城里跑，叫开城门，一直就奔衙门。到了衙门口儿，一看里头冷冷清清，不像有什么事，看门的蹲在门凳头儿上冲盹儿。

李三纲过去一拍看门的肩膀，看门的吓一跳，睁眼一看，是李三纲，便一皱眉道："三爷什么事？"

李三纲道："衙门里有什么事吗？"

看门的擦着眼睛道："三爷您今天是怎么了？我除去看门，里头我就不进去，我哪里知道里头有什么事没有，您要问您上差房问去。"

李三纲一听也对，赶紧告诉大家先在外头等一等，自己走进外班房。班房里两个头儿，一个叫杨微，一个叫尤珏，两个人正在屋里坐着说话，一看李三纲进来，全都带理不理。原来李三纲在这县衙门，并没有什么职务，不过是托人跟知县大老爷跟前给他说过几句，他能办事，知县把他找来一说话，彼此很是气味相投，便找他给做了不少伤天害理之事。每做一件，知县总要赏他几文，夸他一遍，李三纲又不是有学问的好人，得寸进尺，得意忘形，他自己混得把他自己都忘了，无论什么事，他都是大包大揽，谁也不商量，日子一长，得罪人很是不少，可是因为他上人见喜，谁也不能把他怎么样。

就以今天这件事，原该班头带着家伙去办这件事，他在上面听了知县一句话，到了外头，他连提都没提，带着伙计就走下去了，这两位头目心里就不高兴。他们走后，二位在屋里就谈起这件事。杨微道："老尤，今天咱们哥儿两个说句体己话儿。这份差事，我真不打算干了，我想辞了另干别的去。"

尤珏道："您的意思我也明白，我跟您都是一样，本来越来越不像了。既然不拘什么事，都有人家干，咱们干不干也不吃劲，您要辞我也辞。不是旁的，倘若闹出点什么事来，咱们可是前后终脱不了干净，挣银子挣钱是人家的事，咱们担着心思，犯得上吗？"

二位正在谈着，李三纲从外头进来，这二位满心不愿意，可也不敢得罪他，准知道他不是好小子，什么事都干得出来，倘若把他得罪了，就当时出毛病。脸上做出一种苦笑来道："李爷您回来了？您多辛苦。"

李三纲道："您二位多辛苦，我跟二位打听，咱们衙门里没出什么事吗？"

二位头儿一听就是一哆嗦，赶紧说道："没什么事，怎么着您听说有什么事吗？"

李三纲道："我也不知道，不过这么问问，大老爷现在歇着没有？"

杨头儿道："这个我倒没听说，您上里边瞧瞧去吧。"

李三纲又说了一声多辛苦，退步出来往里走。二位头儿摸不清怎么回事，也跟着进去了。来到后衙一看，只见知县屋里依然是明灯大烛，从窗户里就看见了杨知县，端端正正，脑袋上绑着布坐在临窗椅子上。李三纲才放下了心，低低咳嗽了一声。杨知县在屋里听见便问外头什么人，李三纲忙道："民人李三纲。"

杨知县道："进来。"

李三纲进去，二位头儿在廊子上一站，听屋里说话。李三纲进屋里给知县请安，杨知县道："怎么样？人来了吗？"

李三纲心里轰的一声，这才想起，刚才是蒙住了，因为看了那张纸条儿，恐怕当时出事，急着忙着跑了回来，可就把自己的差事忘了，知县是叫自己去找铁妮儿来的，现在铁妮儿连影子都没有了，知县也问下来，可让自己说什么？越着急越不会说人话，怔着神翻着白眼看着知县道："是，来了，又跑了，能飞，好家伙，这把刀子，跟那把夜壶……"

杨知县越听越不懂，再看李三纲脑袋的汗珠子足有黄豆大小，脸跟纸那么白，结结巴巴说的不知都是什么。杨知县不由一声怒斥：

"狗头，真大胆！说的都是什么？"

　　杨知县不瞪眼还好，一瞪眼是金疮进裂，顺着脑袋又往下流血汤子。李三纲本来就害怕，再这么一瞧，知县成了鬼了，简直更害怕了。害怕可是害怕，他可不敢出去，他不知道杨知县犯的是什么病，两只眼都成了包子了，站在那里不住哆嗦。杨知县也瞧着李三纲可怕，身高力大，相貌凶恶，今天这个神气，他是犯了疯疾，这要是一过来，自己这条小命儿就算完事。心里觉着害怕，身子就往后躲，越躲越往后，一个没留神，连椅子带人全都翻了过去。李三纲正在怔怔出神，猛见知县往后一仰，还以为杨知县气急身死，一想可了不得，这个人命官司我可玩不起，赶紧跑。抹头往外就跑，才转过身去，还没得迈腿，已然撞在一个人身上，被人家当胸一把就给揪住，不由哎哟一声。定神一看，原来正是本县班头杨微，后头跟的是尤珏。杨头儿在外头听屋里说话，简直一句不懂，心说这是什么话呀，八成儿我们老爷不定是什么会什么党，跟李三纲是一档子，这话一定是他们里头令子，不然我怎么会一句不懂？正在凝神细听，忽听屋里扑咚一声，哎哟一声，杨头儿就吓了一跳，赶紧一拉尤珏道："走，咱们快进去瞧瞧。"两个人一前一后，全都进了屋里，杨头儿眼快，一眼就看见知县整个儿四脚朝天躺在地下了，着实吓了一跳，以为是杨知县已然遇害，凶手不用说，就是李三纲，人命关天，那可不是闹着玩的。心里正在想着，正赶上李三纲抹头往外跑，杨头儿心说你可别跑，你跑了我们就不用活了，过去当胸一把，就把李三纲给揪住了。

　　李三纲还真吓了一跳："杨头儿，咱们哥儿们不错，这是怎么了？你先撒开我，有什么话您只管说，我还跑得了？"

　　杨微道："不用废话，你把官儿给害了，你打算跑，我们担不起。老尤您先过去瞧瞧官儿怎么样了？"

　　尤珏走过去，一看知县大老爷四脚朝天窝在椅子里，赶紧过去就扶椅子。杨知县不过是让李三纲给吓坏了，并没有什么了不得，窝在椅子里，听见杨微说话，心里就踏实多了，打算站起来，头上脚下，又在旮旯里，简直起不来，打算喊又把脖子倚住，也喊不出来。尤珏过去一扶椅子，脖子一松，当时就喊出来了："好你个李三纲，竟敢耽误本县官事，杨微快把他捆上，坐堂问事。"

杨微一听，赶紧答应一声是，使劲往外揪李三纲。李三纲他可不出去，他准知道这要是在杨知县面前，无论有什么话还可以说说，倘若要是往外一架弄，杨知县一升堂，无中生有，拿收拾别人的法子，一收拾自己，那可受不了。当时一边往回打坐坡，一边喊道："大老爷，您别着急，我的话还没说完哪。"

杨知县一听，这话可不全假，本来他进门就没法说出一句人话，等再问问他，也许有什么道理在里头。便向杨微道："杨微，你先松放他，看他说什么。"

杨头儿把手一松，向李三纲道："说！说！"

李三纲这时候心神倒定下去了，向杨知县道："回老爷，您不是派民人去拿那姓崔的姑娘交案吗？我回到那里，正要去办事，不想到了看守崔姓女子屋里一看，姓崔的女子不见，案上留有钢刀一把，上面插着一张纸条儿，纸条儿上的言语里，实在写得太难，并且有对太爷不利的话，因此民人急速赶回，禀报老爷，做一准备。只因民人护驾心急，说出话来，多有不周之处，请太爷您明察万里，民人实在不敢有半字欺骗太爷！"

杨知县微微一笑道："李三纲太会说话了，本县虽然读书不多，可也不是傻子，你明明是得财买放，你还敢用巧言欺骗于我，实在可恶。我就不信你说的话，在仿佛小说写的侠客一样，飞檐走壁寄柬留刀，这些话我是一字不信。你把姓崔的女子放在什么地方去了？快快说出，免得身受重罪。说！"

李三纲一听，他一口咬定了，自己一皱眉一跺脚道："回老爷，那姓崔的女子实在是跑了，不过她现在有她亲戚，住在咱们城里，他家有许多姑娘，可别让她藏在里头，我们何妨前去搜搜，也许在那里亦未可知。"

杨知县道："她的亲戚是谁，住在什么地方，你可知道？"

李三纲回大老爷："她的亲戚姓林，名叫士源，就住在城里二道街。"

杨知县一听，先是一皱眉，忽然一点头，跟着一笑道："既是这样，你可想个什么法子，赶紧把那崔家女子抓来，可以将功折罪，如若不然，我是定要按罪治你！"

李三纲不住答应是，自己原意是打算把林家姑娘抢来一位，先把这件事排解过去，自己性命能够保住就得，他准知道杨知县所为的就是他可以添一个美人儿陪着就得，并没有什么旁的意思，又准知道林氏姑娘太多，只要进去，准能够弄上一个，碰巧就许能够来个三个五个的。这小子是发财心盛，天理人情是全都不顾，别瞧方才和杨头儿说好话，当时他就能够变脸，答应了一声儿是，一声儿没言语就出去了。

两位头儿本在屋里，杨知县一看这两个人不走，不由把脸一沉道："你们两个还站在这里干什么？地方上出了匪人，不知拿办，容他到这里来滋事。你们没有看见李三纲，一不当差，二不应役，他却有一份忠心，可叹国家拿着钱粮养着你们，简直成了废物，真是岂有此理，还不快快下去！"

杨头儿一听，心里火直往上冒，打算顶上两句，至多不干，不也就完了，忽觉尤珏在旁边揪了自己一下儿，准知道有事，当下答应两声是，挤眉弄眼，可就下来了。到了外头，杨微问尤珏："你干吗揪我？这件事我也瞧终了，有姓李的一天，咱们这碗饭就不用打算吃了，干脆辞了倒省心，干吗担名不担利，瞧他们鼻子脸子！"

尤珏道："大哥您的脾气太急，这个事算不了什么。您别瞧他们现在乌烟瘴气，出不去几天，准得烟消云灭。您没听见方才李三纲说吗？那话可不全假，就许有人瞧不过，就许跟他们来下子。这件事不是没有咱们哥儿们什么事吗？咱们跟着乱什么？这现在是上林家了，林家是干什么的，大概您也有个耳闻，就听他们欺负吗？一个闹滋了，明天就能出事，您忙什么的？咱们到这衙门来，可不是他把咱们拉拔进来的，不能为他把事情辞了。您先瞧两天，林家这

162

件事，不出吵子，他们办得顺手，咱们哥儿俩就辞差一走，他们要是受点磕碰儿，咱们再待些日子，也不为晚。故此我揪了您一下儿，怕您把话说急了，回头挽不回来。"

杨头儿一听，一挑大拇指道："兄弟！你真行！哥儿这个地方，可真不如你。既是这么着，我就在这个地方多看几天。"

二位头儿谈着，李三纲带着这二三十位就出去了，到了街上，天就亮了。李三纲向大家道："众位，今天这件事，咱们可得特别小心，林家可不是好惹的，别打不成狐狸闹鼻子臊，咱们可得商量好了法子，咱们再下手。"

大家一听道："听您的。"

李三纲道："也别听我一个人的，咱们说出法子来，大家商量着办，反正把事情办圆了，比什么都好。我想林家是个做官的，不比寻常人家，咱们要是拿县衙门的名儿去吓人家，人家可是不怕，再者人家也没犯法，凭什么人家能够怕咱们。我想不如大家改扮下子，硬插杠儿闯进他的家里，瞪眼往外弄人，弄出来咱们就是一件功劳，弄不好咱们大家抹头一跑，也就完了，不知众位以为怎样？"

陈杰一听，这倒不错，匪人冒充官人，听说过，没听说过官人冒充土匪，这可真透新鲜。李三纲是本地的土匪，他干什么也不要紧，办得了他更好，办不对他一跑，没他什么事，这玩意儿可不行。我们虽然在这里没有多大财势，可是吃穿不缺，倘若一下子闹出旁的情形，可算全完。再者说林家势派，在这城里，就得说数一数二，不用说一个知县他没看在眼里，知府又怎么样？事情不闹出来便罢，闹出事来，无论如何，知县往后一退身，瞪眼不认账，那么一来，可就苦了，这件事可不能这么办。心里想着挺好，他可不敢跟李三纲辩证，听李三纲说完，不住摇头出相儿。

李三纲一看旁人全都没言语，但是陈杰出相儿不愿意，心里老大不痛快，用手一指陈杰道："这件事你得领个头儿，回头到了林家时候，你得过去叫门，差事弄下来自有你的好处，差事要是弄滋了，少不得回头带你到老爷堂上回话，有什么话，可是你自己辩去，这

163

话你听明白了没有?"

陈杰一向就怕李三纲,今天一听他这套词儿跟他脸上那种神气,准知道今天这件事就算要糟。事情已然到了这步,可也就说不上来不算了,爽得把心一横,是福不是祸,是祸脱不过,害怕也没有用,不如干脆豁出去干,干对了就算对了,不对也是情屈命不屈。心里这么一想,胆子可就壮了,当下向李三纲道:"您说什么都成,不过咱们也不能穿着官衣冒充土匪,无论如何,咱们也得改改样儿不是?"

李三纲道:"那是,那是。咱们现在再回去换便服可来不及了,没别的,只好是大家屈尊屈尊,先把官衣扒了,穿着贴身衣裳可也就行了。"

陈杰道:"这个可不是我脱懒,青天白日,冒充土匪,碰门抢人,这可不是闹着玩的。咱们在这块地方,待的日子也不少了,差不多都有三五位熟人,一个让人家认出来,可实在不美。我有个主意,可不知道使得使不得?"

李三纲道:"你说吧。"

陈杰道:"咱们昨天用的那拨人,现在大概还都没散,咱们何不如找他们替咱们来一下子。一则林家不认识那班人,二则人家原来就是干那个的,不用改扮,自来就像,您瞧好不好?还有一节,里头还真有几个硬手,那个姓曾的跟姓彭的,一个打弹弓,一个弩箭,全都说得下去。咱们来个备而不用,我想确实不错。可不知道您以为怎么样?"

李三纲道:"好倒是好,不过可得快,他们来了,咱们也得挤进去,不然回头再弄出旁的差错,那可不行。"

陈杰道:"那绝没什么。这么办,您在这里等我一等,我快去快来,赶紧把他们找来,省得误事。"

李三纲道:"那你就快去吧。"

陈杰答应一声,抹头就跑。李三纲带着这三十来位在街上一等。恰好林祥上街来买东西,一眼就看见这些人,心里就吓了一跳,东西也不买了，赶紧往家就跑。回到家里，气急败坏就找大爷林裕。林裕问林祥有什么事，林祥把方才街上所见，略说了一遍。

林裕叹了一口气道："如何？我就知道他们这些人是越来胆子越大。不过我们家里毫无私病，也不怕他们来寻我们的薅恼，再者也不一定准是找咱们来的。不过咱们也可以有个预备，你告诉他们门上，千万留神大门，上闩上锁，不问明白了，别开大门。还是别叫老爷子跟二爷知道，不然回头也是麻烦。"

林祥答应才要往外走，外头屋有人搭话："大哥你未免也太难一点儿了吧，姐夫姐姐来了，你不留下人家，如何？出了事了吧？赶事的回来一说，人家这一家三口，大概全都完了，你后悔不后悔？如今人家又欺负到咱们门上来了，他是人，咱们也是人，他是官，咱们也不是没有见过官，怕他什么？是个疖子就得出脓，你打算忍也完不了，也过不去，爽得跟他干一下子，也许倒对了，你信不信？"

林裕就怕二爷知道，二爷就知道了，心里这份儿蹩劲就不用提了，旁的不说，就凭二爷这个脾气，弄巧了不定得出什么事，上有老，下有小，这是闹着玩的吗？可还不敢跟他多说，因为知道他的脾气越拦越起劲，事情倒许弄糟了，只好顺着他的话说吧："老二的话一点儿也不错，这一向倒是怪我太退步了。今天这么办，他们不是找咱们来的，那是最好，事情过了，咱们先挪个地方住住，等到狗官去了，咱们再回来。如果他们真是找咱们来的，这回咱们是绝不退步，非跟他们来一下子，我瞧事情也不好办，你说我这话对不对？"

二爷一听，心里痛快了，这跟着就摩拳擦掌，预备打架。

正在这个时候，只听院里有人连嚷："这可真是怪事，你们快来瞧！"

大爷、二爷赶紧就出去了，来到院里一看，可真有怪事惊人。院子里头，往少里说，足有二三百灰色老鼠，一个咬着一个尾巴，连眼皮都不抬，见人也不怕，全都像一条线儿相似，一个挨一个，全都往大门外头跑去。大爷一看，就是一惊，忙问二爷道："老二你看见了没有？这可就是怪事，你可别又不信。"

二爷林昌把嘴一撇道："哥哥你可太难了，既读孔孟之书，怎么连一句攻乎异端你都不懂得？一个耗子，它懂什么，要来就来要走就走，这也值得往心里去？大哥要像你这么心细，真是走树底下都得顶铁锅，不然树叶儿掉了砸脑袋可怎么办？哥哥我可不该说，你的胆子可太小了！"

林裕一听，一皱眉，一跺脚，什么话也不说了。正在这么个时候，忽听门外院子一阵乱响，林裕道："八成儿来了。"林昌不等林裕再说什么，三步两步就跑出去了。

林祥正在隔着门缝儿问："外头什么人？"

外头搭话："我们是县里派来的，到这里找林士源林老太爷请教一点儿事儿。"

林祥道："对不起您回去给回一声儿吧，我们老爷带着我家大爷二爷以及各房家眷全都进京去了，有什么话，也没法子，您回去给说一声吧。门现在上着锁，我也不让您进来喝碗水了。"

外头叫门的正是陈杰，一听林祥说所，向李三纲一挤眼儿，李三纲就把那个姓曾的姓彭的给找过来了，跟两个人一啾咕，问两人会上房不会，两个人点头说会。李三纲告诉这两个人上房去看一下子，里头倒是怎么一个情形。两个人答应一声，纵身上房，往院子里头一看，见着院子，站的全是人，两个人心里高兴。姓曾的名叫曾荣，姓彭的名叫彭亮，这两个人原来也是江湖上的小贼儿，一个外号叫剥皮鼠，一个叫三腿狼，能为武艺谈不到，什么上房挖洞，偷偷摸摸，捡点子小便宜。后来在江湖上吃不开了，就跑到这里盐滩上帮着人家排盐，跟陈杰由此相识，很是不错，又聚了不少土光棍、混泼皮，便成了那么一个局势。在盐滩事情之外，也常到县城外边去做些个没钱的买卖。昨天帮忙劫了崔仲景夫妇，被铁妮儿杀伤了三五个，也没敢惊官动府就全给埋了，今天又听见陈杰招呼，叫他们冒充官人，把门诈开，然后再由官人冒充土匪进门要做一档子事，大家一听，这是一件肥买卖，当下答应，就跟下来了。到了这里，一听李三纲派他们两个人上房，这两个就高兴了，及至上房一看，里头人并没走，看里头那个神气，还是真有油水，难得，要不是跟着官人，自己无论如何，也不容易到这个地方来，既是到了这个地方，那可就是那句话，既过宝山，怎肯空回？今天要不发财，那就是大傻子了。姓曾的会打弹弓，一伸手就把弹弓摘下来了，掏出弹弓子儿认准了弦，一撒手就是大荷花缸上，当的一声，叭嚓一声，缸沿掉下一大块。

林裕就吓了一跳，林昌这气就大了，用手往房上一指道："你是从什么来的？怎敢毁坏我家东西，真来无礼！还不快给我滚出去！"

这一句话，刚才说完，就听枭的一声，一颗弹子直奔脑门子，林二爷一低头，弹子从脑门子上过去，二次又听枭的一声，林二爷可不该抬头，一抬头正打在左眼珠儿上，扑的一声，眼珠儿碎了，弹子就进去了，哗了一声，林二爷眼眶子上血水就滚下来了。林二爷又不是练家子，身上一点儿功夫没有，眼珠子换泥弹儿，哪里受得了，哎哟一声，腿一软，扑咚一声，摔倒在地。林二爷这一摔倒，院子里可就乱了，二奶奶纪氏，不顾死活，往前就扑。好狠曾荣，二次填弹，叭地一撒手，枭的一声，弹弓子直奔二奶奶的面门。林二奶奶只顾往前跑，哪里留神会有这么一下子，哎哟一声，正打在嘴唇上，连门牙都打下来，顺着嘴往外流血。好林二奶奶不顾疼痛，一狠心仍然往前跑去看林二爷。

房上曾荣一看，向彭亮道："兄弟，窑里安，下呀！"他告诉彭亮说底下没事，下去。彭亮一抒手里短把刀，就蹦下去了。大爷林裕就知道不好，手里任什么没有，抢一步把顶门杠子抢在手里，一转脸，恰好彭亮正到，打算拔闩开门。林大爷可真急了，双手攥住顶门杠子使劲一抡，往彭亮腿上就砸。彭亮还真没有防备，只顾去拔门闩，后头杠子就到了，再打算躲，可就不易了，扑的一声，正抡在腿洼子上，腿一软，人就躺下了。要按彭亮的武功说，虽然不能说高，又是要跟林大爷动手，十个林大爷也不是彭亮对手，别瞧一杠子抡上，那是出于没有防备，一杠子砸倒，其实彭亮一滚，当时就能站起来。也是这小子恶贯满盈，就在他要滚还没及滚，旁边站的林祥林瑞眼全红了。本来这两个人在林家多年，大爷、二爷都不拿他们当下人看待，如今一看贼人进了院子，主人受了伤，那焉有不急之理。正想法子还没有想好，忽然大爷一杠子给抡趴下一个，心里这份痛快，深恨手里没有趁手家伙，当时给他一下子，一回头瞧见那块顶门石头了，一弯腰双手捧起，往下就砸。彭亮要是不滚也砸不上，刚好翻身一滚，恰好那块石头正掉下来，不偏不歪，正在脑袋上，扑哧一声，血脑四溅，可叹这小子连话都没说出来就完了。林大爷一看彭亮脑袋碎了，简直是惨不忍睹，当下一捂脸，才一转身，后面护手钩就递进来了。

这回曾荣可留上神了，彭亮下去半天门没开，就知道出了毛病，赶紧也蹦下房来，一看一个人攥着顶门杠子，一个手里捧着石头，要砸彭亮，心说不好，打算过去救，没来得及，彭亮脑袋就让人家给砸碎了。别瞧曾荣、彭亮狐群狗党，也是生死交情，一看彭亮惨死，曾荣就急了，提手里双钩，一声儿没言语，钩从后边就递进去了，林裕连影儿都不知道。一转身瞧见钩来了，打算闪，又不会蹿纵跳跃，一着急把腿往旁边一跷，打算躲过那钩，那焉得能够，腿才往起一抬，曾荣一翻手腕子，那钩立着就从裆下挑上来了。林裕一看喊声不好，准知道是完了，两眼一闭静等一死。猛听耳朵里哧地响一声，跟着扑咚又响了一声，腿上并没觉得怎么样，不由得睁眼。睁眼一看，使钩的钩也撒手了，人也躺下了，再一瞧旁边林祥手里拿着一把刀正往使钩的肋条上戳呢，心里这才明白，敢情是林祥还有这么好的功夫，一会儿工夫，连杀两个贼，心里高兴。他可不知道今天来的这两个贼，都是死期已到，不能再活，所以才有这种巧档儿。

林祥砸死彭亮，一看他那把刀明晃晃在地下扔着，过去一弯腰给捡了起来，恰好曾荣到，只顾在前面用钩去伤林大爷，万也没有想到后头藏着一个拿刀的，钩往里一递，林祥的刀也往前一递，曾荣的钩还得往上挑，林祥的刀是直戳，噗的一声就戳进去了。林祥心里恨贼，刀进了肋条，还是一个劲儿往里戳，任是曾荣铁铸的金刚、铜浇的汉子，也禁不住，何况曾荣也是十月怀胎血肉之躯，横倒是真横，临死连哼哼都没哼哼，就撒手闭眼找他的好朋友彭亮阴间干活去了。曾荣这一死，林大爷心里就踏实了，他不知道外头有那么多人，还以为就是这两个小贼呢。心里刚一痛快，猛听大门外头，砰砰一阵乱响，并且人声嘈杂，足有百十来口子声音，林大爷一听，可了不得了！准知今天全家必要遭难。

　　要知后事如何，且看下回，便知端的。

第四回

托孤儿火烧林家街
卖卜子刀吓杨县令

　　李三纲在外头都等急了，心里寻思，曾荣、彭亮素来可没有共过事，究竟这两个人，是干什么的，人性怎么样，可是完全不知。今天的来意，不过是为抢一个人就走，这么半天，连个门都没弄开，别是他们见财起意，在里头动上手了，要那么一来，可就糟了。心里着急，可是进不去，也没有法子。

　　正在这个时候，旁边来了一个戴红缨帽的官人，手里拿着小鞭子，向李三纲道："你们是干什么的？"

　　李三纲道："你问我？你是干什么的？"

　　那人道："我是本地面儿的，你们青天白日，带了这么些人，手里拿着家伙，你们打算干什么？我有地面儿之责，问你你要不说，我可就要报地面儿拿土匪办你们了。"

　　李三纲呸地啐了一口道："你别不害臊了，你也不睁开你的狗眼，你瞧我们带的都是什么人？"

　　那个人一听，四下一看，里头有县衙快班不少，心里还真吓了一跳，赶紧赔笑道："您是到这里来办案的，我实在不知道，您可别见怪。您有什么用我的地方，您只管吩咐。"

　　李三纲道："这里没地方用你，趁早儿去吧。"

　　那个人连连答应了两声，转身走了。李三纲轰走了地保，还是叫不开门，心里着急，叫大家全都上前砸门。大家过去砰砰一阵乱砸，还有的嘴里不干不净就骂上了。林大爷一听，有这么些人，就知道事出蹊跷，抹头往里头就跑。

迎面就碰见林总镇，一手扶着林大光，一手扶着林大明，问林裕道："外头什么事？老二哪里去了？"林裕不敢说实话，告诉林总镇外头没有什么事。林总镇摇头道："不对，不对，你听外头还响呢。裕儿，我告诉你，这两天我坐在家里，坐卧不安，心神不定，这是历来没有的事，我看要出什么大事。我已是这么大年纪的人了，就是出点什么事也不要紧，他们这一拨儿孩子，尤其霖儿她们都是女孩子，你可要特别留神，不用说真闹出什么笑话，就是被人家摸一把掠一把，咱们这里就不好看了。这个主意，你可跟老二两个商量办，不要丢了姓林的脸才好。"

刚刚说到这句，外头又是一片喊声："你们再不开门，我们可就要放火烧房了。"

林总镇一听，拿手往外一指道："你……你……"一句话没有说出来，两眼往上一翻，人便往后仰去。林裕赶紧就叫，谁知林总镇是个久病之躯，平常肝火就旺，今天急气交加，往上一涌，一口痰堵住心口，哪里还叫得过来，便是身归那世去了。

林裕一看才要放声大哭，大奶奶毕氏在旁边满眼含泪叫道："大爷，事到如今，可没有工夫再哭了，看今天这个情形，咱们全家可要不保，这些女孩子尤其可惨，倘若落在人家手里，那便对不起死去公爹那一片话了。为今之计，你得赶快想法子，先把孩子们想个去处，不要叫他们同归于尽，给林家留后才好。"

林裕一听，一点儿也不错，可是一时又想不出主意，急得不住乱转。毕氏道："大爷，你也不用这样着急，我倒有个意思，说出您看看怎么样？"

林裕道："快说快说。"

毕氏道："事情到了这个时候，二爷可是没有指望了，无论如何，也得给二爷留上坟的人，我看大仁、大为那两个孩子不错，想法子叫他们两个先跑出去，剩下旁人也只好是听天由命了。"

林裕道："是。可让他们从什么地方走？又叫什么人跟他们走？他们一向是大门都没有出去过，可叫我怎么能够放心？跑出去再叫人逮着，依然是个死，那可怎么好？"

毕氏道："不要紧，他们虽然没有出过门，可不至于不懂事，怕他们出去有事，我看林祥人既忠诚，又机灵，不如叫他跟着这两个孩子，一同出去，你看怎么样？"

林裕道："我现在是一点儿主意也没有，你说怎么办就怎么办，不过他们可从什么地方走哪？"

毕氏道："我看贼人全在前门，后墙未必有人，可以叫他们从后墙出去，托天之福，他们也许得逃活命。"

林裕道："既是这样，你就快叫他们走吧。"

毕氏往这边一叫大仁、大为，大仁十四岁，大为十二岁，两个孩子，怔眼巴眵，过来一站，林裕一看，不由眼泪夺眶而出。毕氏道："可没工夫，你有什么话？快说快说。"

林裕含着悲音道："大仁，大为，你们两个孩子，说大不大，说小也不小了。咱们家里突遭惨变，简直是想不到的事，咱们一家人眼看全要同归于尽，可怜咱们家里累世没有干过伤天害理的事，这也是前世前因。不过不孝有三，无后为大，现在你祖父已死，你父亲大概也难逃活命，现在我和你大妈商量，打算叫林祥送你们两个逃生，将来也好继续林氏香火。你们出去之后，可是千万小心留神，投奔什么地方，我可告诉林祥。你们必须好生读书，力求上进，也不负我今天这点意思。"说着话忍不住这泪就下来了。

林大仁别瞧岁数小，书可念得不少，心里不用提够多么明白，一听林裕说完，不由齐声下泪道："大爷，您说的话，我听了如同刀搅剑挖，您这份意思，我是感激不尽。不过有一节，我们可不能走，一则您是长房，我上头也有哥哥，他们不出去，在这里身受惨死，我们倒跑去了，第一不应该。再者我的父亲身受重伤，生死不知，扔下我母亲带着弟弟姐姐我也不放心，我们也不忍就这么一走。您这番意思，固然不错，您还是叫林祥带着我哥哥他们走吧，我们是

172

不能走，死活跟我爹妈在一块儿。"

林裕急得跺脚道："好孩子，现在没有工夫了，倘若外头把门砸开，咱们可是一家子全是死，到了那个时候，可就想跑也跑不了啦！好孩子，你快答应我跟着林祥去吧。"

大仁道："既是大爷这样说，叫大为跟大光一块儿走，您给我爸爸留后，我爸爸也不忍使您无后，您看好不好？"

林裕道："好孩子，我的心都碎了，你快走吧。"

林大仁道："要不是那样，只好是大家都死在一起。"

林裕急得没了法子，一咬牙道："依你，依你，你们快点走吧，再缓可就来不及了。"

林大仁一拉大光道："哥哥，您就同大为赶快走吧。"

大光摇头道："我不能走，家里就属我大，我要一走，撇下父母兄弟妹妹，那我就是活着又有什么意思。好兄弟你还是听大爷的话，带着大为快些走吧。"

这时候，外头砸门的声儿更重了，眼看那两扇大门，不住来回乱动。林裕急道："你们既都不肯走，要死就死在一起吧。"

林大仁把大光、大为一拉道："哥哥弟弟，你们快快走吧。一路保重，下世再见吧！"说着话那眼泪便像雨一般流了下来。

大光还待说是不肯，只见林裕已然给林祥跪下了，林祥也慌不迭地跪在对面。林裕道："林祥哥，我们相依三十多年，名虽主仆，实同兄弟，如今祸从天至，眨眼之间，我是家破人亡，为了传宗接代，放走大光、大为他们弟兄两个。他们年纪太小，外头世路，一概不懂，所以请你护送他们两个到济南府省城里找毕舅老爷去。那舅老爷为人极厚，你这次到了那里，他必能另眼看待你们主仆，将来能够保留林氏一条宗脉，我就死在九泉之下，也感恩不浅。不过奸人既然和我们这样过不去，恐怕他们防范太密，也许跑不出去，不过我们所想的都是能逃的话，倘若走不脱，也就是早晚之间的事吧。林祥哥，这两个孩子，就如同你的孩子，你要疼他们，也要管他们，我今生不能报答你的好处，只有等待来世再说了。"说着话满脸流泪磕下一个头去。

林祥道："大爷您可是折死我了，我在您的府里几十年，您待我恩同父子，按说现在您身受大难，我们应当跟您死生一处，不该怕死贪生，不过为了您托付少爷的事，小人可不敢推。今天当着老天，我们主仆只要能够逃了出去，我要有一丝一毫不把二位少爷放在心上，叫我天诛地灭，永世不得转投人身。"说着一手拉了大光，一手拉了大为，往后院就走。大光大为哪里肯走，一边往回挣。反是林祥道："二位少爷，不走就不走，要打算给老爷太太留这一脉香火，你可就快走，走晚了可就走不成了。"说着话不容分说，就把大光、大为拉到后院，来到后门。林祥道："二位少爷，咱们可别走门，还是走墙的好，倘若他们知道这里有后门派人一守，咱们主仆可就出不去了。"

来到墙根底下，恰好有个石墩，林祥蹬着石磉，两手一扒墙头，双腿往上一耸，人就上去了。探身一看，外头一个人没有，心里大喜，赶紧一伸手揪住大光的手，往起一提，就把大光给提上去，大光又一提大为，三个人都上了墙头。林祥这才伸开双脚，慢慢往下一送，一松手，人落在地下，叫大光踩着自己肩膀，扶着大为，三个人全都落在平地。林祥一拉大光大为道："二位少爷快跟我走。"两个人跟着林祥就走下去了。刚刚出了胡同口，回头再看，只见烽烟四起，烈焰腾空，林家竟是起火。大光、大为抽抽噎噎要哭，林祥赶紧一拉两个人的手道："你们可千万不要露出形迹来。"三个人屏了声气，出了胡同一直奔到城门，幸喜城门并没有认真查问，三个人可就出了城了。

林祥喘了一口气道："这才逃出虎口，咱们可以慢一点儿走了。"

走过鸾桥，认定大道一直就走下去了。

再说李三纲带着陈杰跟那五六十亡命徒，在外头叫了半天门门没开，砸了半天也没开，李三纲猛地想起，人真是蒙住了，彭亮、曾荣能从房上进去，大家不会高来高去，爬也爬过去了。"众位哥儿们上房啊！"这一句不要紧，呼啦一下子，全都扔开大门，奔了檐

174

墙。没有一会儿工夫，已然爬进去三个，上墙一看，连一个人影儿也没有，心里诧异，赶紧蹦下去。到了里头，往大门那里一拐，不由吓了一跳，原来里头躺着两个，一个是三腿狼彭亮，一个是剥皮鼠曾荣。一个是脑浆迸裂，花红脑子洒了一地，一个是顺着肋条往外冒血，地下血汤子都滚满了。再一看那院里头是连一个人影儿都没有，进来这三个，有两个差点儿没又爬出去，不用说一定是本家儿预备了什么消息埋伏，这个门道里一定有毛病。这里头有一个胆子大的，拿手里家伙拄着地一步一步往前蹭，提心吊胆摸着了门闩，使劲一撤，门闩一开，呼啦一声，从外头就全拥进来了。

李三纲一看地上躺着两个，正是先进来的曾荣、彭亮，业已丧命，心里不由也犯一点儿啾咕，不过事情已然到了这步田地，也说不上怕来了，向大家把手一挥道："众位哥儿们往里走！"

这一班亡命徒，在外已然憋了半天，准知道林家是个富户，里头有的是东西是钱，只要进得去，就能得点子东西，如今好容易进来了，听了这么一句，红着眼就都跑进去了。

李三纲向陈杰道："他们怎么样咱们不管，咱们可有正事，可别为顾旁的耽误了正事，你可盯着点儿。"

陈杰满心里不愿意，一句话可也说不出来，只好点头答应，也跟着往里跑。头一层还没有绕进去，陡然听见叭叭两响，当时浓烟四起，烈焰腾空，火从后院就起来了。李三纲急得直跺脚，这可糟了，这一来是人财两空，这一班亡命徒，应当想主意救火，到这个时候，他们也没脉了，也跟着李三纲一块儿跺脚捶胸。这一耽误不要紧，火可就起来了，林家在这条街上，本来可以算是首富，差不多这一条街多是林家的产业，平常人家都管这条街叫林家街。这事要搁在经常，什么联庄会，什么救火善会，也就全都出来了，唯独今天，谁也不敢出来，从老早就看见林家门口站着一堆人了，又像官兵，又像土匪，谁敢出来说一句什么废话，找那些不自在，爽得都把大门一关，连个大气儿都不敢出。及至火一起来，谁都看见了，可是谁也不来管，又加上这天赶上有风，这火势可就大起来了，从后院烧到前院，从东院烧到西院，风助火势，火仗风威，连街坊家也全连上了。在家里忍的主儿也忍不住了，开门找水桶，再打算打水救火，可就救不灭了。从辰时烧起，直烧到夜里子时为止，一条林家街烧了个干干净净片瓦无存。

李三纲他们早就跑了，一边跑一边埋怨："早叫你们进去，你们全不进去，这倒好，白跑了一趟，回去怎么交差？"

别瞧陈杰平常可怕李三纲，什么人也不怕急，自己跑了整整一天一夜，妹子也赔在里头了，两个朋友也饶进去了，一句好话没听见，又抱怨上了。陈杰火往上一撞，冷笑一声道："您就别说便宜话了，您这次来，您是头儿，得赏您得头份儿，凭什么您不先进去？姓曾的姓彭的，人家一不吃粮，二不应役，人家两条命饶在里头，人家不冤？连尸骨都找不着一块整的，您怎么不说一句？回去没法子交代，那跟我们说不着，李三爷您今天恼了我都算着，这局事要没您在里头，绝不能闹成这个样儿，您信不信？"

陈杰这一嚷不要紧，连得那三十来个也全撞上火来了，全都向李三纲道："姓李的你不用穷酸臭善，这局事我们要不冲姓陈的，我们不能来，谁认得你是谁呀？朋友帮了你半天，一句人话你不说，干什么？谁吃你这个？你要不服，你说在什么地方，咱们就什么地方，谁要一含糊，谁就不是站着撒尿的小子。"

李三纲也是一时急气，把话说差了，准知道得有人不愿意，可没想到这不愿意的是自己手下碎催陈杰。一听陈杰那套，正要瞪眼，一听三十多个人都说上话了，准知道寡不敌众，又是自己理亏，准要闹出来，自己绝找不了便宜，因此一想，便赶紧往下压了一压气，笑着向众人道："众位哥儿们，别介意，我这也是被事所挤，说出话来，实在让诸位耳朵受屈，真是实在对不过，今天揭过去，改日我一定摆请儿给众位平平气。"

大家一听，李三纲既是服了软，也就完了，也就不便再说什么，全都气气叨叨，各自不顾，到了大道，便分成了两股，出城而去。

李三纲、陈杰带着衙门这一拨儿都全回到衙门，杨微、尤珏两个正在衙门口说气话，一看这些人回来了，一个个满头满脸，往下流黑汤，仿佛才从墨里蘸出来的一样，不由看着好笑，可不敢乐出来，谁知道他这回案子办得怎么样，倘若是得手，当时又得有赏，别得罪他。赶紧全都一欠身道："众位多辛苦，里边请吧。"

李三纲说不出的难受，只好也跟着点点头，大家全都进了外班房。李三纲向杨微道："杨头儿，老爷现在在衙门里吗?"

杨微道："你这话可有点怪，老爷不在衙门里，还能上什么地方去?"

李三纲一听杨头儿口气不顺，也不便往下再说什么，一转身就进了内衙。刚往里一走，心里轰的一下子，不由咚咚乱蹦，准知道今天这个差事又算办糟了。知县一问，事情是怎么办的? 人现在在什么地方? 跟人家说什么? 告诉人家林家完全烧了，事情一样没有，那交代得下去吗? 可是进去不这么说，又应当说什么? 这可真是难题，左思右想，可就没了主意了。正在这个时候，忽听知县那间屋里有哼哼的声儿，不由心里诧异，怎么难道知县病了? 怎么外头连一个人儿都没有? 赶紧往前走了一步，低声叫道："老爷在屋里吗?"屋里没人说话，还是哼哼，并且不单是一个人哼哼，有好几个同时哼哼的声儿，更觉可怪，这是什么缘故? 脚下一紧，顾不得许多，一掀软帘就进了屋子，凝神一看，可了不得了，知县躺在椅子上，腿绑在下坎儿上，两只手倒背，给捆在椅子背儿上，嘴里大概是堵着东西，翻着白眼，看着李三纲。再看地下还捆着两个，一个是伺候知县的下人杨升，一个是外班房的二头儿尤珏，全是四马倒攒蹄给捆在那里，在桌儿上还明晃晃插着一把小钢刀。李三纲差点儿没吓得真魂出窍，赶紧过去就把知县大老爷上身的绑绳给解开了，跟着又把下边绑绳解开。知县腾出手来，往嘴里掏，嗬! 这一掏出来更恶心了，原来堵嘴的东西，正是女人一根裹脚的布条儿，这一阵干呕，差点儿没把血给呛出来。李三纲不管知县掏着脚条子，过去先把尤珏的绑绳解开，又把当差的杨升解开。

知县呕吐了一阵，才算止住恶心。李三纲过去请了一个安道：

"老爷您多有受惊!"

知县把脑袋一摇道:"得了,得了,我问你,林家事怎么样了?"李三纲就怕听这一句,问的还就是这一句,一时答不上来,冲着知县直翻白眼。杨知县道:"李三纲,我问你话,你怎么不说?林家的事要是没办最好撤回别办,要是已经办了,赶紧把人送回,等会儿,我亲身去给人家赔罪。"

李三纲一听,简直是摸不清头绪,赶紧又请了一个安道:"老爷,您说晚了,林家街已然全都一火而焚。"

杨知县道:"说什么?"

李三纲道:"林家街已然完全起火,烧得片瓦无存,人是一个也没办来,特到老爷台前领罪!"

杨知县一听,脸上颜色当时惨变,用手一指李三纲道:"李三纲,你可害了我了!你看看桌上那张纸条儿。"

李三纲哆哆嗦嗦,过去一看,在那把小刀子底下插着一张纸条儿,上头写的字,跟在陈杰家里看的那个字写的是一个样,心说:嗬!他还真来了。接着往下一看那张纸条,只见上面写着是:"字示知县杨仁生:身为民之父母,率兽食人,罪不容于死。孤念上天好生之德,暂贷尔命,若不洗心革面,定当剖腹剔肝。勿忘,勿忘。"在这字底下画着一个小疙瘩锣、一把短刀。李三纲一看自己就眼熟,再一看画的那个小疙瘩锣,心里更是一惊,在陈杰家里,明明听见"报君知"的声音,这个小疙瘩锣不就是"报君知"吗?不用说,连飞夜壶打陈杰,两次寄柬留刀,全是一个人干的。这个主儿能耐可太大了,干脆说就叫惹他不起,他真要是一瞪眼,脑袋当时就得搬家,这可真不是闹着玩的,越想越怕。

正在寻思之际,杨知县已然缓过气来,向李三纲道:"李三纲,我先还以为平常一点儿小事儿,什么我也没有往心里去,谁知道敢情得罪了狐仙,这可不是闹着玩的。要按着狐仙老爷子所说,我是带着野兽去吃人去了,这咱们可不屈心,我可虽说办事差一点儿,要说我带着野兽这句话,可也未免重一点儿,不拘谁大概也都知道,

178

我这衙门里除去养活几条狗之外，连条狼我也没有，不用说旁的野兽了，这不是有点冤屈人吗？可也没有法子，狐仙老爷子说的，咱们也没法儿跟他老人家辩证，只好任他老人家去说。不过有一节，狐仙老爷子瞧这个意思，这次是饶了咱们了，下回再干，他老人家可就要不客气，要把咱们当炒肝儿吃了。你想咱们这件事，陈家那姑娘，已经死去不能复生，咱们可以给她念点经，超度超度她，旁的咱们也没缺什么德。刚才你说什么姓林的全家起火，不用说这把火也是你们放的，你这可是成心找事。好在狐仙老爷子什么事他老人家也看得明白，反正这不是我干的，要报应，报应你们。你可留点神，人可算不了什么，狐仙子不是闹着玩的。你们把这刀子起下来，纸条儿拿去烧了，我瞧着有点害怕。"说着一欠身打了一个哈欠道："好，真悬！差点儿把小命儿交给狐仙！你们下去吧！我要歇会儿了。"说着话也不等李三纲他们退下，便一推身后小门，转进卧室去了。

李三纲瞧了尤珏一眼，尤珏瞧了李三纲一眼，全都退了下来。陈杰还在外等着哪，一见李三纲，才要问事情如何，杨头儿不等陈杰张嘴，便抢着向尤珏道："老尤你这叫不对，你说你进去瞧一趟，这就出来，好秃尾巴鹰，面儿不照了，把我往这里一搁。幸亏这两天没什么事，倘若有点什么事，我这个窝儿都挪不了，你说你损不损？"

尤珏把嘴一撇道："杨头儿，您先别说轻巧话了，我差点儿没把小命儿搭在里头。"

杨头儿哼了一声道："老尤，咱们可不过这个鬼吹灯，凭什么把命搭在里头，难道说座儿还打算把您怎么样吗？得了，得了，我信服您这一套，就算完了。"

尤珏一听，不由气往上一撞，一手把手里拿的那把小刀子，跟那张纸条儿，抄起来往桌子上铛地一剁，镪的一声，刀子进去有二寸。

杨微一看道："干吗？兄弟，哥哥见过这个，别拿这个麻我，有什么不痛快，你可以说说。"

尤珏道："姓杨的，你眼又没瞎，你不会看那张纸条儿吗？"

杨微过去一看纸条儿，心里也明白了一半儿，还糊涂着一半儿，不由一笑道："兄弟你又露脸了，不用说你进去时候，正赶上有人进窖儿，你是把他惊吓走了，还是把他马上（捆住也）了？兄弟这一来你可红了，你是有功之臣，不用说在座儿那里得着脸了。别价，别跟我这么摔摔打打的，哥哥这二年，什么事也不钉劲，没别的，兄弟你多担待一点儿吧。"

尤珏听他始终还不明白，不由冷笑一声道："咱们这个伙计总算搭着了，正经的是一点儿也没有。我干脆跟您说了吧，我这回进去，差点儿没把命搭在里头。我刚一进去，正赶上官儿吃完了点心在廊子遛，一看见我告诉我进屋里有话，我赶紧跟进屋里。屋里没有旁人，就是杨升在屋里拾掇屋子，官儿问我城里头除去林家，还有谁家有钱，谁家有好姑娘。我还没说出来哪，后窗户咔嚓一响，后窗户就开了。好，就跟做梦一样，从外头进来两股子白气，一个奔了我，一个奔了官儿，连眨眼的工夫都没有，干脆就让人家给弄躺下了。等我再睁眼，不但我和官儿，连带官家杨升，都让人家给捆上了。"

杨头儿道："你不会嚷吗？"

尤珏道："嚷倒会嚷，嘴里都堵上了，嚷得出来吗？"

杨头儿道："那你怎么松的绑绳呢？"

尤珏把手一指李三纲道："要不是李三纲进去松的绑绳，到现在我们还在那里绑着哪。"

杨微站起来向李三纲一揖到地道："李三纲，多谢您救了我们官儿跟我兄弟。"

李三纲道："这个倒没什么，不过有一节，事情既是这样，您可要多多留神，不然恐怕还要出旁的事。"

杨头儿道："既是官儿说是狐仙，那一定是得罪了六大的儿，赶紧找人瞧瞧，许许愿也就好了，这个您倒可以放心，据我看八成儿也是狐仙。"

李三纲道："您从什么地方看出来的？"

杨头儿道："就冲他拿裹脚条子给人往嘴里塞，也是狐仙。告诉你那块还不是裹脚条子，比裹脚条子还不济，您没听说过狐仙避雷使的那块布儿吗？"尤珏一听，接着二次又恶心起来。杨微接着道："你猜怎么着，别瞧官儿机灵，这回也上了当了，其实这就是初二十六少供了一壶白干三个鸡子，狐仙老爷子，就来了这么一下子。其实没什么，准要是多许一点儿愿，管保任什么事也没有，就是再多弄几个娘儿们也没事，你信不信？"

尤珏真怕了，一听杨微所说，赶紧道："你别瞎说了，回头要是再来了，你也就没脉了。"

杨微把嘴一撇道："兄弟，这路事也就是你信，我可不信这个。身在六扇门里头，吃的是这碗饭，什么都得打听打听，什么都许咱们问问，我也不是跟兄弟你吹，这路鬼吹灯的事故由儿，哥哥经过多了，压根儿就没有这宗事，哪里有青天白日，堂堂县衙，会闹出这些邪怪事的！兄弟你趁早儿别信老谣！"说到这里，摇头晃脑，仿佛很有点把握似的。

正在这时，只听墙外镗的一声，正是那疙瘩锣"报君知"声响，当时全屋的人，脸上颜色惨变。杨微头一个就跪在迎门，口称大仙爷您别见怪，我这是满口喷粪。大家一看杨微跪下，也全都跟着跪下。尤珏一边跪，一边往里挪，两只手揪住桌腿，再也不敢撒手。忽听有人扑哧一笑，大家不由出了一身冷汗。

要知究竟是怎么回事，且看下回，便知分晓。

第五回

遭横事奸人悟天机
逞奇凶顽徒杀知己

别瞧陈杰年纪小，事情懂得不多，对于这路事，他可不信，什么叫狐仙，从他心里就不信有这回事。外头"报君知"一响，大伙儿全都跪在地上，他可没跪下，一转身就出去了。到了街上一看，只见一个算命的先生一手挂着马竿儿，一手提着"报君知"，正往前边走哪。陈杰不由一笑，赶紧回到屋里，向大家一笑道："众位，别瞎担心了，外头是算命的瞎子，哪里来的狐仙，赶紧起来，办正经事要紧。"

大家一看，陈杰出去一趟，任什么事都没有，才知道自己都吓破了胆，不由全都脸上一红，臊眉耷眼站了起来。杨微这个人平常就爱说大话，什么旗杆城门塔，什么大说什么，今天一时说走了嘴，又见大家真是害怕，自己也吓得跟着跪下，及至陈杰出去回来，心里觉着不得劲，一边掸着土，嘴里说道："你瞧你，可真是透着胆小，你们别以为我真是害怕，我不过为试试你们到底有胆子没有，如今一瞧，你们这几个人，除去姓陈的小伙子不算之外，简直全是脓包，实在可笑。平常还都觉怪不错的哪，真是可乐。"说着一阵狂笑。

李三纲挨着杨微最近，往起一站，忽然闻见一阵奇臭，便把手捂着鼻子道："什么味儿？"

大家这时也闻见了，都一齐道："什么味儿？"

杨微忽然哎呀一声道："哟！诸位您在这里待一待，我肚子有点疼，大概是要跑肚。"说着话提着裤子就跑出去了。大家这才明白，敢情杨头儿没解裤子出了大恭，大家不由一阵畅笑。

李三纲回来向陈杰道："这里也没咱们什么事了，咱们赶紧回去吧。"陈杰答应，二人别了大家，出城回家。

在路上走着，李三纲向陈杰道："得！这全是为了你一个人，伤了这么些事。"

陈杰道："我也不愿意呀。真格的，还有一件事我还忘了问您呢，那个姓崔的爷们儿在什么地方哪？"

李三纲道："你还提呢，那两个现在都在我家里呢，这还真是麻烦。你说是放他们走，是不放他们走？放他们走，他的姑娘现在没了，咱们可准知道不是咱们把她藏在什么地方，他可准不信，那他要瞪眼要人，这事情也完不了。如果一不做二不休，爽得把这两个人也消灭了，又怕暗中有人和咱们过不去。你说这事怎么办？"

陈杰道："李三大爷，我可不瞒你说，我自从明白事以来，就跟我爸爸在一块儿，也别说什么叫缺德，那个叫作孽，我可干了不少。自从这回事这一出来，我心里可凉了，别的不说，任什么也没弄到手，一个妹妹也搭在里头了，这还算不错，没有把命饶上。我从今以后，这条命算是捡的，可再也不胡作非为了，能够将来得个善终，就算不错。至于那两个人，当然是擒虎容易放虎难，放了固然是不妥，可是要把他们都消灭了，这句话我也不能说，因为无论如何，从我嘴里再也不能说出害理伤天的话来了。"

李三纲冷笑一声道："好，你这算是放下屠刀立地成佛，将来你必错不了。我可不能那么干，我把他们一放，我倒是好心，他们到了外头一喊，我照样儿得不了好儿。伤天害理就伤天害理，将来报应，也得等到将来，现在总不能把我怎么样，倘若如今我要一讲天理良心，当时我就活不了。好小子，你干你的仁义道德，我干我的伤天害理，将来有好处是你的。还外带着告诉你，从今以后，你还别找我，我也不找你，谁要说谁认得谁，谁就不姓他爸爸的姓。好小子，再见吧。"说完摇头晃脑而去。

陈杰看着好生诧异，李三纲固然不是好人，可也不至于这么坏，为什么连一点儿回圜地方都没有，这可未免太离奇。心里这么想着，嘴里也没说什么，可准知道这里头必定有事，一看他已然走下去了，也不必往回追他，只说了一句"您慢走"，便一步一步慢慢往家里走去。

李三纲还真让陈杰猜对了，他一下子想起，白白跑了两天，任什么也没得着，未免太冤，正在寻思着，被陈杰一句话提醒起了自己家里还有两个人。林氏不必说，崔仲景的来历他已然知道，为什么从十八里滩逃走，他也听了一言半语，忽然心里一动，这倒是个茬儿，现在回去把崔仲景稳住了，然后往县里一告密，至不济也得点赏银。心里想得是不错，脚下加力，越走越快，不一会儿工夫就到了自己家门口儿，猛然看见自己街门半掩半闭，心说怪呀，家里人都到什么地方去了，怎么连门都没关？真是怪事！心里想着，人就走进去了，这一进去再看，可了不得了！院子里堆的是乱七八糟，什么箱子柜里头东西，是完全倒出来了，房上也是东西，地下也是东西，乱七八糟扔了这么一地。心里轰的一声，就知事情不好，三步两步抢进屋里，凝神一看，不由连声叫苦，原来屋里已然是四壁皆空一无所有了。李三纲差点儿没急得背过气去，自己一个私盐贩子出身，混得有了这一份儿家，很是不易，眨眼之间，什么全没了，哪里能够不心疼。看了一看，不忍再看，出了屋子，直奔后院。后院是三间北屋，靠西向那间锁着是崔仲景夫妇，心想进去瞧瞧，只要这两个人没去，回头在这两个人身上，也能找出自己这份产业来。过去一摸锁头是已然没了，心里就凉了一半儿，使劲拉门一看，连个人影儿也没有了。心里这时候真是说不出酸苦甜咸来，站在那里寻思半天，这是什么人干的，家里雇的那些长工，怎么一个都没有了？想了半天，还是一点儿也想不起来，把脚一跺，把牙一咬，想起这件事全是从陈杰身上所起，无论如何，非得找他拼命不可。不顾家里如何，一转身就往陈杰家里走去。

两下相隔，并没有多远，一会儿便已赶到。一看两扇门儿全都掩着，本想过去一脚把门踢开，又一想陈杰这小子诡计多端，别回头这件事全是他干的，自己还蒙在鼓里，那可不行，莫若自己从后房绕进去，先偷听偷听。想到这里，放轻脚步绕到陈家后房。乡下土房本来很矮，加上李三纲人又高大，站在那里，已然可以从后窗里听见屋里说话。

只听一个人说道："我这次虽说被你母子连累，但是我并没有损失什么，只是我那个孩子行踪不知，未免我难过。但是你母子在这个时候，能够幡然改悔，回心向善，肯其放我夫妻逃走，就在你这一念之仁，以后必得善报。我们今天在这里权住半日，等到天色一黑，我们就可以走了。林家现在完全烧灭，也是我一个人做的罪孽，只有等到将来再超度他们吧。"这个说话的分明是崔仲景声音。

又听一个说道："姑老爷，你老只管放心，这件事实在怨我们陈杰，不该起下欺主之心，以致弄出大错，如今后悔已是不及。想当年林老太爷、林老太太待我如同自己人一样，如今由我害得他全家遭难，岂不可惨，岂不可恨。就以我那女孩子平儿说，生在我这种人家，能够那样沉静，本是我家的体面，谁知我是无福享受，竟自把她送进火坑。姑老爷，姑太太，我虽是没脸没皮的人，现在被她这一死，激出我的天良，我才知道我从前所作所为，没有一样儿是对的，不但对不起我那个孩子，我也对不起孩子她的爸爸，我也对不住我自己。我因为悔恨没法子赎罪，才不得已想出这么一个折罪的办法，现在我把姓李的那小子一个家完全给他毁了，也给我老主人报了仇，我再能把您救了，我也可以微赎一点儿罪，现在我才觉得心里踏实一点儿。姑老爷我跟您说，我今天所做的事，全是不要命干的事，只要姓李的一知道，我的一家性命，也是完全难保，不过我就是全家丧命，我也是故意干的。如果这次我们能够脱得过去，将来姑老爷得了地的时候，还要求您宽容我们才好……"

刚刚说到这句，李三纲再也忍不住，一长身够着了短墙，往上一扒，就上来了，骗腿一甩，顺着墙往下一溜，就到了院里，一声怒骂道："狗娘儿们，你给我滚出来，活爷爷今天先要你的命。"

陈杰一听是李三纲的声儿，就知道事情坏了，忙向来氏一使眼神，来氏把林氏一拉，送进里间屋里。

这时候李三纲就走进来了，当胸一把把陈杰揪住，眼睛瞪得都成了包子了，一声怪叫道："陈杰陈杰，你真是好小子！你真有胆子，你真敢干，你把我一个家完全给毁了！好，今天不是你就是我！"说着平着一拳窝里发炮，就向陈杰当胸打去。

陈杰没及躲闪，眼看一拳正要打上，李三纲身后一声怪叫："姓李的，你还要到什么地方来欺负人，我今天跟你拼了！"说着两手一扳李三纲肩膀。

李三纲已然听出是来氏来了，这要搁在往常，李三纲被这一捏，当时就能一点儿劲儿都没有了，唯独今天李三纲骨头可硬了，来氏双手扳他的肩膀，连回头都没回头，往前一操陈杰，陈杰往前一栽，李三纲往后一背手，就把来氏拦腰卡住，换手一错步，回过头来高喊一声："好泼妇，你敢吃里爬外，今天我非把你劈了不可！"

来氏冷笑一声道："姓李的，今天太太我明白过味儿来了，别瞧我把你那份家给你毁了，太太我还没有痛快，非得把你这小子也给除去了，我心里才算去个疙瘩。姓李的，你不用抖搂威风，谁有本事，咱们谁把谁弄趴下，干脆说，今天咱们分一个强存弱死、真在假亡，谁要怕了谁，谁就不是十个月怀胎生下来的人养人！"嘴里说着，左手往下一打李三纲那只手。

李三纲还真没有防备，一个猛劲，加着来氏是诚心实意，手腕子上一着重，当时一疼，便把手松了下来。才往后一闪，来氏已然翻过身去，饿虎扑食，一头向李三纲撞去。李三纲正在一怔之际，来氏头已然到了，撞个正着，正在肚子上，李三纲哎呀一声，倒退出去有三五步远近，不由一声怪叫道："你个泼贱货，怎敢和我这样无礼！今天我不把你狗命要了，我不姓李！"

来氏这时候眼也红了，浑身不住乱抖，狞笑一声道："姓李的，今天咱们用不着斗口齿，是好的你只管拼，太太今天要是怕了你，太太就不是个人!"说着两手往前一张,又向李三纲扑去。

李三纲这回已有准备,一看来氏又向自己扑来,便把身子向旁边一闪,来氏去势太猛,用过了劲,身子一空,往前栽去。李三纲趁势提起一掌,向来氏背上就是一下子,来氏也哎哟一声,踉踉跄跄往前抢出好几步,身子往前直冲。李三纲更是狠毒,提起脚来照着来氏腿洼子又是一脚,来氏哪里还站得住,一溜歪斜,人就倒下去了。无巧不巧,前面放着一口铁锅,来氏身子往前一栽,收不住脚,只听锵啷一声,扑哧一声,脑袋正摔在铁锅沿上,红光四溅,脑子流了一地,一动都没动,就死去了。

李三纲哈哈一笑道:"贼骨头,你怎么不起来?你看有没有现世现报!"将将说到这句,却听身后呼的一声,带着风这个东西就奔自己脊梁上来了。李三纲不敢回头,一回头准知道就躲不过去了,赶紧往前一抢步,又听见哗棱一声响,这才回头,一看正是陈杰,手里托着一杆鱼叉,眼含痛泪,咬牙切齿向自己怒目横眉。李三纲呸地哼了一口道:"怎么着?陈杰,你也活腻了吗?还不快快把叉丢下!"

陈杰别看可是个坏小子,就有一样长处,平常最是孝母,今天从县街里一出来,天良已然有点发现,只因自己一人胡作非为,连累了多少条人命,最可惨的是自己妹妹,平素对自己就很是不错,千不该万不该这次把她也葬送在里头,今天如果不再出旁的事,无论如何,再也不做伤天害理之事。跑回家里一看,自己母亲正和崔仲景夫妻说话,赔许多不是。人只要天良没有全都丧尽,就会有发现的时候,陈杰因为有一念孝心,天良就没有全尽,不过是一时私欲蒙蔽,又加之旁边没有正人告诉他是过错,所以就歪下去了,如今天良一萌,当时就能追悔,一看来氏正和崔氏夫妻说话,赶紧抢一步跑到屋里叫了一声:"妈!"

崔仲景夫妻一看是陈杰,当时颜色就又变了,急忙向来氏道:"来奶奶,您瞧他……又……来……"

来氏一看是陈杰,便先叱了一声道:"你瞧你这慌慌张张样儿,还不快点儿出去，姑老爷、姑太太胆子小，怕见你这怪样儿！"说着又向崔仲景夫妻道："姑老爷，姑太太，不必害怕，这个孩子我不让他怎么样，他不敢怎么样。"

陈杰可没有出去，赔着笑向来氏道："妈呀，您不用轰，我现在已然后悔，我做的事不对，只有求姑老爷、姑太太饶恕我以前一切，绝不敢再胡作非为了。"

来氏道："杰儿，你也明白了，我也明白了，咱们真是猪狗不如，不该欺心，谋害姑老爷、姑太太，如今老天报应，你的妹妹也送在里头了。你可别看你妹妹死是死了，可是她算给陈家祖宗挣了脸了，我可一点都赶不上她。我自从你们走后，我越想越难受，越想所作所为越不对，后来我又想放下屠刀立地成佛，起初怨咱们不该出那种主意，谋害姑老爷、姑太太，好老天爷已然报应了。不过姑老爷、姑太太还陷在李三纲那小子家里，我心里还是难受不安，因此我才想起，把姑老爷、姑太太想法子救了，也为折一折罪。我就赶到李三纲家里，我到了那里，外头里头的人，我把他们全聚在一起了，他们问我干什么，我把我的意思一说，他们先不愿意，我又告诉他们这回事情闹大了，倘若官府一追究起来，谁可也跑不了，不如趁着这个时候，李三纲也还没有回来，把他家里东西，大家一分，赶紧四散，也许还能留条活命。大家一听，仿佛都说对了心思，也没有再说旁的话，大家就动上手了。我没管他们，赶紧跑到后院一看，姑老爷、姑太太还真在那里，我就把姑老爷、姑太太给救回来了。我想这件事虽是我们一时做错，如今诚心改悔，老天爷也许饶了咱们从前的罪过。正在这个时候，你也回来了，你想个什么法子，能把姑老爷、姑太太放走才好。"

陈杰道："妈，您的话是一点儿也不错，可是有一节，我想这件事可是有些闹手。方才我同李三纲往回走，听他的口气，现在又打算拿姑老爷发财升官了。"

来氏道："那么你再到城里头去给林老爷家里送个信，请他们想法子再救一下子行不行？"

陈杰道："妈呀，您还不知道吗？那林家一家子连一个活的都没有了，一条街都烧得干干净净，还说什么人。"

一句话还没说完，只听扑咚一声，林氏已然栽倒过去。来氏赶紧跑过去，捶砸撅叫，林氏才悠悠醒转向来氏哭道："这都是我连累了他们一家子，哥哥，嫂子呀！"放声大哭。

来氏道："姑奶奶，这都是我们母子的罪过。不过您现在哭也无益，赶紧还是快快逃命的才好。您没有听见杰儿说吗？那姓李的又想在姑老爷身上想主意了，如今最好您就走，事不宜迟，越快越好。姑太太您挺重的身子，倘若出点舛错，我们母子罪孽更深了。"

大家正在说着话，李三纲业已赶到，进门没容细说，就和来氏打在一起。陈杰旁边看着，劝又不好，帮又不是，他知道他妈妈跟李三纲不错，别看现在打，一会儿就许又好了。如果自己一打李三纲，岂不伤了他妈，因此在旁边袖手旁观，以为打过两下子，吵个三五句也就完了。谁知一上手李三纲就占了上风，一掌往前一送，来氏是脑浆迸裂，当时命丧。陈杰眼可就红了，一看恰好旁边竖着一杆叉，伸手就抄了起来，怕是叉盘子响，拿住了叉头，这才往前递，兜着李三纲脊梁就扎去了，以为总可以给母亲报仇了，没有想到李三纲耳朵机灵，一闪身就躲开了。陈杰瞪眼一看李三纲，李三纲一骂陈杰，陈杰这时候心可就横了，提叉一晃，牙咬得山响，拧叉又扎李三纲肚子。

李三纲一见叉又扎来，不由心火怒起，高喊一声道："好你个小孽障，我看你是活腻了，我也把你打发回去吧。"侧身一闪，就把叉头让过，伸手一按，就把叉杆掠住，往里一带，抬腿一绷，正在小肚子上，嘭的一声，陈杰哎哟一声，丢叉摔倒。李三纲一进步，抬脚就把陈杰踩住，一晃手里叉一声狞笑道："小孽障，我劝你好话你不听，你是安心找死，小孽障我成全了你一家人吧！"说着一竖手里叉，叉头冲下，就下来了，正扎在陈杰肚子上，只听噗的一声，血溅起来足有三五尺高。好狠李三纲，手搂叉杆，双手一搓，那叉在肚子里就是一个转儿，跟着往起一提，陈杰连肠子带肚子全跟着叉出来了。

李三纲把头点了一点道："小孽障，你还有什么能耐没有了？动不动扬刀动杖，你也不知你李爸爸的厉害！"说到这里，拿眼往崔仲景夫妻那边一扫，不由心花一放。原来崔仲景夫妻，本来被人幽囚，已知没了活路，又加上自己女儿也是踪迹不见，生死不明，觉着倒不如死了干净。及至来氏把他们放了，心里当时一松，正在高兴，陈杰回来，吓了一跳，及至一听陈杰也愿意放自己夫妻逃生，心里又是一快。不料想这个时候李三纲忽又赶到，进门没容分说，就把来氏扔倒摔死，林氏就躲在崔仲景身后，揪住仲景的衣裳，一个劲儿哆嗦。仲景虽是个男的，到了这个时候，也是一点儿法子没有，只有盼着陈杰能把李三纲一叉叉倒，底下或许有一点儿办法，更没有想到陈杰死得比来氏还快，比来氏还惨。林氏自有生以来，也没有看见过这么凶的事，两条腿哪里还站得住，浑身不住乱抖，恨不得找个地缝儿钻进去。不敢看李三纲，可又不能不看李三纲，眼睛才往那边一扫，不想正和李三纲眼神迎个正着，吓得浑身一麻，几乎没有摔倒下去。

李三纲原没有怎么看清林氏，只因陈杰说了半天全是铁妮儿，以为林氏已经老了，没有什么姿色，原没有旁的念头，只是想把崔仲景捆上送到杨知县那里请功讨赏。及至一眼扫过去，一看林氏虽非绝色好看，要是跟来氏一比，那可强得太多了，不由邪心一动，心想我何不如此如此。便笑着向崔仲景道："崔大爷你们二位多有受惊了，这件事您可不要怪我鲁莽，实在全是他们母子的主意，我还劝他们不要这样办事，他们执意不听，我们差一点儿没有闹翻了脸。今天从城里回来，我就劝他们说不要再和你们二位为难，从前至不济也是你们的主人，为人不要把良心完全丧尽，等我回来，想法子把你们二位送走，留着将来交个朋友。他们答应得很好，谁知没有等我回来，他们就又变卦了，还要把你们诓进城去请功领赏。我虽不敢自称仗义，可是我有份热心，话是不说便罢，说了出来，绝没有不办的，因此一时激起我的火气，我就把他们全都废掉，所为是救你们二位逃生。请你们赶紧脱离这块地方，不要被他们做公的到了这里看见，再出了旁的事。"

崔仲景本是个书凯子，世故人情是完全不懂，一听李三纲这几句话，也仿佛有理，不过可是又有些怀疑，怔了半天，向李三纲道："是的，多承您的美意，只是我们逃到什么地方去呢?"

李三纲道："什么地方都可以去。你们二位可以先到门外水井台边等我一等，我办点事这就来。"

崔仲景无法，只得挽了林氏往外走去。林氏两只腿如同踩着脚镣一样，哪里走得动，好容易一步一步扭出门外。才到得那口井边，要坐还没有坐下去，只听叭嚓一阵乱爆，再看陈杰家里已然浓烟四起，烈焰腾空，火就着起来了。

林氏哆里哆嗦向崔仲景道："仲景我看这神气，他绝不是好人。"

崔仲景道："你小一点儿声儿，免得被他听见，又要出旁的毛病。"

刚刚说到这句，只见李三纲从门里手托那杆鱼叉一直跑了出来，还没得站起身来说句话，李三纲一叉照定崔仲景哽嗓咽喉就是一叉，不偏不倚，正叉在脖子上，崔仲景连哼都没有哼，身子一软，李三纲用叉使劲一挑，一抖叉，哗棱一声，崔仲景的死尸就掉去井里了。林氏一看李三纲从里面凶眉恶眼跑出来，就知道不好，才要喊崔仲景站起来，还没喊得及，一叉已然叉上，崔仲景死尸往井里一掉，林氏心就碎了，连骂都不能再骂，一仰身躯，打算自己也落在井里就全完了。李三纲哪里肯放松，左手拉叉，右手往下一探，就把林氏拦腰一把抱住，撒腿就跑。又来到他的家里，已然把林氏送进后院，放在房里，解林氏身上带子，就把林氏捆了，往地下一放，这才又到外边找了一个凳儿，端进放下坐了。一边笑着向林氏道："这个堂客，我有几句好话告诉你，你可明白点儿留心听着。你的丈夫，他在十八里滩做出非法之事，逃到这里，那边地面儿上已有人追踪下来，指名儿要你爷们儿，你想他要回去之后，他既犯了国法，必须身领王刑，他的罪名可不小，是他同姓九族，可是一个也跑不了。

到了那个时候，不但你爷们儿他得死，你也活不了。旁的不说，我看你身子已经重了，倘若能够不死，生下一个男孩子，也好接续你们家的香火，可是我只能救你一人，若是连你们一起都留在家里，恐怕人家一个访查得实，连我也活不了，那岂不是全完？因此我只好是把他送进井里，好在他是非死不可的人，免得暴尸露骨，已比惨领国法强得多。留下大嫂你，将来给你家留后，这是我一片苦心，大嫂你就不要太难过了。"

林氏这时候准知道所有一切的毛病，全出在他一个人身上，一个女人，丈夫死了，落在这样一个人手里，他哪里会有什么好意，反正人免不了一死，痛痛快快骂他一场，死了也觉甘心。想到这里，爽得连哭也不哭了，把眼微然一睁，三十六个牙一阵乱咬，一声啐骂道："狗强贼，你杀了我的丈夫，害了我的女儿，像你这样丧尽天良、灭绝人伦、藐视王法、形同禽兽的强盗，我活着不能吃你的肉，剥你皮，刨你坟，灭你祖，我死了之后，变成恶鬼，我也要消你的魂，散你的魄，叫你死后不能再投人世为人。狗强盗，你要是好的，还有一份人味儿，你就快给我一刀，或是一叉，叫我快快死去，我还感激你是个汉子，如若你要口不吐人言，心存禽兽念头，我也不会骂人，我就骂你悖伦灭理的畜类！"林氏说着，气喘得却快要说不出话来了，两只眼睛瞪得如同包子一样，里面放出火光。

李三纲睁一只眼闭一只眼斜着看了林氏一眼，跟着嘿嘿一阵冷笑道："哟，大嫂子你倒说得好风凉话儿，我为你弄得家破人亡，伤天害理，身背好几条命案。不错，你倒是猜着了一点儿，我就是打算跟你做个两口儿，你瞧好不好？你别犯傻，拿你这么水葱似的人，配那么一个书凯子，一辈子够多冤。你别瞧我长得黑点儿，我可知道懂意，准保比那种书凯子强得多。你要愿意把头一点，我就把你放开，咱们从这里就过起来，你不愿意，可别说我要先礼后兵，你可是自讨无趣。"

林氏听他所说，越来越不像话，爽得把眼睛一闭，一声儿也不言语了。

李三纲双手向上一伸，伸了一个懒腰，跟着打了一个哈欠，站起身形，嘴里说道："给脸不要脸，天生来的贱骨头，我今天要硬来一下子，看你又有什么法子？"说着话往前晃着来到林氏面前，双手往下一伸，就要把林氏抱起。

正在这时，就听房上铛的一声"报君知"响，接着一个南方口音憋着嗓子喊道："占灵卦，算灵卦，占占未来祸福，算算目下吉凶！占灵卦，算灵卦！"

李三纲一听就知道不好，赶紧撇了林氏，单手提叉往门就闯，到了院里，回头往房上再看，实有怪人怪事。

要知究竟如何，且看下回，便知分晓。

第六回

李判官三救节烈妇
孙善士初举宁馨儿

只见房上站着一个人，身高也就在四尺上下，一脑袋乱头发，后头竖着一根小辫，上头顶着一顶小锅圈草帽，身上穿着一件白夏布大褂，补丁挨补丁；腰里系着一根凉带儿，白布中衣，已然成了灰色的；扎着腿，白布袜子，青缎子福字履，已然也飞了花儿；两只眼睛一大一小，大的一只，完全白眼珠，一点儿黑眼珠瞧不见；小的一只，仿佛是烂眼没好，四眶子通红，跟鲜血一样，滴滴答答，还有往下流水的意思；大鼻子，大嘴，留着三绺儿短胡子；一手拿着明杖，一手拿着"报君知"小锣；肩膀上背着一个大布口袋，上头有四个字是阴阳二宅。笑嘻嘻地站在房上嘴里不住喊："占灵卦，算灵卦，占占未来祸福，算算目下吉凶。占灵卦，算灵卦。"

李三纲这两天让"报君知"本来闹得糊里糊涂，如今一听，又是"报君知"响，当然吓了一跳，及至出来一看，这个人神气，简直就是要饭的瞎子，绝不能有什么出奇的地方，他可就忘了，要是真瞎要饭的怎么能够上房？一看瞎子还是一个劲儿地喊，不由心里往上一撞气，用手里叉往房上一晃道："嘿！你这个瞎东西，可真无礼，怎么跑到我家房上来胡吵混闹，真是好生大胆，还不快快滚下去！念在你是个天生残废，我就把你饶了，如若不然，我叫了人来，把你弄下来，那时候我可要按小偷儿治你，你可就苦了！"

要按李三纲在平常时候，连这个话他也不能说，不过今天因为还有旁的心事，所以才肯这么柔和，因为把他打发走了，自己好干旁的，没有工夫惹闲气的意思。谁知道这个瞎子斗的本来是他，要依着瞎子这个人的火性，早就把李三纲除去了，不过这回瞎子也是受人家托付来的，不能够当场要李三纲的命，所以一听李三纲这套话，微然又是一笑，把瞎眼往四下一翻道："你是哪位？说话这么挖苦毒辣的，别价，我是一个残废人，难道说你还不如我吗？我这是罪孽，难道说你也在受罪哪，怎么说出话来，就不像是有儿女的人啊！"

李三纲一听，气更大了，恨不得过去一叉要了瞎子的命，就是一样，人家在房上，自己在底下，虽说手里有叉，可也够不着房上，不由一阵焦灼。猛然一抬头，心里一痛快，原来在墙犄角那里放着一架梯子，李三纲可就高兴了，心说不用你这个瞎东西一个劲儿在这里搅我，我要不给你一点儿厉害让你尝下子，将来你还不定要瞎弄到什么地方去。想到这里，过去就奔梯子，一手拿着叉，一手扶着梯子，低着头瞧着梯子横棍儿一磴儿两磴儿往上爬。才上了不到四五磴，离着房也就还有二三尺，忽然听见哗地一响，热咕咚的唰地倒了下来，弄得满头满脸，一闻还是真臊，一张嘴弄了一嘴，一恶心实在不能上了，赶紧往下退。

才退到地下，却听上面瞎子笑道："这个地方真不错，解个小手儿倒是真痛快！"

李三纲一听，心里暗骂道，好你个瞎东西，拿我当了尿盆儿了。本来一个粗人，又没有多大见识，不过借仗着自己这点儿骠劲，在当地混得成了一个土蜘蛛，一向就是受人捧，从来也没有吃过这种亏，他哪里知道厉害，并且他始终就没有看出来人是怎么一个人。一看来人竟敢敬了自己一泡尿，火冒起来，足有三丈，一托手里叉，恶狠狠一声骂道："好你个瞎畜类，怎么敢耍笑你家李大爷？今天要你狗命，不要怪我心毒手黑，小子看叉。"哗棱一声响，这杆叉就出手了。就听那个瞎子哎呀一声："可了不得，伤了我了。"咕噜一响，扑咚一响，哗棱一响，人就从后房坡滚下去了。李三纲一见大喜，赶紧开开角门，往后院绕，及至来到后院再看，不但是瞎子没了影儿，就是那杆叉也没有了。李三纲一看，可就怔了，准知道这个人不是瞎子，一定是为访自己来的，不过可怪，为什么来了又走了。要按着这个情形看起来，这个主儿的功夫，比自己得强胜一万倍，要取自己这条小命，那真可以说是易如反掌，可是不知道为什么到了这里，始终却没有下来。也许不是为自己来的，从此路过，故意拿人开心，这可真不是闹着玩的，差一点儿没有惹出大事来，实在可怕，以后可要小心留神。越想越怕，他可就不敢再找再追了，赶紧又从后院，绕到前院把角门插了，三步两步抢进屋里，意思之间，还打算再找林氏强行非礼，以逞快意。谁知这一进屋，更是吓了一跳，只见屋里地下扔着一堆绳子，自己捆好的林氏，已然是踪影不见，还有一样可怕，就是自己方才拿的那杆大叉，也端端正正插在地下。这一惊可非同小可，准知道来人太高，自己性命有险，不由长长出了一口气。

正在寻思这件事应当如何办理，忽听外头有人碰门声音，心里不由又是扑咚一阵乱跳，赶紧硬着头皮走了出去，来到门口低声问道："什么人？"

外头答道："李大爷吗？我们是县里派来的，我们大老爷有请，请您即刻就去。"

李三纲把门一开，只见外头正是县衙里快班两位头儿杨微、尤珏，便道了一声辛苦，问道："大老爷找我没提什么事吗？"

杨头儿道："没提没提，出来时候，也没见着官儿，就是里头传出来的话，叫我们哥儿两个赶快到这里来一趟，不拘您这里有什么事，也得赶紧到衙门里去一趟，您就赶紧辛苦一趟吧。"

李三纲心里怦怦直蹦，细想是福不是祸，是祸脱不过，按今天这个意思说，真要是瞎子干的，待会儿他要再回来，那可真是连命就都没有了，干脆，不如叫走就走，到了县衙门，无论如何，也能比这个地方好。想到这里，便向杨头儿道："走吧，这又累您二位一趟。"

杨头儿道："这没有什么，彼此都是公事。"

说着话李三纲已然把门带好，三个人溜溜达达就进了城门，到了县衙，杨头儿告诉李三纲暂在班房等一等，进去回话。工夫不大，里头传出话来，有请李大爷。李三纲一听，顺着脊梁沟儿直冒凉气，心说这是怎么个话儿。既是到了这里，什么话也不用说，干脆进去瞧。

跟着杨头儿来在里头，只见杨知县正站在门口，一见李三纲，赶紧笑着道："好，又累你一趟。"

李三纲赶紧请安道："大老爷您别这么说，我是您属下的子民，您有什么事，我是该当效劳，您那么一说，就折了我的草料了。"

杨知县一笑道："这并不是存心客气，我实在还有求你的事情，走进屋里来说话。"李三纲跟着杨知县进了屋里，杨知县用手一指自己对面那个座位向李三纲道："李三纲你坐下说话。"

李三纲赶紧欠身道："那个我可万也不敢。"

杨知县道："你不要拘泥，那样一来，我的话就不能跟你说了。"

李三纲一听，杨知县还真是实意儿哩，便也不再客气，先请了一个安告了罪，才斜着犄角儿，把屁股挂在上头，笑着问杨知县道："大老爷您呼唤我进您贵衙，不知有什么差遣之处？"

杨知县笑了一笑道："按说这件事与你无干，不过我想偏劳你，因为我知道你久住在这个地方，一定知道得比旁人详细。"李三纲一听，不用说，这一定又是看中了谁家姑娘。接着又听杨知县道："自从昨天闹了那回事，虽然事情已经完了，不过我想着还有些后怕，想着总是不安。这个玩意儿，不是旁的，第一个来人他们在暗处，我们在明处，倘若一个有点招他不愿意，他就许来下子，不瞒你说，做官的既是花了本钱来的，准要是不赚钱再赔几个，你说合得着吗？可是成天提心吊胆，那日子长了，也不是事。别瞧衙门里现在也养活着有个几十号人，说实在的，真是像人家那样儿来了，他们什么也管不了。我想你在本地住得年久，本地住着有什么好汉，可以请出来给咱们帮帮忙交个朋友，这路人有没有？请你仔细替我想一想。"

李三纲一听，原来是这么一件事，这可是个难题，本地不用说没有住着什么有能耐的人，即使真有好汉子，也跟自己没有交情，再凭杨官儿这个声名，简直就叫请不出来，再说实在一时也真想不出来。

正在一犹疑之间，却听杨知县又说道："李三纲，你可不要犹疑，你尽量想一想，只要你想得出人来，咱们就有办法，这个人也不是当时就用，只要能够认识就成。"

杨知县一再说着，李三纲猛地想起一个人来，向杨知县道："大老爷您真是有福，我现在想起我一个朋友，要论这个人全身的能为，不用说就是这么一点儿小事，即使比这个再高个十倍二十倍，他也能够敌得了，这个人不但武学好，文章也好，好阔一副手笔，要这个人肯来，大老爷您一切事只管万安吧。"

杨知县一听，当然也是一喜，赶紧问道："这个人现在住在什么地方？咱们可以赶快就把他请来吗？"

李三纲一摇头道："不行不行，我说的这个朋友，他不是本地人，也不在这里落户，一时却请他不到。"

杨知县一听，心里就又是一个劲儿道："那么他是什么地方人？现在住在什么地方？有什么法子才可以把他请到这里来哪？"

李三纲道："他是江苏省属砀山芦花湾的人。这个人我跟他没有大交情，可是他受过我的好处，并且此人极其孝母，要是找他，从这条路子就可以把他找来，不过多少天可不敢说一定，就算我今天就走，往返的途程，到了那里，他还有个在家不在家，在家也不能当时就说，也得有几天盘桓，看出缝子再下说辞，那才能够有办法，硬做那可不行。"

杨知县道："这样一说，日子可就不少了，恐怕是在这个时间里再出了事又当如何。除去他之外，咱们这边还有什么比他更强的人？"

李三纲摇头道："不瞒大人说，我除去他之外，我还真是一个这样朋友都没有。"

杨知县道："那么你到了那里，准有一定的把握吗？"

李三纲道："只要他在家我就能够把他弄来，他要是出去不在，那我可真是一点儿法子也没有。"

杨知县道："既是这样，那么你就辛苦一趟吧，无论如何，总想法子把他请来，就是多花几个钱都没有什么。"说着话告诉杨升，赶紧到内账房先取二百两银子来，交给了李三纲道："李三纲，请你辛苦一趟，咱们是早去早回，越快越好，回来之后，我必有一番人心。"

李三纲一笑道："大老爷您这话越说越远了。事不宜迟，我可就走了，从这里到砀山，来回至快也得一个月，您就等我四十天吧。"

杨知县道："也不用定三十天，也不用说五十天，您能早回来，总是早回来好，免得我日夜盼想，您说是不是？"

当下李三纲收了银子，杨知县又给李三纲备了一桌酒席，送他起行，请了两位班头两位师爷作陪。师爷跟两位班头，一看李三纲红得厉害，哪里敢说他一个不字，只有曲意奉承，把李三纲灌了个醉天哈地，才算完事。吃喝完了，跟知县告辞，李三纲认定大道就走下去了。

李三纲请保镖的，究竟是谁，后文自有交代。如今且说林氏，原拼一死，痛骂李三纲，忽然看见他慌慌张张跑了出去，心里才得踏实一点儿。可是又一想，他出去总有回来时候，终究还是不免一死，自己丈夫死了，女儿丢了，虽说不久又要分娩，可是究竟是儿是女，尚不可知，自己一死，也无牵挂，人世亦无可恋。刚刚想到这里，脚步一响，林氏还以为是李三纲回来了，瞪着眼睛，看他究竟把自己能够怎么样。方一瞪眼，就觉眼前一道白光，直扑自己而来，才喊一声不好，把眼一闭，陡觉身上一松，那道白光，竟把自己凭空撮起，可把林氏给吓坏了，爽得也不敢睁开眼了，就觉耳旁呼呼有风，走了足有一个时辰，身子才得安放。睁眼一看，原来是人家一座坟圈，简直觉得自己是在做梦，咬了一咬中指，依然知道疼痛，方知不是做梦，可是自己无论如何也想不出自己怎么能够来到这里。再往四围一看，坟圈子正中，放着一张石块供桌，供桌上搁着两个银锭子，银锭子底下压着两张纸条。晃晃悠悠站了起来，到了供桌前边，拿起上头那张纸条一看，只见上面写的字是："奉崔夫人，景兄运蹇缘绝，早在管测之中，人难胜天，苦无避咎之法。今者景兄已矣，是符鄙言，令爱另有机缘，修合远胜贤伉俪，希驰廑注。夫人娩期已近，决为麟儿，惜夫人无福享此宁馨，儿生母死，固为前世孽，望远观勿苦。朱提二丸，足敷途用，此后事自有有缘人来结香火情，毋庸躬送，麟儿英物，虽失怙恃，终必大成，冥中亦可粗慰。另纸可系身旁，自生妙用，不可忽视。忝属知交，愧无回天之术，惭对故人，唯日夕默颂贤伉俪早登香界尔！余不尽陋，李判留上。"

林氏看完，不由哎呀一声，原来这人，真有神机通玄，实是半仙，看他所说过去之事，竟如目睹，那么未来的事，也一定不会稍错。我离鬼不远，可与仲景会面，更幸铁妮儿未死，腹中一块肉，也可以长大成人，若真是这样，我还有什么难过之事。想不到丈夫在日，交了许多朋友，终日吃酒玩乐，以为是可靠的良友，哪知事情一变，连个人影子也是不见，反是这么一个走江湖的人帮了自己不少。据自己猜想，李判儿虽然外表是个走江湖卖艺的人，实在看起来，大概还许是个伤心人，先前还不觉他怎样神奇，只是知他能说会道是个有趣的人，如今一看，不但文字极有根底，而且武学也就近于神奇了，这真是出乎意料之外的事。这些暂时都不必谈了，看来天气已然不早，不能总在坟圈子里头待着，倘若有个坏人看见，又不免闹出事来，不如赶紧找个地方，能够把肚子里一块肉平安生下，就是死去，也无所恨了。想到这里，赶紧拿起那张纸条，揣在怀里，那一张把它扯碎，银子也揣好了，出了坟圈，也分不出东西南北，也不知道这个地方，是叫什么，归什么地方管辖，也看不见一个人，也没地方去问，只得慢慢走了出来，一步一步往前蹭。走来走去，忽然看见大道，便顺着大道走了下来。林氏连日来在惊慌悲苦之中，心火上升，当然什么也不想吃，也不觉得饿，现在一看两张纸条，知道事已前定，自己已不能久存人世，心里一松，当时就觉得肚子里咕噜噜一阵乱响，觉得十分发空。勉强又走几步，已然进了一个村口，肚子不但响得比方才厉害，而且小肚子一阵紧似一阵，一阵疼似一阵，头晕眼花，四肢无力，心慌意乱，可再也走不上来了，知道不好，赶紧往地下一坐，双手一捂肚子，一动也动不了啦。

正在这个时候，忽然来了许多耘庄稼活的人，不知怎么回事，就全把林氏给围上了，林氏可真着急，眼看着要生孩子，旁边一个女人没有，都是些粗壮汉子，这可怎么好？正在着急，从外面走进半老的男子，旁边看热闹的一阵喊："这位大嫂子，你先别哭，你有什么委屈，你可以说。这是我们村里的孙善人，不拘有什么事，他老人家都可以帮你。"

林氏抬起头来，一看来人，真是慈眉善目，像是个好人，忽然心里一动，别是李判儿所说的人到了吧，便想把自己的事向那人说说。刚要张嘴，肚子一阵奇痛，知道不好，话也说不出来了，人便躺在地下。众人怕冲了运气，往四下里一散，又觉小肚子一紧，勉强才把裤子解开，孩子已然生下来了，自己一狠心，硬把脐带扯断，忍着疼把裤子才得提上，觉得下面的血，如同撒尿一样，流个不住，就知道自己是完了，迷迷糊糊咬着牙一摸孩子小肚子底下，多着一把小茶壶，当时心里一松，一口气往上一顶，可叹一位德容言工四德俱备的贤妻良母不能改毁老天注定，竟自撇下一个血泡儿身归那世去了。

林氏死后，孙福聚孙善人看见了纸条，知道是这么一件事，敬重她的为人，便把她找地葬了，又把那个小黑小子儿抱回家里。恰好夫妻没有儿子，伴侣吕氏正因为这个不高兴，得着这个孩子，真是爱如己出，知疼着热，请老师教书识字，老师给这个孩子，起名孙谦，后来又请了一位姓苗的老师，教书之外，又教把式，把式练得也有点意思了，苗敬把他带走，临走留下字条，给孙善人，告诉他这个孩子身有奇冤，非报不可，现在带走，报了仇再给送回来。孙善人也想得开，便把这个事儿搁下。就是大奶奶吕氏平常就爱这个孩子，自从孩子一走，亡魂失魄，寝食不安，逼孙善人到外头贴告白条儿到街上去找。孙善人准知道找不着，可又不愿过于让大奶奶难过，便写许多告白条儿，许着挺重的赏，叫人到外头去贴。帖子贴了不少，地方也贴不尽，却仍是一点儿消息全没有，日子一长，吕氏大奶奶，也慢慢地就全忘了。

转过年来，忽然吕氏大奶奶想吃酸东西，吃不下饭，吐酸水，爱睡觉，大奶奶说是犯了肝气，找大夫一看，大夫一道喜说是喜脉，让大奶奶给啐了一口，以为大夫故意讨好蒙钱，以为自己是儿子迷，故意这么说的。大夫走了，也不再请大夫，好，没到三个月，肚子越来越大，吕氏大奶奶也不骂大夫蒙事骗人了，这跟着就让章大姑娘给做小毛衫、大领袄、裤子、垫子、屁股帘儿，从第四个月起，就拿钱收鸡蛋，当年打下来小米儿也不卖了，趁着孙福聚每进一趟城，就买半车红糖半车挂面，腾出三间仓房堆这些东西。又叫叶大姑娘到东村庙里许香，西村庙里许愿，老爷庙挂袍，娘娘庙舍药，一天在家里烧三遍香，磕三个头，一个月出去拴一回娃娃，半个月舍一回米面。到了第九个月头儿上，就找了两个姥姥，一个王姥姥，一个玉姥姥，两位姥姥，日夜轮流换班。姥姥来了有两个多月，就是十二个月了，孩子还不落草儿，孙福聚给大奶奶家写信，叫他们娘家来人催生。过了不到三天，大奶奶娘家催生的人来了，大舅爷吕文和，二舅爷吕太和，大舅奶奶钱氏，二舅奶奶袁氏，带着婆儿丫头，拿着针线活计，拉着两筐老母鸡透出黄膘儿，十个老母猪，蹄髈上都露着七星儿，抬着十筐鸡蛋、十箱子油糕。到了堂屋，大舅奶奶钱氏解开一个包袱，包袱里一个长匣子，撒盖儿一抽，里头敢情全是筷子。二奶奶袁氏也拿过一个包袱来，鼓鼓囊囊，打开一看，里头是一个盛米的大升。二舅奶奶捧着升，大舅奶奶抽出一根筷子往里头扔，嘴里就喊一嗓子："高升！筷子！"婆儿丫鬟们也跟着喊："高升！筷子！"

说着也怪，大家正在喊得兴高采烈，忽听里屋大奶奶一阵哼哼，跟着呱的一声，就听见里头屋有孩子哭的声音了。

吕文和一拍孙福聚肩膀儿道："妹夫你大喜了！添了，一定是个大小子！"

孙福聚一笑道："这个您怎么会知道？"

吕文和也一笑道："没错儿，你听这孩子的哭声，就跟唱大花脸的嗓子一样，没有这么蠢的姑娘。"

正说着，玉姥姥王姥姥出来了，挤了一脑袋汗，顺着秃脑袋流黑汤儿，过来，就给孙福聚磕头道："善人哪，您可大喜了！这位小善人胖哪，真有两个月的孩子那么大个儿。"

孙福聚没有工夫跟姥姥说废话，赶紧先到祖宗堂里谢了祖，又谢了天地，然后大家道喜，真是喜声儿一片，热闹非常。三天吃面摆席，仅是猪就宰了二百来个儿，连县官都送了一份厚礼，旁人更不必说了。三天完了，商量办满月，连城里带城外，士农工商以及吃官饭的，一概满撒帖子请。预备的是鸭翅席，全从城里头供来的厨子，搭了三座台，唱了三班儿戏，一班梆子，一班高腔，一班二黄（注，彼时尚无二黄，不过凑个热闹而已），《赐福》《百寿》《降麒麟》《摇钱树》《状元谱》《金榜乐》《大团圆》，末场《普天乐》。连吃带玩，一共前后三天。

这三天过去，吕氏大奶奶出了屋子，把所许的香愿全都还了，送走了住的亲友，归掇完了屋子地，这时已然掌上了灯，叶大姑娘念了一声阿弥陀佛道："这可歇歇了！"

吕氏笑道："真得歇歇了，连前带后，好几个月了，连睡都没得睡一睡，可真够乏的了！"

正说着话孙福聚从外边进来，笑着向吕氏道："今天也盼儿子，明天也盼儿子，如今总算把儿子盼到手了，这总是老天爷赏的。咱们不可辜负老天爷，这个孩子可千万不要溺爱，必须要细心管理，不要叫他走入邪途，被人家笑咱们没福压不住儿子。"

孙福聚话还没有说完，吕氏把两只手不住乱摇道："我今天可跟你说，我自从带上这个孩子，到生下来，我可不是容易，旁的什么事，你说怎么样就怎么样，唯独对于这个孩子，你就不用操心了，反正不能再弄成谦儿那个样儿，邪魔外道，生死不明。真要再来那么一个，我是非死不解。这个你可不要再跟我说，我养的孩子，我会管。"

孙福聚叹了一口气道："你懂得什么？这两个孩子要是一比，谦儿可比这个孩子来历差得多。别看这个是我亲的，我就不能屈着心说这孩子比谦儿好，你不信将来你却看得见。"

吕氏从鼻子哼了一声道："你趁早儿别气我，我就不信这些事。谦儿有什么来历？一个要饭的孩子，生下来就要饿死，将来还有什么了不得。还有一说，咱们待他，自问就算不错，连吃带住多少年，能耐也学成了，翅膀儿也骨硬了，拍拍屁股站起来一走，怎么了？谁得罪了他？从那天到今天小足三年了，连个信儿都没有，连个影儿都没见，有来历的人，都应当没良心是怎么着？你跟谦儿有缘，你知道他现在在什么地方？你可以把他找回来，你瞧好不好？反正我对于那个孩子心里是寒了。"

正在这个时候，忽听房上瓦檐儿一响，孙福聚急忙摆手，止住吕氏说话道："你听，什么？"

话还没有说完，就听外头有人喊："姓孙的，我们知道你是财主，今天特为到这里来跟你借几个钱，你可要把钱看轻一点儿，人命可要看重一点儿，不然的话，你的命也没有了，钱还是轮不到你用。好朋友，不要多说废话，请你把钱叫他们往外搬搬吧。"

这一嗓子不要紧，吕氏大奶奶跟叶大姑娘就钻到桌儿底下去了。孙福聚虽没往下钻，可是腿也哆嗦了，心也蹦上了，三十六个牙，分十八对儿磕得山响。再听院子里有人喝喊："什么人？闹到这里地方来了，别走了，吃我一棍！"孙福聚一听，有点意思，这个是厨房里的孙顺，别看平常偏瘪似的，敢情有份人心，今天事过之后，我是必有厚赏。

刚刚想到这里，就听房上有人又喊道："姓孙的，你可真不懂什

204

么叫朋友面子，你一面黑儿，就认得钱，既是如此，兄弟们，先把底下那个小子打发了，然后咱们再给他们抄家。"说着就听喿的一声，吧嗒一声，院子里是哎哟一声，扑咚一声，听声儿正是孙顺的声儿，不由就吓了一哆嗦。再听房上一声哨子响，已然有两个人就跳下来了。孙福聚哪里还走得动一步，腿一软人就跪下去了。

正在焦急之际，猛听对面房上，起了一个霹雳相仿："哇！什么人大胆，竟敢搅闹我家，敢莫是活腻了！懂事的，趁早走，是你们的便宜，如果迟延不走，伤了你们的皮肉，那可就多有对不过了！"

孙福聚纳闷，家里没有这么一个人，这是谁？扶着凳子慢慢往起爬，好容易爬了起来，顺着窗户一看，只见风灯下站着一个人，凝神一看，不由大喜，急喊一声："谦儿，你回来了！"

要知孙谦如何回来，且看下回分解。

第七回

乐极生悲客来不远
喜出望外宾至如归

　　孙福聚这一嗓子不要紧，吕氏、叶大姑娘又全从桌子底下钻出来了，站在窗户前头往外边看。一看院子里有三个人，两个不认得，一个可不是孙谦是谁？乐得叶大姑娘直念阿弥陀佛。

　　吕氏道："大姑娘您先别念佛了，瞧瞧谦儿这孩子，可真透着悬，人家是两个人，他是一个人，可未必能是人家的对手，倘若一个落败，咱们家饶上不算，谦儿可也难保。"

　　孙福聚在旁边哼了一声道："少说话看着就成了。"

　　吕氏真个便不言语，瞪着眼往外看着。只见那两个，一个年纪在三十多岁，穿白戴素，手里仿佛拿着一对帐钩儿，一个约在二十多岁，穿青褂，手里拿着一把鬼头刀，正在那里和孙谦说话。

　　只听孙谦向那两个人用手一指道："朋友，你们二位从什么地方来，打算干什么？要是缺了盘缠，只管说话，我必帮二位的忙。如果二位听信旁人的谎话，一心打算在这里见大水，我告诉二位，这里水窄鱼稀，您是另上旁处，省得伤了咱们道儿上的和气。"瞧孙谦说话摇头晃脑，简直就没把这两个人放在心上。吕氏心里真是提着一颗心，不是旁的，一个小孩子，跟贼讲理，这不是麻烦吗？倘若人家一动手，孙谦手里任什么没拿，那岂不是自找苦吃。心里正在打鼓，却听那个穿白的微然一笑道："兄弟，你要问我们两个，我们是江苏扬州府荷叶岛的掌舵的，只因耳闻这里姓孙的，家里有钱，又赶上我们岛里缺了粮食，因此来到这里，要和姓孙的暂时挪用几文，没有想到朋友你来了。听见说话的意思，仿佛跟姓孙的有点连属，就烦你给说下子，无多有少，我们是点点就走。小朋友，我们可冲的是你，要不是你出来了，这回事绝不能就这么完，这是出于肺腑，爱交你这个朋友，你就给办一办吧。"

吕氏一听，这个贼可真邪行，大人不怕，怕孩子，这事真要这么能办下来，可太好了，足见家门有德，不该遭事。

谁知就听孙谦哈哈一声侉笑道："朋友，你这就错了，我既然说出我们愿意送您几个盘缠，您就不该再道字号。你不道字号，我送你几个钱，我不舍脸，我不栽跟头，如果您把名儿姓儿道出来之后，我再把钱拿出来，知道的我是爱交您二位朋友，不知道的，还说我怕了二位，那可怪不是意思。这么办，二位既是说出总穴，那么您再把您的蔓儿道叫道叫。我有个小意思，您二位既敢到这里来，必有绝技，我打算跟二位讨教几招，只要二位踢我一脚，打我一拳，扔我一个跟斗，摔我一个折不楞（注，歪倒也），我愿意替本家领罪，家里有什么，任凭二位自取。倘若二位让着我，不肯伤我，我要是一个侥幸，碰了二位一点儿油皮儿，那可也对不住，二位可得挥挥土就走，任什么可也不能归二位。二位要觉乎有理，咱们就来下子试试。"

孙福聚先一听挺好，后一听真着急，这个孩子可真爱找麻烦，这种事，能了还不了，这不是自找苦吃，又不敢高声喊嚷，怕是分了他的神。

再看孙谦把话说完，满脸带笑，站在那里，那两个里头，穿白的还没有说什么，穿青的已然上了火儿了，一摆手里刀高喊一声道："小畜生，不懂好歹，今天让你尝尝厉害。我叫海底青龙周震，他叫浪里白蛇潘章。别走，留下一条腿吧！"一刀已然当胸刺进。孙福聚吓了一跳，那边吕氏一哆嗦，准知道孙谦手里任什么没拿，人家刀子递进去了，他拿什么东西挡人家？这不是麻烦吗？

正在着急，只见孙谦往旁边一跨腿，喊一声"来得好！"那把刀就扎空了，不容周震撤刀，往前一进步，一晃左手喊声"瞧暗器！"周震就往后一撤身，孙谦蜷右腿摸着一脚喊声"躺下吧！"一脚正踹周震软胯上，哎哟一声，咚，咚，咚，倒退出去有三五步，两条腿自己一绊，扑咚摔倒，当啷啷家伙也撤手了。

孙福聚一痛快，不由得喊了声"好！"

吕氏没防备，吓了一哆嗦，瞪了孙福聚一眼道："你瞧你什么毛病？吓了我一跳。"

叶大姑娘道："别说话，您瞧那个穿白的可过去了。"

大家止住语声往外再看，只见潘章手里护手双钩，两下一分，说了一个字："请！"右手钩就奔了孙谦脖项。孙谦一坐腰，左手钩从头上过去，不等孙谦还手，右手钩从底下反着往起一提，这手儿叫撩阴式，从孙谦裆底下就掏进去了。孙福聚一看这手儿太凶了，孙谦刚蹲下还没起来，这要往旁边闪得费多大事，这可真悬。瞪着眼睛往外再看，却见孙谦不慌不忙，一看裆下钩到，双手往起一长，提身一纵，足有三尺多高，那钩就撩空了。孙谦纵起，应当落下，他却不把脚往下落，两只手往后一翻，绷脚面，挺腿肚子，两个脚尖往前一顶，平着身儿两只脚尖，就奔了潘章双眼。潘章一看身法太快了，赶紧撤身往旁边一闪，双脚走空。潘章看出便宜，手里双钩一反一正、一上一下，就奔了孙谦两条腿。

吕氏大奶奶这个着急，眼看着孙谦腿是过去了，再撤是来不及，这一上一下，腿往什么地方去，这孩子两条腿全都得折，心里难受，不忍再看。才要闭眼，猛听嘭的一声，扑咚一声，心里急得直蹦，忍心放胆一看，倒的不是孙谦，却是那个穿白戴素的，心里这份痛快。一忘神往起一抬胳膊，劲儿猛了一点儿，只听耳旁哎哟一声。侧脸一看，正是叶大姑娘，托着腮帮子又要笑又要乐地道："大婶儿您八成也是喜欢得忘了事吧，您瞧把我腮帮子撞这下子，回头准得青。您也打算练下子是怎么着？您也到院里活动活动去。"

吕氏才知道无心中碰了叶大姑娘，赶紧笑道："大姑娘碰了你了，真是没留神，疼了吧？别生气，我看着喜欢，你就不喜欢吗？"

叶大姑娘赶紧说道："我怎么不喜欢，我一喜欢，把疼也忘了，咱们别顾说话，瞧瞧外头怎么样了。"

再往外头看，没有什么意思了，原来孙谦已然把那个穿白的挽起来了，口里不住说道："承让，承让，二位多多包涵，请到屋里喝碗茶。"

周震哼了一声，潘章赶紧说道："多承小朋友手下留情，他日自当图报，不敢惊动，后会有期，再见吧！"说完话，一猫腰，蹭蹭两声，人就没了影儿。

吕氏长出一口气道："我的佛爷老子，今天要不是谦儿这孩子，咱们全家都是个完。"刚刚说到这句，忽听外面一阵喊嚷，仿佛有千军万马一般，吕氏大奶奶一听，哎哟一声道："我的妈呀！"腿儿一软，又钻到桌儿底下去了。

孙福聚也吓了一跳，可依然看着外面，只见孙谦回过脸，从腰里一摸，嗖的一声，掏出两把短刀，往左右手一分，丁字步儿往外看。这时呼啦一声，人就涌进来，头里两盏气死风灯，后头跟着一位头戴红缨凉帽，纱马褂，天青开气布袍子，脚下两只布靴子，手里拿一把铮光耀眼青龙大砍刀，后头跟着四个护勇，全是红布马褂，当间白光黑字一个勇字，手里各拿竹板一面，后面跟着总有百十来个人，全是庄稼打扮，有的拿刀，有的拿枪，有的扛把笤帚，有的扛把铲子，有的扛着钩杆，有的扛着木棍，以及锄头、耙子、扁担、镰刀，全都雄赳赳，气昂昂，从外头喊着就进来："拿呀！别放他跑了！可了不得了！有了小贼了！明伙了！"嚷成一团，乱成一片。

孙福聚看得明白，来的不是贼人，却是本地方的联庄会，头里走的是联庄会的武教习席松，后头跟的满是联庄会的本村子人，心里就踏实下来了，赶紧往外就跑。刚走到屋门口，就见席教习已然把大砍刀给举了起来向孙谦道："咦，你这小贼，从什么地方来的？你也不打听打听，孙家村这里有什么人在这里，你也敢前来搅闹，真是找事，要是懂得事的，快快扔下东西走道儿，稍有迟延，对不过我可要拿你交差！"

孙福聚忙喊一声"使不得!"人往前一跑，不想走得太急，竟是绊在门槛儿上，脚一掌不住劲，扑咚一声，人就摔出去了。孙谦先也以为是贼人余党，前来搅闹，心里也吓了一跳，不是闹着玩的，来的人多，伤得了这个，伤不了那个，保得了这个，保不了那个，伤人太多，也不像话。正在略一寻思，忽听身后扑咚一声，又吓了一跳，怕是房上又有人下来。急忙回头一看，离别三年，依然认得，身后摔倒的不是旁人，正是救养自己的义父孙福聚，赶紧一纵身，就过去了。原意是打算到那边把孙福聚搀起来，怕是碰着，没有想到教师错会了意，以为是孙谦有意要害孙福聚，他可就火了，一举手里大刀，喊一声:"小贼，别往那边去!"紧跑两步，够上了步，大刀就砍下去了。孙谦正在一弯腰去扶孙福聚，一听后头家伙带着风就下来了，打算再躲，可就来不及了，一着急，横胳膊往起一架，意思是打算架住刀杆，劲头稍微小一点儿，席教师刀又去得劲儿大了一点儿，就在孙谦一伸胳膊，那把刀实拍拍就下来了，正在孙谦胳膊上砍个正着，孙谦不由哎哟一声。孙福聚躺在地下，眼睛可是往上看着，一看席教师举刀就砍，知道他是错会了意，急忙要喊，使不得，敢情人越着急，越喊不出来，正在着急要喊没喊出来，席教师刀就下去了，再看孙谦要躲没躲开，又把胳膊往上一迎，准知道胳膊是肉的，刀是铁的，只要挨上就得骨断筋折，一着急把眼一闭，不忍再看。就听咔嚓一声，叭啦一声，哗的一声，赶紧睁眼再看，先是一怔，跟着一点头哈哈大笑，一骨碌爬了起来，一手揪住孙谦道:"好孩子，可吓着了我了。"又向席教师一笑道:"席爷您这把刀是从什么地方找来的，您可真能吓人!"

原来孙福聚一睁眼，只见孙谦胳膊依然好好存在，连个红印儿都没有，再看席教师那把青龙刀，刀头已然不见，就剩了一根刀杆，地下可掉了许多泥片子，又看一院的人都冲着席教师乐哪，这才明白咔嚓一声是刀折了，不是胳膊，叭啦一声，是泥片儿掉在地下，哗的一声，是大家一个畅笑。

席教师也乐了道:"孙当家，我告诉您吧，活该今天不出事，我们会不是在老爷庙吗？老爷使的是一把青龙偃月刀，我爱得了不得，我也照样打了一把，没地方搁，就搁在周仓老爷兵器架子旁边。这两天我给您照应喜棚，身上透着有点乏，回到庙里，我想歇一觉，我刚觉乎一迷糊，伙计告诉我，当家的宅里，来了匪人，要抢当家的，我一着急，赶紧披上衣裳，抄起家伙就往这边跑。我还说哪，今天真是老爷保佑，怎么刀比往常轻得多，活该我要露脸，没想到忙中有错，我把老爷的青龙刀给抄出来了。这一下子不要紧，明天还得赶紧给老爷把刀塑上。"

孙福聚一听，又是可笑，又是可怕，可笑席教师人真糊涂，拿把假刀当了真刀，这幸亏是自己人，如果真是匪人，岂不误事。可怕的是幸亏是把泥塑的假刀，这要是真刀，孙谦岂不残废了。又想这实在是老爷保佑，不然哪里有这么巧的事，便不免肃然起敬，暗念了两声："关大王显灵显圣，保佑一方，愿祝圣寿无疆!"

心里正在祷告，却听屋里吕氏大奶奶道："你还怔着什么，还不赶快把谦儿给我带进来。"

孙福聚赶紧一拉孙谦就要往里走，席教师道："当家的您先慢走，我问问您这位少爷是谁?"

孙福聚道："对呀，您来得晚，还没有见过我们谦儿，谦儿过去给席大爷行礼。"

孙谦过去给席松作了一个半截子揖，席松赶紧还礼道："噢，这位就是您老说三年前走失的那位小当家。武功可真可以，没事我还要领教领教。"

孙谦一笑道："那可不敢，我有了功夫，我还要跟您打听两手儿青龙刀法哪。"

席教师脸一红道："得了得了，小当家，您比我高得多得多，我拿什么教您? 别打哈哈了，回头见，改日说话。"说着话拿起刀杆，带着那些人又呼啦一声全都往外去了。

孙福聚一拉孙谦道："真悬哪! 这幸亏是假刀，这要是真刀，你现在残废了。"

孙谦一笑向孙福聚道："爸爸，我妈哪？"

孙福聚道："在屋里哪，走，进屋去有什么话再说吧。"

爷两个来到屋里，吕氏大奶奶一见孙谦，委屈就大了，嘴一撇，眼圈一红，过去一把就把孙谦揪住抽抽噎噎地道："好孩子，你快想死我了！你……这……就不……走……了吧？"

孙谦一听，也是扑扑簌簌泪随声下道："妈，我不走了，我老在您跟前……我……也想……您了！"

孙福聚怕吕氏大奶奶产后刚刚满月，不宜过伤，赶紧过去拦住道："得了得了，好容易才盼回来，咱们应当喜欢才对哪，你们别难过，谦儿你还不给你妈妈磕头道喜？你妈添了小弟弟了。"

孙谦一听，赶紧止住哭声，翻身扑倒便拜道："妈，您这可好了，小弟弟现在在什么地方？我瞧瞧去。"

吕氏大奶奶道："你瞧你这孩子，还是毛毛腾腾的，我得了小弟弟，你该给我道喜，你怎么不给你爸爸道喜哪？"

孙谦一听哎呀一声道："可不是，我真是糊涂了！爸爸，我给您道喜。"说着又磕下头去。

孙福聚道："得了得了，你到里屋去看看你弟弟，将来还要你多疼他才对哪！"

孙谦答应，来到里屋，一看炕上裹着又黑又胖的胖小子，赶紧过去就给抱了起来，嘴里还不住说："小弟弟，你认得哥哥不认得？乐乐吧！乐乐吧！"

说来也怪，那个小孩子翻着两个小眼不住扑噔扑噔看着孙谦，忽然小嘴一拱，哧的一下子乐了！这一来招得吕氏大奶奶、孙福聚、叶大姑娘全都笑了。

孙谦向吕氏大奶奶道："这个小弟弟真壮实，长大了身子或许比我还结实哪，您瞧他多胖啊！"

吕氏大奶奶还没及说话，旁边叶大姑娘插嘴道："得了，哥儿两个，谁也不用说谁了，都够黑胖的，真要是叫哥哥抱着弟弟出去，人家准得说是亲哥儿两个……"叶大姑娘说到这里，知道说走了嘴，赶紧住口不说。

孙谦也听出来了，怕是又勾吕氏大奶奶的烦，赶紧哟了一声道："嘻！这是怎么说的，我还把您忘了，大姑娘，我还没给您磕头哪，我走了这么多天，全仗着您给我妈解闷儿，我也应该谢谢您。"说着折虎躯，跪下就是三个头。

叶大姑娘乐得眉开眼笑地道："哟！可了不得，大少爷，您快起来吧，我可担不起，您可别折受我。"

孙谦站了起来，一看这时候屋子里头，又添了好几个人，什么大孙妈、小孙妈、麻孙妈、胖孙妈，全都来了，拥拥挤挤站了一屋子。孙谦过去每人一揖到地，嘴里还说："几年没见，您几位倒好啊！"

慌得几个老妈子全都还礼不迭道："哟！大少爷您可别折了我们草料，您这几年在外头倒如意呀？"

孙谦并不答话，到了小孙妈面前，屈左膝下右膝，扑咚一声，跪倒在地。小孙妈一看，藏没处藏，躲没处躲，急得两只手来回乱晃道："大少爷您这是怎么了？您怎么给老婆子下起跪来了？"

孙谦双手一拱道："孙奶奶，我孙谦要不是幼小吃你的奶，我焉能活到今天，这样大恩，受我一个头算得了什么？"

小孙妈连摆双手道："大少爷，您这是从什么地方说起来的，我们给人家当奶妈，还不该给大少爷奶吃吗？您这可真是多礼！"

孙谦跪下磕头，说了一片话，孙福聚在旁边不住点头，心说这个孩子，出去一定遇见高人了，不但气质不似先前粗暴，而且道德、学问都有进步了，这实在是他们崔家的德行，才有这样的子弟，也不枉从前自己一番心血。心里一喜欢，赶紧过去把孙谦拉住道："谦儿，不用多这些虚礼了，这几天因为是你兄弟满月，来了许多亲友，今天才走，劳累了多少天，还没得歇一歇，方才饭还没有吃，就遇见来了匪人，要不是你赶到，大小还怕闹出点事儿来哪！"

吕氏大奶奶道："八成谦儿也没吃哪，让他们预备饭，咱们一边吃着，一边说着，你瞧好不好？"

孙福聚道："好极了！"

当下四个孙妈收拾桌椅，摆上饭来。

孙谦道："爸爸，咱们家有酒没有？"

孙福聚道："酒有的是，你从什么时候又学上喝酒了？酒这种东西，可是能够乱性，总是少喝的好。"

孙谦还没说话，吕氏大奶奶斜着看了孙福聚一眼道："我说是不是？孩子刚回来，要喝口子酒，家里有的是，那算得了什么，刚要喝，还没喝哪，就听你这一套，让孩子心里怎么受？"

孙福聚笑道："你瞧你这个炮仗捻儿又着了不是，我也没一定说是不让他喝，不过酒能乱性，总是少喝的好。"

孙谦忙道："您说得是，我不喝了，我吃饭。"

吕氏大奶奶道："是不是？你就是这个脾气，不拘什么事，你总得给人家扫兴，今天偏不能听你的，小孙妈去把外头院那坛子酒搬进来。"

小孙妈答应，拉了大孙妈，不一会儿把酒抬来。孙谦一看，真是上好远年陈绍，泥封刚一磕开，里头一股子酒香，已然扑了出来。小孙妈拿过两个大杯，放在孙福聚面前一个，放在孙谦面前一个，把小瓦碟儿一起，两个人抬着往外一倒，酒的颜色，就跟琥珀一个色儿，倒在碗里，挂在瓷上，仿佛沾了一层稀糖相似。孙谦早已流下念喇子（注，口涎，京语也），却两个眼不住看着孙福聚。

吕氏大奶奶道："谦儿你喝你的，不要紧，醉了就去躺着。这是这二年你爸爸不怎么喝酒了，他也管起孩子来了，我还记得我过门的那年，他灌黄汤子灌醉了，躺了三天三夜，吐得炕上也是，地上也是，往靴子里撒尿，拿茶壶当枕头，他就全忘了，如今又管起孩子来了。不用听他的，全有我哪！"说得一屋子人全都托着嘴儿笑。

孙福聚也笑道："你看我这一句话，又把你这些陈谷子烂芝麻都抬出来了，喝，今天我也喝，留神我喝醉了，再拿茶壶当枕头。"

孙谦一看那酒的颜色，一闻酒的香味儿，早已馋得受不得，冲着酒碗直咽唾沫，一听让喝了，一伸手便把酒碗抄在手里，往嘴唇边一送，只听咕咚咕咚两声，一大杯酒早已下了肚，你看他菜已顾不得吃，一伸手又去拿那酒坛子。

吕氏大奶奶道："大孙妈，你给少爷斟上。谦儿，让你喝，你慢慢地喝，别一下子喝呛了肺。"

孙谦嘴里答应，一看杯里酒又斟满了，二次端起，咕咚咕咚两声，第二杯又已干净。孙福聚本来是大酒量，只因这几年照顾家里事多，不敢喝酒，今天一看孙谦喝得真痛快，心里也痛快，酒又真好，便也把杯子端起，一举而尽，孙妈赶紧过来斟上，孙谦第三杯又已入肚，孙福聚也喝了两杯。

孙谦微微长了一口气道："这几个月来，今天算是头一天喝了一点儿痛快酒。"

孙福聚道："我还正要问你，今天你是怎么会来得那么巧，早点晚点儿，全不会正碰上。"

孙谦一笑道："今天不能算巧，今天来的这两个人，我已然跟了他们两天了，他要不来下手，我还不能动手啊。今天这两个人虽然没有受伤，可是丢了面子，这两个人是扬州荷叶岛里著名的水贼，到这里来，原找的是我，却是不知虚实，不准知道我在这里不在，所以来探一下子，正赶上我们同住在一个店里，他们没有看见我，我可看见了他们，便一直跟他们到了这里，先还以为他们有多高的本领，谁知完全是土包屎蛋，自找无趣，这也是活该就结了。"

孙福聚道："那么你这是从什么地方来？要到什么地方去？是还打算就长在此地？"

孙谦道："我这次到这里来，原是特到此地，因为我自从离开这里，跟着我师父他老人家，已然办了许多事，今天天气已晚，明天早晨我还有事要和爸爸妈妈商量呢。"

吕氏大奶奶道："你有什么话，只管跟我说，你爸爸他做不了我的主。"

孙谦道："不是忙事，明天再说，今天先喝酒。"说着话，过去端起酒坛子，先给孙福聚斟了一杯，又给自己也满上，把杯子向孙福聚一举道："爸爸您轻易也不喝酒，今天您也不要饮过了量，您喝完这杯，您用饭吧。我是现在每天必喝酒，尤其今天心里特别痛快，更是不能不喝，您吃您的饭，我喝我的酒，您吃完了，您要觉得累，您先歇着，我把这坛子酒喝完，我再吃点饭，我也就睡了，明天早晨起来我还有事。"

孙福聚道："我本也不想多喝了，不过你说你要把那一坛子酒完全喝了，那可不成，这个酒后力非常大，那一坛子至少也有三十多斤，那可不是闹着玩的。好在后来日子长得很，你尽管天天喝都不要紧，今天可不要喝得太多了。"

孙谦嘴里连连答应，一只手却不住往杯里倒，一只手更不住往嘴里灌，从定更吃到二更多天。吕氏大奶奶可有点支持不住了，向孙谦道："谦儿你少喝一点儿吧，我可要先睡去了，明天你把你这次几年在外头的话细细说给我们听听。"

孙谦道："妈您歇着去吧。"

吕氏大奶奶一走，几个孙妈连叶大姑娘也全走了，只剩下孙福聚还在旁边看着孙谦喝酒，喝来喝去一举坛子，坛子底儿朝了天，里头连一点儿酒都没有了，这才算完。跟着吃饭，吃喝全毕，孙谦过去一拉孙福聚的手道："我有一句话，要和您说，您可以跟我到外头走一趟吗？"

孙福聚道："黑天半夜，什么事家里说不了，要跑到外头去？八成儿你这孩子醉了吧？快去睡吧，有什么话，咱们都是明天再说。"

孙谦道："爸爸，我并没有醉，我再喝这么多我也醉不了，实是有话要和您说。"说着话伸手一拉孙福聚的手，孙福聚身不由己就跟着走了出去。

出了孙家大门，一直往北走。孙福聚道："那边却是埋死人的地方，黑天半夜，跑到那种地方来干什么？"

孙谦道："您就跟我走一趟吧，我实是有事，到了那里，您就明白了。"说着又拉了孙福聚就走。

孙福聚没有法子，便任他拉着走。又拐了两个弯儿，前面是一座大坟，孙谦还往前走。孙福聚陡然心中明白，不用说这个孩子是要给他亲娘上坟来了，这个孩子总算是个孝子，实在不错，心里既明白他要干什么，可就不再别扭他，跟着他就走下来了。来到坟前，孙谦止住脚步，用手一推孙福聚，便把孙福聚给推在石头供桌上，往后紧退一步翻身便拜。

孙福聚道："孩子你方才在家里磕过了头，怎么到了这里，你又磕起头来了？哪里来的那些穷礼，快点不要这样才好。"

孙谦道："爸爸，我今天同您到这里来还有话说，我给您磕这个头，是报您从前待我的恩。还有一件事我要求您，方才当着妈她老人家，我怕她老人家伤心，我没敢说我的来历，您虽不能尽知，大概也知道八九。想我本是崔家子孙，况且从我父亲惨被人害之后，家里再没有一个男人，我虽是受您抚养，叫我姓孙，要以您待我的大恩大德，虽是粉身碎骨，也报不过来，应当姓一辈子孙，才对得住您待我这份意思。不过那样一来，在您这方面，固然对得过，可是对于崔姓的祖宗，可就有罪了。因此我今天请您出来，告诉您一声儿，从明天起，我就要认祖归宗姓我的崔了。"

孙福聚扑哧一笑道："傻孩子，这算得什么，也值得这么小题大做，你在家里还说不了，真是笑话了。"

孙谦把头一摇道："不仅是这个，我还有事，我还要把我从前为什么会落到那种样儿以及我跟苗先生走了之后，到了什么地方，如今又想到什么地方去，我却做了多少事，学了什么能耐，我都打算跟您说一说。不到这个地方来，家里说着，诸多不便。"孙谦又道，"在这话没说之前，我还有一点儿事儿。"

孙福聚道："什么事？家里办不成吗？"

孙谦一摇头道："不成，非在这里办不可，不过您可别害怕。"

孙福聚道："我什么事也不怕，你只管办你的。"

孙谦一听，喊了一声："谢谢了！"一抬腿从腰里扯出一个包袱来，里头是火折子，把火折子迎风一晃，火折子就着了，又把包袱从底下一翻，原来是一个大油纸包，打开油纸包一看，可把孙福聚吓坏。

要知里头包的是什么，且看下回，便知分解。

第八回

铁龙头演说底里情
瞎判官追溯逃亡案

原来里头全是鲜血淋淋的眼珠子，足有七八十对。这一来可真把孙福聚给吓坏了，赶紧站起来问道："谦儿，这是什么上的眼珠子？"

孙谦道："不瞒您说，这全是人的眼珠子。"

孙福聚心口直蹦，沉住了气问道："什么人的眼珠子？你有什么用？"

孙谦一声狞笑道："这些眼珠子，都是一班贪官恶吏、恶棍土豪、专以杀人为乐的狗强盗们的眼珠子，也就是我的杀父害母的仇人的眼珠子，这是我在他们本地，把他们全都除去，特为挖下他们的眼珠子来祭奠我屈死的娘亲！今天祭完之后，明天就得跑，因为现在已然有人坠下我来了，我要耽延时候一大，被他们追踪下来，他们虽不能把我怎么样，可是对于您这一个村子，可就要大受他们的非法，那我心里可实在不忍。所以趁着今夜，没有人知道，我赶紧祭一祭，尽了我这一点儿心，祭完之后，我是赶紧就走。好在您积德所感，已经有了弟弟，我从此以后，要改回姓崔，仍用这个名字，我那弟弟可以也叫这个谦字，做一个念想儿，您看如何？"

孙福聚才知道是这么一件事，可是孙福聚还没明白孙谦的仇人究竟是谁，怎么样报的仇，怎么样挖的眼，怎么会来到此地，全打算听一听，把这意思向孙谦一说，孙谦道："这件事提起太长了，等我祭奠完了，我可以略微给您说一点儿，恐要往细里一说，彼此都有不便。"

孙福聚道："就是吧，你先祭奠吧！"

孙谦把那火纸筒儿往石头桌儿上一戳，把那些眼珠儿一对一对全都排好，然后扑倒在地悲悲惨惨喊了一声："娘！亲娘！想您从前受尽那些坏人折磨，今天孩儿可给您报了仇了，可怜我自从前生直到如今，没有见着娘你一面，娘啊！你还认得你这无父无母的苦命儿子吗？娘！我在这里叫您，您怎么一声儿也不答应？娘啊，我的亲娘啊！"这一阵哭不要紧，真是鸟飞兽走，铁石伤心。

孙福聚眼含热泪叫了一声："谦儿你哭两声可也就完了，你要越哭越声音大，惊动了别人，可与你大有不利，难道你忘了你现在是个什么人吗？"孙谦一听，这才止住哭声。孙福聚道："你现在也祭奠完了，赶紧把这些东西，全都弃去，我还要问问你那些话呢。"

孙谦答应，过去把那些眼珠一对一对重新包起，带在身上，然后才拉了孙福聚的手一同往回走，一路走着，一路说着，走到家门口，才把话说了一半，直说得孙福聚又是点头，又是咂嘴，又是跺脚，又是捶胸，又是嗤声，又是叹气，忍不住眼泪似水一般流了下来，禁不住把两个大拇指头来回乱竖。及至听完，赶紧向孙谦道："熊儿，我可不是怕事，你可得快走，你也不用跟你妈再说了，我给你荐一个地方，就是你大舅那里，可以暂住一时，并且可以请他给你想法子，他的为人，主意最多，他要告诉你什么，你就听什么准不会有错。孩子你走吧，你一路之上，可要多加小心，等到事情冷淡，可以再回这里来，你说的话，我也全记住了，你不必再多耽搁，越快越好，你就快快走吧。"

孙谦应一声，跪下又磕了一个头，然后到了福山县见着吕大舅文和，把实话一说，吕文和直摇头，知道事情不大好办，想了半天，告诉他赶紧到北京，北京西城内四牌楼底下有一家肉铺子字号是广福楼，是他兄弟开的，叫他投奔那里。孙谦又到了北京，见着吕掌柜的，假装黑熊卖肉，不想番子手追了下来，夜间赶到，却仍让孙谦用"分波纵"从后海跑了。这是《屠沽英雄》第一回里的事，现在已然找出一点儿眉目，但是里头还有许多交代没有说清，结果没有说明，仿佛还差一点儿，翻回笔再从孙谦出走说起，一点儿一点儿串上去，串得整与不整，可没有把握，咱们是写着瞧。

孙谦自从认识了苗敬苗先生，白天念书，晚上练武。孙谦爱武厌文，成天整日不能离开长枪短棒、大刀阔斧，什么明器、暗器，他是无一不爱，也加上苗先生是无一不懂，只要问，没个不教。日子一多，师徒爷儿两个不用提够多投缘对劲。还有一样，不拘问什么，一遍不会两遍，两遍不会三遍、八遍、十遍，苗先生也不急。自从跟苗先生念书，一年挂零，始终也没有看见苗先生生过一回气。

忽然一天，苗先生问孙谦道："谦儿，你知道你姓什么？"

孙谦道："老师您今天是怎么了？我姓孙谁不知道？您怎么这么问起来了？"

苗先生道："那么你是谁的儿子？谁是你的爸爸？"

孙谦道："这更怪了，我的爸爸就是这里当家的，我就老当家的儿子小当家啊，您怎么今天拿话绕缠起我来了？"

孙谦话还没有说完，苗先生呸地就是一口啐道："好没脸了，谁是你的爸爸你都不知道，可惜你还给圣人磕过头念过书哪，你让我说你什么，连个准姓都没有，我有你这样儿徒弟，我也真是倒了霉了。"

孙谦一听，简直傻了，赶紧往地下一跪道："老师，您说的话，我全不明白，我真是一点儿不知道，请您从头告诉我。"

苗先生道："我告诉你，你能信吗？"

孙谦道："您说的话，我没有不信的，您就请说吧。"

苗先生叹了一口气，遂把崔仲景怎么在十八里滩得罪了当地富户秦寿父子，被他们陷害，险遭不测，要不是有江湖侠客瞎判官李天屏李判儿从中报信解救，在当地就被害了。逃了出来，原奔的蓬莱县城里头二道街林士源林总镇，没有想到误走海岸八宝甸，遇见恶人陈杰、李三纲，存心不良，诓哄崔仲景，打算谋夺孙谦的姐姐铁妮儿，铁妮儿识破，逃到林总镇家里。李三纲二次派人劫住崔仲景夫妇，火烧林家街，弹打林昌，李判儿赶到，救走铁妮儿，又救了林节妇。林节妇身怀六甲，逃到白鹿洞口孙家村，路上生下孙谦，林节妇产后身亡，恰逢本宅主人孙福聚夫妇出村有事，路遇此事，便把林节妇安葬完了，又把小孩子抱在家里，雇人喂奶，抚养成人，便是你这孩子。如今你父母之仇未报，就在这里一待，如何是了？我这次来到这里，也是受了李判儿托付才来的。李判儿现在在河北赵县风云堡他哥哥病弥陀李天澍家里。如果要有意替你父母报仇，可以跟我就走，咱们到了风云堡再说详情。如果你觉得在这里舒服，父母之仇报不报没有什么要紧，你就在这里待着你的，我也就不便往下再教，我可就要走了。

孙谦一听，赶紧跪下就给苗敬磕头道："不是老师您肯真情告诉我，我的父母冤仇，就没有报的那一天了。如今您说叫我什么地方去，我就跟您到什么地方去，只要能够想法子把我父母的仇报了，我就感念老师您的大德了。"

苗敬道："既是如此，我明天就同你走，这里你可一个字也不要提，一点儿神色也不要露，要是稍微露出一点儿形迹，你可就走不了。还有一节，人家姓孙的待你母子，可有大德，将来无论到了什么时候，你可也不许忘了人家，因为江湖上最重的是义气，这话必须要紧紧记住。"

孙谦连连答应，第二天晚上练完了功，苗敬给写了一张纸条，留在桌儿上，师徒两个就走下去了。到了赵县风云堡病弥陀李天澍家里，瞎判官李天屏，正好刚从外边回来。

苗敬一见李天屏便笑着道："判官，这回你可把我给发了，好在对得住您，您找的这位，我已然给您带到了。"

李判儿一看孙谦，不由一皱眉摇头道："不对吧？"

苗敬道："怎么不对了？"

李判儿道："这孩子我可是没瞧见过，你的爸爸妈妈、姐姐，我都见过，全不是这个长相儿，怎么会这么蠢哪！这个神儿还有一样

221

可怪，仿佛在哪儿看见过这么一个人，又黑，又胖，长着一身长毛，直仿佛野人似的。"忽然低头一想，猛地噢了一声道："对了，对了，那小子是这么一个长相儿，一定就是这么回事了。"

这时候苗敬已然告诉孙谦，这位就是江湖侠客瞎判官李天屏李老师，从前救过你们母子，过去磕头道谢。孙谦过去就磕头。

李判儿道："算了吧，这些琐事都用不着。想当初令父亲在日，跟我投缘对劲，彼此互相器重，也是你父亲书理虽高，世故不清，以致上了人家圈套，弄得家败人亡，虽说有小人陷害，可是半由天定，你的父母相貌都不像能得善终之人。我从前也曾研究过几年相法，对于人生富贵穷通，以及生死夭寿，都有确实的把握，原看你父母的相，都不得好死，因为是好朋友，便累次劝告他，叫他为人必须意存忠厚，庸人自多厚福，不必精细责人，因为那种样子，实足以害事，得罪君子，我已有了不是，得罪小人，更是立见奇祸，所以谨言慎行，见于圣训，最好以后把脾气改成柔和一点儿，未必不是好事。在我的意思，原是打算用人定胜天的办法，挽回恶劫，谁知你父亲天性孤僻，竟是改他不得。先时还能勉强照办，日子一多，故态复萌，无心之中，得罪了秦家父子。秦家有的是钱，手眼通天，竟和当地一班小爪牙商量好，要害你们全家性命，恰是这时你父亲有个朋友姓庄，是江苏常州人，也不知为了刻了一部什么书，得罪了当今皇上，可怜一家百十多口，全都死在这一部书上，上头有了你父亲的名字，这原没什么要紧，秦寿便抓住了这个，去寻你父亲的蕈恼，你父亲在那个时候，要跟他说几句好话，也就可以完事，偏是你父亲刚强逞性，不容来人分说，便把来人轰了出去。来人回去一鼓励，事情就出来了，本来预备当天就要动手，恰好那天正是秦寿的生日，有几个人劝他明天再说，那时我本以卖相遮掩身子，也在他家里，听见这个信儿，我便逃席跑到你父亲那里，告诉他信儿，叫他赶快逃走，你父亲母亲这才出走。我临行之时，告诉他，现在晦星已然发动，非处处谨慎，不能解除外患，并且还有很大危险。你父亲他是笃信程周之学，听了我的话，只是一笑。我知道他不相信，越发不放心，便跟着追了下去。应当直入蓬莱县城，也不知听什么人所说，林总镇全家搬到八宝甸海滩，你父亲也不细加打听，就直奔八宝甸，巧遇土痞陈杰，勾着恶棍李三纲连同县官杨仁生，把你姐姐铁妮儿给囚在屋里，存心不良。我正觉得孤掌难鸣，恰遇四川大竹山草山寺方丈智善禅师，同着苦梅崖净根大师从此东海访友路过，我便和他二位一商量，请他们二位帮忙。净根大师答应救你姐姐铁妮儿，并把她带走，教给她武学。智善禅师却是什么忙也不肯帮，只推说出家人清静惯了，不能再多取纷扰，不过我可知道这位智善禅师，法号人称降魔尊者，从前也是江湖侠义朋友，后来遇见独指上人，说他杀孽过重，恐怕不得善终，引渡他投入佛门，正悟参修。他虽投入佛门，却仍是一本豪侠行为，在江湖中暗中行道，后来独指上人圆寂，他便当了草山寺的方丈，却是江湖之间，仍然不断他的行踪。这次不知为了什么，竟是这样坚决，不肯帮忙，那我也没了法子，只好仍和净根大师商量分头办事。净根大师救的铁妮儿，我在外面引的贼，净根大师把你姐姐救出来之后，他只说了一声：'这个孩子我带走了，李判官你要煞煞性子，不要多伤人，你没有看见那一男一女已然不是人世间的人了吗？'说完这话，便自去了。我听了净根大师的话，再一细看你父亲母亲，脸上果然透出死相，不过你母亲在晦气之中，藏有一条红线，我知道主有身怀六甲，并且是个男孩子。我便不顾一切嫌疑，把你母亲也救了出去，送到白鹿洞孙家村。我知道孙家村村长孙福聚为人忠厚，你母亲到了那里，无论如何，也可以有人照应了，我又留下字条两张，告诉你母亲未来的几句话。我便回到蓬莱县，再去刺探消息，才知道那狗官，因为我到他衙门去了一趟，他起了后怕，便托那个李三纲去请护院的教习，居然被他请着了两个成名的朋友，不但武学好，而且人品也极好，不知怎样会叫他给搬请出来。在我初意，救你母子，也不过是因为跟你父亲有交情，他全家惨败，只有给他留下一条根的意思，后来我又到了一趟白鹿洞，才知道你已被孙福聚拾去，养育教诲，我心里十分高兴。夜间又去暗探，恰好教你的老师不是外人，是我多年的老友老虬龙王达。我一问他为什么在这里，他便说起他现在漂泊无定，到这里来原是闲游，不想看见一个资质极好的孩子，便在此教起这个孩子。我知道他不知道你的来历，便简略地向他一说，他很是难过，便答应我用心教导，好让你长大成人替你父母报仇。我看有他在那里，我可就走了，过了没有多少日子，你的王老师回来了，告诉我他已然把你交给他的师弟，就是你现在这位老师多臂哪吒苗敬了，并且告诉我，不久的日子里，要把你送到我这里来。如今你人总算来了，我看你虽说幼失父母，将来必能成一番事业。我在家里不能久住，因为我一向是在外头走惯了，家里简直待不住。我不能在家里看守着孩子，如今让你苗师父把你带到这里来，所为就是告诉你从前那些事儿，现在事情你已然明白了，这里你可不能久待，我想明天就把你送到四川草山寺，去找智善禅师。因为他那回分手时候，说过一句，将来如果有人肯其给姓崔的报仇，他也许助一臂之力，你是姓崔的儿子，把你送到那里，跟他学点能耐，替父母报仇，我想他绝不能不帮助你，你要能够跟他学上一年，胜似跟我们学十年。不过有一样，那智善禅师为人古怪，不喜和外人往来，我虽然跟他相识，却没有深厚交情，我要是照直把你送去，他或许不收，那时候僵在那里，可就没了办法。所以我想了一个主意，我把你带到草山寺附近，我就不往上送你，你自己想法子上去，到了那里，必须要诚心敬意，苦苦地哀求，只要你一片诚心，提为父母报仇，那时候他自会收你，传你绝艺，有个三年两载工夫，你就可以下山办事去了。不过有一节我得问你，你要是真有心给你父母报仇，我再送你到大竹山草山寺，你要没有诚意，干脆咱们也不必费那个事，你爱干什么干什么去，我也不管，对于你死去的父母，我也就交代得过去了。"

孙谦不等说完，跪下就磕头道："你老人家这话说得全是，如果不是你老人家告诉我全家情形，我也不知道，那我不懂得报仇雪恨，人家也没人骂我。现在你老人家把话都给我说透了，我要不知报父母之仇，我还活着干什么？这件事情，你老人家只管放心，只要有我一口气在，我必安心学艺，给我死去的父母报仇，倘若口不应心，叫我死无葬身之地！"

李判儿赶紧一把拉起道："你能够这样，那就好极了。今天咱们歇一天，明天就走。"当下李判儿又和苗敬谈了会子旁的闲话，便各自休息。

第二天刚一天亮，孙谦就起来了，到了李判儿屋里一看，只见李判儿正和苗敬谈话，一见孙谦，便笑着道："我还有一件事要告诉你，你到了草山寺，如果能够见着智善禅师，自不必说，如果你到了草山寺，智善禅师云游外出，又当如何？"

孙谦道："这个我只有再回来。"

李判儿道："孩子你说得太容易，草山寺离这里有好几千里地，不用说往返不易，即使往返容易，你一个小孩子在路上这样一跑，倘若叫人家看出破绽，问出你是崔仲景的后辈，被你家仇人知道，哪还能有你的命在？我倒有一个法子，那草山寺方圆有二十多里，高山峻岭，野兽甚多，有人上山，十分危险，你到了那里，如果见着智善禅师，自不必说，如果见不着智善禅师，他那里监庙的也是我一个老友，名叫慧圆，不过此人性情，更是乖僻，轻易不肯和人交接，你到了那里，可以照直去找他，你可不要说是我叫你去的，你也不要说出实话，你只说你是同着人来游山的，失迷路径，求他把你收留下，暂住两天。他是出家人，看你是个小孩子，必不忍叫你葬身虎狼之口，他便可以把你留下，他只要把你留下，你可要特别勤谨一点儿，给他扫扫院子，收拾收拾屋子，他看见你肯给他做事，他必能叫你多住几天。那时候智善只要一回来，你就可以见面了。"

孙谦道："你老人家说的话，我全记住了。"

苗敬道："等一等，我还有几句话说。如果见着智善禅师，你可也别说出是我送你去的，他要是一知道，必不肯留你。"

孙谦道："那么我可怎么说哪？"

苗敬道："你就说出你姓崔，你是谁的儿子，到庙里来找的是谁，他问你怎么就知道他，你就说你从前怎样被屈含冤，怎样你母亲生下你，被人拾去，你母亲留下遗字一纸，叫你长大报仇。你也曾找过你的仇人，你的仇人如何把你逮住，又把你放了，临走时候，告诉等你十年，学艺报仇，并且你的仇人说起，现在江湖道上的人，除去他们害怕草山寺智善禅师之外，余者他们全不在意。因此你回来之后，私自逃出，一路打听草山寺，来找智善禅师，求他老人家教你几手功夫，好报父母之仇。这话你明白了没有？"

孙谦道："我记明白了。"

李判儿道："还有你原姓崔，你就应当就姓崔，那姓孙的待你有天高地厚之恩，你要记在心里，将来报了仇，再孝敬人家姓孙的，日子长得很，不在这一时。因为你现在姓孙姓惯了，你也许把你们姓崔的仇全忘了。"

孙谦道："是，我从此改过姓崔就是。"

李判儿又和苗敬想了半天，没有什么可说的了。苗敬道："你们走吧，这回可是辛苦李大哥了。"

李判儿道："没有什么，我把他送到草山寺，也是我的一点儿心愿，谁叫我跟他爸爸有交情哪，我事情完了之后，我要到山东酸枣岭去一趟，因为我还跟王官儿迷订着约会呢。"

苗敬道："那回事情也有我，那么咱们就那里见吧。"

二位说完，苗敬回去，李判儿带着崔谦就走下来了，一路之上，充作师父徒弟，有人看见，以为是算命的先生带着徒弟，也没人注意，也没人理会。走了一个半月，这天才走进四川边界。李判儿告诉崔谦，这里已经进了四川，再有三五天可就到了，告诉你的话，你可别忘了。

崔谦道："我一句也没有忘。"

又走了两天，可就进了山界了，真是山连山山套山，过了一层山，又是一层山，山脉连绵，层峦耸翠，松柏交叉，蔽天连云，过去一片紫，又是一片青，过了这片青，迎头一片绿，怪鸟珍禽，上下飞鸣，奇花野草，左右斗艳，真是别有洞天，清净福地。这种好景致，崔谦可没心领略，从孙家出来，就是这一只灰子绒的夹鞋，这些天一跑已然都开了绽，前头露着脚指头，后头露着脚后跟，前后都磨起了燎浆大泡，顺着脚指头往外冒黄水。崔谦虽然落地就没了父母，可是在孙家也是养尊处优，呼奴使婢，不用说一走好几千里，轻易连出村子都没去过，按说可应当受不了，唯独崔谦，心念父母之仇，不但丝毫不觉痛苦，而且越走还是越有劲，又加上跟苗敬练了许多功夫，身子也轻，腰腿也快，从下头往上爬，从上头往下跳，仿佛常走山道一般，绝无丝毫畏缩之相。李判儿在旁边看着，不由暗暗点头，心里还是真爱。又走了两天，忽然这片山势全尽，露出一块平地，远瞧着也就有个二三里，这块地不但没山，而且连棵树连块石头都没有，土是黄中透紫，紫里含青，仿佛上头有金光发现一样。

李判儿对崔谦道："你看见了没有，这块土地叫五色坪，过去这五色坪，你看前面那一片绿的，就是大竹山，上去大竹山，不到五里地，有一座大庙，就是草山寺。我送你就能送到这里，再往前边走，恐怕碰见草山寺的人，多有不便，好在离草山寺已然不远，你自己去吧。我告诉你的话，你要牢牢地谨记，我在家里等你，三年之后，我们再见，好帮你去报仇雪恨，你快去吧。"

崔谦一听，不顾山石刺腿，扑咚一声，便跪在地下，口称："师父多累了你老人家，我崔谦只要还有一天能够见着你老人家，我再给您磕头道谢，现在我任什么话可也不说了。"说完这句话，一纵身就要往那块平地上蹦。

李判儿道："你先慢着。"说着话一撩衣襟，从底下扯出一把铮光耀眼的刀来向崔谦道，"前面虽然是离草山寺不远，可是山里难免有个小狼、野狗什么的，你手里什么也没有，如果遇见一点儿什么，可就不好办了。这把刀子，你拿在手里，可以备而不用，只要你能够平安到了草山寺门口，你可以把这把刀一扔，还有……"说着又把身上一个小口袋解了下来交给崔谦道，"这里头是干粮，你可以留着吃，我回去没了你，就可以走快了，也用不着。你就快去吧。"

崔谦又谢了一谢，一纵身就蹦下去了，在上头看着这块平地，是一片平地，及至往下一蹦，吓了一跳，差一点儿没陷了下去，敢情全是沙土，左脚不使劲，右脚拔不起来，右脚不使劲，左脚拔不起来。回头再看，李判儿连影子都没有了。有心再回到山坡儿上，刚才蹦下来时候没理会，现在一看，那座山根，陡上陡下，犹如刀斩斧斫，不用说底下是沙土，脚下使不上力，就是脚下使得上力，那直上直下，一丈多高，自己也没有那种能耐。往前边一看，这一片沙土地，简直远去了，心里一着急，这汗就下来了。当时觉得腰也疼了，脚也疼了，浑身连点劲儿都没有了，才要蹲身坐下，歇歇再说，忽然哎呀一声，挺腰一站，一拍自己胸脯子，挺左脚，迈右脚，挺右脚，迈左脚，一股子劲儿，噌，噌噌，唰，唰，唰，往前紧走了一阵。站住脚回头一看，离着刚才蹦下来那块地方，至多也就有三四丈远，心里可真着急了，看这片沙土地，至少也有二里，要照这个样儿走下去，那得什么时候才能到？等到天一黑下来，那还了得，一挺腰，一咬牙又往下走。这一气走得是四鬓见汗，气喘吁吁，站着脚才要回头瞧瞧走了多远，忽地又一咬牙，使劲一拔脚，又往下走下去了。才一走使不上劲，第二回就比头一回强，这回又比头一回强，觉悟出来，走这路地不能使劲过重，左脚一沾沙土，跟着右脚往前就迈，右脚一沾沙土，左脚又迈，一蹬一迈，一蹬一迈，越走越好走，越走越轻快，这一气出来比刚才有三个远，还没有方才累。心里一高兴，精神也上来了，掏出干粮吃了两口，收好小口袋，一挺腰板，又走了起来。已经得着诀窍，可就省力多了，走一会儿，歇一会儿，歇一会儿，走一会儿，走了也就两个时辰，一看离着山根可不远了，又加紧走了几阵，这才到了山脚下。抬头看，还真是苦，这座山也不知怎么长的。从山脚底下起，就是竹子，一直长到上头，全是竹子。这种竹子，不比寻常所见，一棵一棵小的都有饭碗口粗细，一棵挨一棵，非常紧密。打算找一个走道儿，却是非常之难，不管如何，已经到了这边，绝不能回去，好在这边倒是有小山坡，不必对面陡上陡下难爬。从沙土里爬到了上头，微微定了一定神，拿手一分竹子，干脆就叫分不开，心说这回可完了，听李判官话语，他一定也来过，难道他每来也从这边走，这片竹子怎么进去？可是自己跟李判儿无冤无仇，李判儿又何必把自己陷在这块绝地，于他又有什么好处？可是他不从这边走，又从什么地方走？总该有一条道路，怎么会连一点儿影儿都看不见？心里寻思，眼睛可不住四外看，忽然一眼看见，离自己站的这片地方不远，有两路儿竹子往外分着，心里一动，莫不成那里是段走道？到那边看看再说。顺着那道山边儿往那边绕，手里把刀也撤出来了，在手里攒着，工夫不大，就绕到了，往里一看，果然当间有个中缝，是段走道，不由大喜，赶紧走过去，一正身就往里面走去。进去也就在两丈远，忽然耳底起了一声焦雷相似，猛地一惊，只见从那竹子里扑出一只花斑老虎，一见崔谦，嗷的一声，便往崔谦身上扑来。崔谦喊声"不好！"赶紧往后一退，只听扑咚一声，崔谦栽倒地上，把眼一闭，静待虎王过去一嚼。

　　要知后事如何，且看下回分解。

第九回

备尝艰苦矢志靡他
细致殷勤忘情尔我

　　等了一等，却是一点儿动静也没有，赶紧翻过身来，往后头看时，这个老虎影儿也没有。心里想着，真是十分可怪，分明看见老虎迎面扑来，怎么会一点儿伤都没有受？也许真是老虎不吃回头食，不管如何，事到如今，只有前进，绝不能再想后退了。想到这里，起来拍拍身上土，捡起那把刀，往前边看，这片竹林子也不知有多少里长，简直看不出头儿来，一咬牙，拿刀拨着两边竹子，往里边走去，提心吊胆，蹑足潜踪，还怕有什么老虎之类的野兽出现。就这么样儿，曲曲弯弯走了足有一个时辰，才觉得道儿越来越宽，又走了有一顿饭时，豁然开朗，已是一片平地，更喜虽是山道，却没有沙子。抬头往对面一看，隐隐是一座山峰，准知道就是大竹山的正峰，草山寺也一定就在那峰顶。掏出干粮，又吃了几口，这才迈步往前走。这回走了又有两个时辰，抬头一看，那座山峰，仿佛还是那么远近，心说这可怪了，李判儿告诉我，过了前面竹林，不到五里就是草山寺，如今怎么走了这么半天，还是这么远？回头再看，敢情离着那片竹林子，也是那么远，心里可有点起急，不是旁的，眼看天时已然不早，如果一个赶不到草山寺，黑天半夜，身临这种险地，可真不是闹着玩的。再者方才分明看见此山有虎，也许不止一个，倘若猛虎来侵，又当如何？心里想着，脚底下可没闲着，反而比以先加快。又走了有两个时辰，可就看出离山不远了，心里一

230

高兴，越发加快。走到了山脚下，太阳也落下去了，顾不得什么叫害怕胆小，往上就爬，身上已是筋疲力尽，强努力又爬了一会儿，两条腿便像要折一般地疼痛发酸，再也抬不起来，哎呀一声，便坐在地下。太阳虽然落了，幸喜有月亮上来，照得山坡，还看得很真，坐在那里，心里想着，这也不是事，这个地方，连个躲闪都没有，倘若来个什么野兽，不用说自己不是筋疲力尽，就算是满腔子精神，恐怕也难逃活命，那岂不是坐以待毙，不如还是往上走一走，能到草山寺更好，不能到找个山窟窿坐一宵，也比这样强。想到这里，咬牙忍痛，勉强站起，摇摇晃晃，又往前走。这回走了不到一里地，简直就不上来了。四下一看，恰好迎面不远，就是一个小山洞，紧走两步，已然到了洞前。刚要往里伸腿，忽然一想慢着，倘若这是个兽洞，这一钻进去，岂不是给猛兽送饭，莫若先试探一下，身子往洞旁一隐，拿手里刀子，往里探了一探，任什么动静也没有，这才转过身来，拿刀子在前头晃着，一步一步挨了进去。借着外头月色，里头隐隐可以看得清楚，地方还真不小，用手在地下摸了一摸，没水没泥，这才坐下。

顺着洞口，看着外面满天星斗参差，月色清亮如水，不由长叹了一口气。心想如果这回托父母在天之灵，真能得见智善禅师，不怕吃苦耐劳，能够学成绝艺，必要手刃父仇，才算男子汉大丈夫。又想自己虽说经李判儿指引前来，听李判儿的话里，智善禅师，并不爱收徒弟，这次如果收了自己还好，一个不收，不但这场苦算白吃，而且父母之仇，从此不能报复，父母生自己一场，师父教导一场，实在是对不过。心中思潮云涌，也不知道应当如何是好。想到得见智善禅师，能够学得绝艺，报了父母之仇，当时心里一快，精神也就跟着一振，忽然想到要是见不着智善禅师，或是见着智善禅师，禅师不肯收徒弟，那时又应当如何？按说劳乏身体，原不能有精神，也不知什么缘故，坐在那洞里头，无论怎么样，却再也睡不着，爽得把眼睛睁开，看着外头，把一把小刀藏在手底下，从洞外一阵一阵吹进风来，越坐越觉得有点冷，心里寻思，何妨走到外头，四外活动活动，也许能够免去身上发冷。想到这里，才要站起身来往外走，陡觉外头风势一大，并且有一股腥膻之气，吹到鼻子里。崔谦是个孩子，山里日月他可没有见过，也不知这股腥膻之味从何而来。正在一怔之际，猛见洞外有一道绿光，忽地一亮，仿佛一盏油灯相似，心里还觉得一喜，暗道原来这里也有住人，这倒好了，也可以跟人家打听打听，这里是不是大竹山草山寺。要是能够留住人家在这里谈一会儿，等到天亮，再求人家指示路途，岂不更好。就在这一眨眼之间，再看那盏灯又没了，又往前探了探身子，这回忽然又变了两盏，一并排儿往这洞口来了，心里益发欢喜，原来来的还是两个人，这更好了。两个人还嫌清静，这有三个人，足可以坐谈一夜了。才待起身出洞招呼，瞥见那两盏绿灯，倏地一闪，接着一阵噼啪声音，不由起了怀疑，赶紧往后一退，先把刀子摸在手里，再看那绿灯已然离山洞很近了，哪里是什么人、什么灯，原来是一只斑斓猛虎，正在那里一步一步往山洞边走近，那两盏灯正是那老虎的两只眼睛。这一吓却非同小可，这才明白自己钻进了老虎洞，出去是不行，往后退也是一点儿地方没有，只要老虎再往前走上几步，自己这条小命，就算完事。心里着急，嘴里还不敢喊，怕是惊动了老虎，当时就能把自己吞吃下肚，心里想着，无论如何，只要老虎往里一探头，不管它是怎样厉害，先给它一刀子，能戳死它更好，戳不死它要一怕疼，也许跑了，它要是护疼往里头一扑，反正这条命就算完了。自己这么一想开，反而不知什么叫害怕了，手里攒住了刀子，直着两只眼往外看着。足有一顿饭的时候，那个老虎也没见进来，又待了一待，耳听外头呼呼声响，细一想，老虎在洞外头睡着了，心里倒真急起来了。不是旁的，它在外头一待，就是到了明天，自己也照样儿不敢出去，那岂不要活活把自己憋死？心里这么想着，可还是一点儿法子没有，自己拿刀的那只手，倒有些个发酸了。忽地一咬牙道：管它呢，它既不进来，也许不进来了，害怕也吓不走它，害怕有什么益处？索得不理它，该死就死，该活就活，这也是一点儿法子都没有的事。想到这里，把刀也撤回来了，站的工夫一大，腰也酸了，腿也疼了，便依然一屁股坐了下去，一动不动，瞪着眼看着外头。渐渐看见东边有点发白了，慢慢又看见太阳一点儿一点儿升出来了，从洞口往外看，只见满山一片金光，衬着那碧绿的竹子，十分好看。听了听外头呼呼的声儿也没有了，还不敢认为是老虎已去，先把刀子从洞口杵了出去试了一试，依然不见一点儿动静，又等了一等，才慢慢探出头去，往左右一看，也看不见有什么老虎，不由长长出了一口气。

这才一步一步从洞里爬了出来，到了外头一看，就在那山洞边明明是一个老虎爬的窝儿，地下还有许多老虎足迹，暗说了一声好险。这时候太阳已然老高，四外看得很真，就在眼前不远，见是一座高峰，赶紧掏出干粮，吃了几口，这才一腆肚子，往那座山峰奔去。不一时便到了山根底下，抬头一看，这座山倒还不错，居然上头有股青石山道，赶紧腿上加劲，嗖，嗖，嗖，一直便爬了上去。来到上头一看，好一片青山，在这山峰往下没多远，便是一座大庙，在那山坡上有三个高过一丈的大字，是草山寺。不由大喜，撒开腿一直就跑到庙前，只见这座庙，工程至为浩大，一片红墙，上盖黄瓦，大小足估四五十亩地，门外有钟鼓二楼，立着雕斗旗杆，两扇朱红大门，却关了个挺严。正待上前叩打门环，猛听身后嗷的一声，吓了一跳，回头一看，又是一只老虎，吓得魂飞魄散，喊声不好，急忙抽出刀来。正要向那老虎砍去，老虎哞的一声，往后一退，屁股朝下一坐，尾巴只一搅，山地的石头子儿便噼啪一阵乱响，跟着前腿往起一抬，嗖的一声，两只后腿一蹬，整个儿向崔谦身上扑来。崔谦一举手里那把刀，往老虎肚子上扎去，猛地觉乎手里一震，一把刀早已扔出不知多远，人便也跟着倒了下去。

也不知躺在地下有多大时候，觉得浑身一阵酸疼，睁眼一看，自己躺在一只竹床上面，老虎已然没了影儿。抬头往四下一看，四面墙上全是悬挂的佛像，静悄悄的连个人声儿都没有，心里纳闷，方才自己明明被一只老虎扑倒，怎么会睡到床上来了？难道是在做梦？正在心里可怪，只听屋门一响，从外头走进两个小和尚，大的一个，也就在十六七岁，小的一个，也就在十二三岁，一个手里托着一个盘子，一个手里拿着一把水壶。那个盘子还不稀奇，那个水壶却大得可怕，高下里足有三尺高，圆下里足有三尺圆，哪里是什么水壶，简直就是一个水桶，往少里说装上水也有三百来斤，那个小和尚身量不高，提着梁儿走不了路，他却把一只手攒住壶梁的紧头处，仿佛像个没事人儿一样。

崔谦已然觉得十分诧异，正在一怔之际，那个大一点儿的小和尚道："小朋友，你可别动，我们老师父说，你已经震伤了内里，非得静养不能复原，如果你现在一动，可就不能治了，最好你听话别动弹，等将养好了，你再活动不晚。"

崔谦一听，便真个不动，仰面朝天往床上一躺，向那两个小和尚道："两位师哥，我跟你打听，这里是什么庙？"

没等那个大个的说什么，小个的已然抢过来道："这里是大竹山草山寺。"

崔谦一听正是草山寺，心里高兴就不用提了，赶紧又问道："这里方丈，可是智善老禅师？"

那个小和尚又把头一点道："一点儿也不错。小朋友你这是从什么地方来？要到什么地方去？怎么会走到这里来的？"

崔谦正要把实话向他说，忽听那个大一点儿的和尚道："牛儿，你看你又该多话了不是？达师父方才怎么嘱咐你的？咱们赶紧伺候完了他，还有正经事呢，你在这里拉不断扯不断一谈天，老师父知道了，又该罚你跪香了。"说着又向崔谦一笑道："小朋友你是不知道，我们这个师弟，就是话多，你现在身体还没有复原，不便多说话，我们是庙里老师父派来伺候你的，这是给你预备的菜饭，你可以随意吃一点儿，吃完了你可以安心静养，等你好了，我们再说话儿，以后日子长着哪。"说着把那个油盘往机凳上一放，然后过去轻轻把崔谦扶了起来。

崔谦一看，盘子里头搁着是两样菜，一样是大白菜炖豆腐，一样是秋油焖笋尖，另外两个小盘，一盘是辣豆腐酱，一盘是泡白菜，余外是一大碗白米干饭。连连点头道："二位师哥，今天头一天见面，就这样劳累你们二位，实在是于心不忍，请问二位师哥法号怎么称呼？"

那个大一点儿的道："不敢不敢，我叫宗镜，那是我师弟，他叫宗月。"

那个小和尚一听，连连摇头道："得了得了，什么宗月宗月的多难叫，我告你吧，我的小名儿叫牛儿，你省点事也叫我牛儿吧。"说得崔谦也笑了。

当时由宗镜把饭拨好，手里托着，一口一口喂给崔谦，崔谦连跑了好几天，吃的都是干粮，如今一闻见米饭香，早就饿了，饭到张口，菜到张口，一会儿工夫，就把那碗饭完全吃完了。意思之间，还没有大饱。宗镜一笑道："你现在身体还没有好，不宜多吃，每顿能吃这么多，也就足够了。牛儿你把水留下点儿，我们可以走了。"宗月答应一声，提起那把壶来，倒了一大盆一大碗，然后宗镜把碟子碗全都捡好，向崔谦一笑道："你可以静静养一养，千万不要胡思乱想，可是与你身体不好，回头见！"说完这句话，端起油盘，宗月也跟着提起水壶一路说着笑着去了。

崔谦见这两个人一出门，忽然想起，不由自己埋怨自己道：嘻！我真是糊涂了，我今天分明被虎所困，也不知被什么人把我救了，我刚才怎么就不问问？这叫人家多寒心！又一想，宗月跟自己岁数差不多，看来武艺一定是不错的，也不知是不是智善禅师所教，等到他们再来时候，我可以详细地问问，到底智善禅师现在在这个地方不在？心里一安静，身上觉乎一劳累，血气潮心，当时便又睡去。

一觉醒来，已是黄昏时候，觉得身上也不是那样酸疼了，心里益发高兴。又等了一会儿，外头脚步一响，宗镜、宗月又进来了，依然是吃喝起坐。吃喝已毕，宗镜正在捡家伙，崔谦便笑着向那宗月道："二师哥我跟您们打听一件事，我记得我昨天走到这里山门外头，遇见了老虎，老虎把我扑倒，我却怎生能够进得庙来？是哪位师父把我救进来的？二师哥你能够告诉我吗？"宗月听了，把头不住地摇，却一声儿也不言语。崔谦又问道："师哥您的这一身本事是谁教的？"宗月又把头摇了一摇，崔谦知道他是不肯说，也就不往下问了。

宗镜、宗月把东西收拾走了，崔谦依然是十分纳闷，总想着跟宗月打听打听，无如每次送水送饭，都有宗镜跟着，也没有法子单跟宗月说话。一晃儿半个多月，身子可就觉得复了元了，心里好生欢喜，想着可以跟宗镜说一声儿，求他告诉老和尚一声儿，自己就可以有出头露面之日。

当天晚上，宗镜、宗月又送了饭食来，才一进门，宗月就笑着说："小朋友，给你道喜，你的伤完全好了，老师父叫你今天好生歇一宵，明天准你下地出门，据说还有什么话问你呢。"

崔谦一听，自是十分高兴，便向宗月道："二师哥这一个月里多累了你，等我明天见了老禅师，再一总谢你。"

宗月笑道："以后我们都是一家人，用不着说什么谢不谢，你这半个多月，也够闷了，明天能出去走走，就有意思了。"

宗月话还没有说完，宗镜道："你瞧你话总是嫌多，快走吧，达师父还有事等着我呢。"宗月不敢再说，便向崔谦笑了笑，点点头随着宗镜去了。

平常崔谦没有想头，一天可以睡大半天，今天一听见这个信儿，躺在床上，再也睡不踏实，直到了天光快亮，才有点迷糊要睡着的意思，才一合眼，便听草山寺大钟已然响了，便不敢再睡。好在昨天有话，今天准许下床，赶紧穿衣裳下了地，把屋子略微拾掇拾掇，就听殿门一响，宗镜、宗月已然笑嘻嘻地跑了进来。

宗月一看崔谦，便笑着道："你倒真性急，衣裳都穿好了，正是时候，老师父现在正规堂等你，你跟我们来吧。"

崔谦答应一声，跟着两个人，到了院子里一看，这个院子，原是一个跨院，旁边另外有一个月亮门，进了月亮门，是一排七间正殿，两边是各有三间配殿，正殿挂着一块匾，上头三个字是正规堂。赶紧轧住脚步，宗镜先进去，跟着出来向崔谦一点手，崔谦赶紧跟着进殿。只见正中供着佛像，旁边有七个蒲团，正中一个蒲团，上头坐着一个瘦小枯干年纪不到三十岁的青年和尚。崔谦就是一怔，准知道智善禅师是个上了年纪的高僧，绝不能这么年轻，可是宗镜口口声声说是老师父，不知是怎么个讲究。也不敢多问，双腿一弯，扑咚一声跪倒。

和尚微然一笑道："起来，起来，你这个小孩子，怎么会走到这山上来？你姓什么？叫什么？什么地方人？说清楚了，我好派人把你送走。"

崔谦记住李判儿教的那套话，便赶紧磕了一个头道："老师父您要问我，我姓崔，我叫崔谦，我有天大的冤屈，特意投到老师父这里，求老师父把我留下，教给我一点儿本事，我好回去给我死去的父母报仇雪恨。"遂又把李判儿所教的话，照样儿说了一遍。

和尚听完，又是微微一笑道："你这孩子，听了什么人的谣言，跑出这么多的冤枉路。我们这庙里，除去念经，就是拜佛，余外什么也不知道，你怎么跑到这里要学起什么艺来了？好孩子，你是受了人家骗了，你快快下山回家，在这里一辈子，也报不了你父母的仇。"

崔谦一听，知道人家是不肯收，李判儿早就告诉过了，当然心里明白，便又磕了一个头道："老师父，听你所说，是不肯叫我在这山上学艺，不过我父母被人所害，我那仇人他曾说过除去大竹山草山寺，能够收留我，我才能报仇。如今您既不肯收留我，那是我再也没有报仇的一天了，可怜我小孩子千辛万苦来到您这里，实指望您能把我收下，教我一点儿能耐，好去给我死去的父母报仇，万没想到一点儿指望也没有了。想我虽是一个小孩子，可深知父母之恩，不能报答，活着也没意思，不如死在老师父面前。我仇虽没报，总算我已到了草山寺，死了之后，见着我的父母，我也可以说得下去了。"说着长叹一声，一转身就奔了石头柱子上撞去。

宗镜正在旁边，嗖的一声，往前一抢步，横胳膊一拦，就把崔谦挡住。和尚笑道："宗镜，你总是爱多事，他自己愿意死，你为什

237

么拦住他？这个孩子，这样一点儿年纪，就满口没有实话，大了也不是好料，死了倒是干净。"

崔谦往起一站道："老师父您这话我不懂，我小孩子到山上来，今天头一次和你老人家见面，所说的话，并没有半字虚言，你老人家怎么说我是满口谎话？"

和尚道："你这孩子，看你不出，你倒嘴硬。我再问你一句，你说你是仇家说出草山寺你才到草山寺来的，那么你到底是有人送你来的，还是你自己来的？"

崔谦道："是我自己来的，并没有一个人送我。"

和尚陡地把脸上颜色一变道："你还说你不是谎话，你这就是谎话，我要不说破了，你也不服。你是不是一个姓李的把你送到这里来的，他教给你这样说的？"

搂头一杠子，崔谦就闷了，心说：怪呀！李判儿再三嘱咐我，叫我别说出是他送我来的，怎么他自己倒先说出来了？没准儿也许这个和尚会算，故意跟我这么说的，好在既没有凭证，我就不能让他把我骗了去。赶紧向和尚道："老师父您这是错疑了，我实在是一个人来的，并没有什么姓李的送我，我就不认识一个姓李的。"

和尚一听倒笑了道："你真嘴硬，宗镜拿凭据给他瞧瞧。"

宗镜也笑着答应，一伸手从佛桌上拿过一把刀来。崔谦一看，正是李判儿给自己的那两把刀子之一，不由纳闷，刀子也不知什么时候丢的，怎么会又落在他们手里？又为什么看见这把刀就道是李判儿的。当时一看，证据都拿出来了，话也没了，脸也红了，双腿一弯，又跪下了道："老师父您别生气，既是您都知道了，我也不敢再隐瞒了。我是姓李的送来不假，不过姓李的告诉我，叫我那么说，所以我才那么说。可是我父母遭人害死，可一点儿假也没有，没别的，就求老师父慈悲，把我小孩子收下，教我一点儿功夫，好给我死去的父母报仇，我小孩子给老师父你老人家磕头了。"

和尚道："要是照你进门不说实话，就该把你轰下山去，不过念你一片孝心，暂时把你收留下，等到智善禅师回山，我把话说了，那时再看你的机缘吧。"崔谦这才放心，赶紧站起。和尚道："崔谦，你想练功夫给你父母报仇，你的主意是不错，不过你可能吃苦吗？练功夫的人，可是什么苦都得吃，然后才能练出功夫，不然的话，练不出功夫，你还可以给你们留一个后，练了功夫，反倒害得你们一家连一个后辈都没有了。这话你听明白了没有？"

崔谦连连道："我全听明白了，只要能够给我父母报仇，无论什么苦我都能吃，我是绝不后悔。"

和尚道："好！宗镜你先把他带到你们屋里，教给他一点儿坐功，过个三天，再来跟我说。"

宗镜答应拉着崔谦就要走，崔谦道："您先慢一点儿，我还有句话没说呢。"

宗镜道："你还有什么话说吧。"

崔谦道："老师父已然肯其收留我，我还没有请问老师父尊姓，怎么称呼呢？"

和尚一笑道："你倒想起来了。我叫大觉，你快去吧。"

崔谦一听，三次跪倒磕头，嘴里还说："老师父在上，受我小孩子一拜吧。"

大觉道："快去吧，快去吧，我不是你的师父，你的师父还没有来呢。"

崔谦也不明白，跟着宗镜走了出来，笑着向宗镜道："这就好了，您是我的师哥了，您教我功夫，您可别藏私。"

宗镜道："我也不是你师哥，我也不教你功夫，你放心，我跟你也藏不着私。"

崔谦道："真格的，我跟您打听一件事，那个姓李的来了吗？"

宗镜道："哪个姓李的？"

崔谦道："就是送我来的那个姓李的。"

宗镜摇头道："没来，没来。"

崔谦道："既是没来，怎么就会知道了？好师哥，你告诉我吧。"

宗镜道："你真是糊涂，不是有那把刀吗？"

崔谦道："刀子有的是，怎么一看刀子就知道是姓李的呢？"

宗镜道："那是当然知道，他的刀把儿上有字，是他自己的名字，怎么会不知道？"

崔谦这才明白。一边说一边走，走来走去，走进一个大空院子，四围红墙，一片黄土，真是地下连个砖头瓦块儿都找不出来。在这片当中，一溜儿摆着三个蒲团，不知是干什么用的。

宗镜用手一指道："你先坐下，我教给你这入手的第一套功夫。"崔谦过去，一屁股就坐在蒲团上头。宗镜道："你等一等，大概宗月这也就快来了，三个人一块儿练，比上好一点儿。"

正说着宗月已然从外头蹦了进来，一见崔谦道："怎么你也来了？"

崔谦道："小师哥来了，我也来跟着你们练功夫来了。"

宗镜道："别多说话，现在我给你摆好了，你先练练试试。练这种功夫，是咱们练武功的第一步，这一步要是练不好，底下什么也练不了。"说着过去把崔谦的左脚往右脚上一搭，右脚往左脚上一搭，又把他两只手左手托住右手，把头往下按了一按道："你就这样坐好了，千万不要乱动，没准儿大觉师也许会上这里看你，你能练功夫，也在这一下子，你不能练功夫，也在这一下子，你可记住了。"说完了往后一退步，也坐在旁边那个蒲团上。

宗月这时候也坐下了。崔谦坐在那里，心里觉乎可笑，这叫什么功夫？坐上十天半个月，也没有什么，这也值得一练？真是欺负我没练过功夫。今天咱且坐一回瞧瞧，三天不动弹也没有什么。心里想着便真个一动不动地往那里一坐。大约有一碗茶的工夫，腿先觉得麻，强力忍着，忍了一会儿，就觉得腿里头仿佛有几十条虫子在里头爬一样，又麻又痒，简直说不出来那股子难受劲儿。又待了一会儿，两条胳膊也觉乎发沉，仿佛身上扛了几百斤东西一样，两个胳膊尖儿疼得要掉下来一样，咬牙忍住。又待了一会儿，脖子酸得如同没了脖颈一样，心里不住怦怦乱蹦，腰也疼了，脊梁也麻了，汗也下来了，浑身也颤了，简直就说自出娘胎也没受过这么大的罪，心说这叫坐功吗，干脆就是活人受罪，这要是工夫大了，不用等练功夫人就死了。偷眼一看宗镜，就跟没事人儿一样，胸脯儿含着，肩膀儿垂着，两只手儿平着，闭目合睛，毫无一丝痛苦之相，再看宗月，也和宗镜一样，仿佛毫不理会。不由心里一狠，人家也是人，我也是人，人家怎么练来着，我为什么就不行？今天头一天练功，要是来个半途而废，未免有点叫人家看不起，无论怎么难受，也不能叫人家瞧不起，至多不过难受，哪里就会死了？不受苦中苦，难为人上人，不能豁出去，报不了父母的仇。心里这么一想，那股子暴躁劲儿就下去了，平心静气，眼观鼻，鼻问心，当时就觉得浑身很是松快，精神一振，腰也不疼了，脖子也不酸了，痒的地方也不痒了，麻的地方也不麻了，反觉得浑身舒适，非常痛快。

又待了有半个时辰，忽听宗镜笑道："真怪难为你，起来吧。"

崔谦这才抬头，一看宗镜、宗月两个，已然全都起来了，自己也赶紧往外一撇腿，要往起站，还没站起来一半儿，扑咚一声，又坐在地下了。

宗镜笑道："你太起猛了，坐的工夫一大，要起来先往上伸手，一举两举，把血脉活动开了，就不至于再摔倒了。"崔谦听说，把两只胳膊往上一举，缓了一口气，果然双脚一使劲，人就起来了。宗镜道："走走遛遛。"崔谦跟宗镜、宗月又遛了几个弯儿，宗镜道："行了，咱们再练这二手儿。"说着依然往蒲团上一坐，这回不是前回那个样儿了，胸脯儿映着，脊梁背儿挺着，头儿仰着，两只手往后头一背，底下两条腿还是照样儿盘着。工夫一大，骨头节儿格叭格叭直响，胸口发胀，脑袋发晕，脊梁板儿发软，腰里一阵一阵往外冒凉气，两只手就跟肿了一样，眼睛直冒金星儿。知道又到了节节儿，依然又一咬牙，忍了一忍，当时又平复下去了。又待了一会儿，宗镜道："行了，咱们再歇歇儿。"这回崔谦也知道诀窍了，把身上劲先撤了，然后才站了起来。

宗镜笑道："你大概练过不少日子了，你这点意思，就算行了。今天这点功课就算完了，按着我们庙里习惯，练完了功夫，就该干事了，不过我看你已然显出吃累，你先回到屋里歇一歇，等晚半天咱们再来用功。"

崔谦道："既然您二位有事可干，您也给我找点事儿干干，我不怕累。"

宗镜道："那么说你就跟我一块儿走。"说着三个人出了这个院子，又往后走，原来是一片菜园子。宗镜道："这片园子，就是咱们庙里种菜的地界，每天是我们两个，在这里打水浇灌，然后摘秧儿下叶子。今天咱们谁打水？谁干摘摘弄弄？"

宗月还没有搭话，崔谦道："我打水，我打水。"

宗镜用手一指道："你顺着我的手瞧，那就是打水的家伙，你去打水吧。"

崔谦抬头一看，不由大大吃了一惊。

要知看见什么这样吃惊，且看下回，便知分晓。

第十回

百炼千锤艺功学就
一差二错露丑出乖

崔谦一看，顺着墙根立着两个大水桶，高下里足有二尺半，宽下里也有二尺一二，简直就是成了厚厚实实一个大木盆相仿。不由倒吸一口凉气，心说这玩意儿，任什么东西不用盛，也够好几十斤，自己身上能够有多大的劲头儿，如何能够弄得动这种玩意儿？可是自己刚才已然告诉人家，叫人家给自己找点活儿干，如今人家才告诉自己挑两挑水，一看见桶就害怕，那跟人家怎么说？再者自己到这里来原是吃苦来的，一点儿苦不吃，能够练出什么本事来，本事练不出来，指着什么去报父母之仇？心里想到这里，精神往上一壮，过去一伸手就把墙根立的那根扁担也拿起来了，拿起钩子往桶梁上一放，连钩子带桶子，比自己高出来还有五六寸，不由发怔。

宗月道："你不用为难，有法子。"过去把钩子往下一摘，拿上头钩子就把桶梁儿钩住了，往起一直腰，离地有个四寸多点儿。宗月道："这就行了，挑上水，两头儿一沉，正合适。"

崔谦挑起水桶，不由吓了一跳，看着那个水桶，十分沉重，敢情挑在肩膀上，并没什么多大分量，心里纳闷，也不便问。

宗镜道："你跟我来。"用手一招，迈步就走。崔谦在后跟着，出了角门，原来是一大片空地，正中间有个小土台，土台上头是一口井，井口外头立着一根石柱子，柱子上有个眼儿，里头穿着一根绳子。宗镜用手一指道："这上头就是井，你上去打水吧，你可试着劲儿来，多了你可弄不动，一下子累坏了，可也不成。"

崔谦道："我知道了。"挑着水桶，上了井台儿，用手要解绳子，宗镜就喊："那绳子你不用解，你就原样儿往上打水就行了。"

崔谦一听把桶往井口边上一挪，用手一掏绳子。在崔谦想着，一个井，还能有多长，不是几把就可以把它掏上来吗？一连掏了有十几把，地下已然一堆绳子，还没觉乎捉着水罐，心里不由又是纳闷。赶紧加劲往上一阵掏，地下绳子总在四五丈了，这才觉乎有一点儿发沉了，跟着又往上一阵苦掏，居然听见有一点儿水声了，不敢松劲，一口气往上又一阵掏，猛觉两膀子劲儿有点不够了，一咬牙一坐腰一使劲，汗都下来了，两只腿直哆嗦，两只虎口也觉乎发胀发疼，这才看见水罐。提上来一看，这个小罐还真不小，坠水可没有多少，心里纳闷，倒在桶里一看，刚刚把桶底儿盖了过来。一撒手连桶带绳子又全都放了下去，顿了两顿，又往上提，跟上次一样，先是挺沉，越提越轻，等到提出井口一看，还是没盛多少水，又倒在桶里。一连提了有十次，累得是腰酸腿疼，浑身是汗，一看桶里还不到半桶水，心说这可真糟，要照这个样儿，要是打满这两桶水，我还不得闹上一整天啊！心里不觉犹疑。

旁边宗月可就看出来了，笑了一笑道："怎么样？你觉乎累了吧？头一次干什么也不容易，你往后站一站，瞧我的。"说着走上台来，两只袖子一挽，把绳子提了两提，喊一声"走！"就听一阵哧哧哧一只手倒一只手，比风车还快，眨眼工夫，那桶水就上来了，单手一提，哗的一声，往桶里一倒。

崔谦一看，人家这一罐水，比自己五罐还多，猛然醒悟，必是水罐年久，有破漏的地方，自己打得一慢，又全漏了下去，人家打得快，所以比自己多。便笑了一笑道："您歇一歇，还是让我来！"宗月笑着递给崔谦，崔谦这回瞧明白了，也把绳子一挽，提了两提，跟着一使劲，一手倒一手，往上一阵急掏，掏了还不够一半，就觉虎口发热，两条腿直往前倒，两只胳膊，就像有千百来斤沉重，猛然手一发软，一把没揪住，哗的一声，扑咚一声，那水罐依然又掉在井里，自己这才喘出一口气来。

宗月在旁边笑道："你别着急，这个玩意儿，也有点欺生，你要不慢慢地来，你可不成，弄不好还许努力，那可不是玩的。"崔谦脸一红，把绳子就又搁下了。

宗镜道："宗月，你过去帮着把这两桶水打满了。"

宗月答应，过去一挽袖子，又打起来，崔谦在旁边瞧着。宗月打得快，下得快，提得快，一会儿工夫，两个水桶就满了。宗月把绳子一放道："得，打满了，你就挑到厨房里去吧。"崔谦答应拿扁担钩好了两个桶往肩膀上一搁，一挺腰，前头那个桶起来了，后头那个桶没起来，哗的一下子，洒了一地水。宗月道："你挑得不是地方，太往前了，往中间一点儿就洒不了了。"

崔谦又往中间挪了一挪，肩膀往起一扛，腰上一使劲，这回算是起来了，走了没有两步，两个水桶来回乱晃，水又洒了不少，一迈前腿，打算下井台，剩下一条腿在上边，颤得厉害了。

宗月笑道："不行吧？不行你可别逞强，这可不是闹着玩的。"

崔谦一听，把伸出去的脚，二次收回，把桶依然放在井台儿，心里想着，可真不成，莫若跟他们说一下，另外换个活儿干干。心里这么想着，才要往外说，忽然又一转念，那可不对，头一天，头一次，人家就叫挑两桶水，还是人家帮着自己打的，自己要是再一含糊，那未免太说不下去。可是努着劲儿挑下去，别说不知道厨房多远，就是这个井台儿下去都是麻烦，不定能够闹出什么错儿来，也不好办。左思右想，不得主意，看着那两桶水，不由发怔。

宗镜道："你别瞧不起这两桶水，还真不是闹着玩的，你没有练过，乍一挑，肩膀儿、腰上、腿上、全都受不了。依我说，你今天不用挑那么多，慢慢儿试着来，可也行了。"说完，过去单手一提那桶水，往井里哗啦一倒，然后把那水桶水也提起来，又往空桶里倒了一半，这才问崔谦道："这你挑着大概许行了。"

崔谦过去往起一挑，轻松了一半，这算挑起来了，一步一蹭，蹭下了台阶，然后才放开了脚步，跟着宗镜、宗月，走过两层院子，这才看见厨房。一共是七间厨房，单有一间，一溜儿搁着有十来个头号儿大水缸，高下里总在三尺五六，宽下里也有二尺七八。崔谦把水桶撂下，伸手一提桶梁儿要往缸里倒，可是吃亏身个儿太矮了，简直就叫够不着缸口，连提了两次，全都没有提上去。

宗镜道："还是叫宗月来吧。"

宗月过去单手一提梁儿，那只手一托桶底，哗的一声，水就倒下去了，又提那桶，也倒了下去。把两个桶往地下一放道："怎么样？你还能来一趟吗？"

宗镜不等崔谦说话便拦住道："趁早儿歇歇吧，这也不是一天半天的事，明天再来，事情还多着呢。反正住在这个庙里，可就短不了做这些杂活，因为这庙里人是多的，这就是'要吃饭，大家办'，今天别一下子用力，明天做什么也不能干了。走，咱们该歇着去了。"说完一手提了一个水桶，宗月拿了扁担，依然还在原来地方，这才回归自己屋里。

宗镜道："你可以坐一会儿，我们两个到前边去看一看，一会儿再来找你。"说完了两个便自去了。

崔谦往蒲团上一坐，浑身骨头节儿，就跟脱了环儿一样，又酸又疼，真是连一点儿劲儿也没有了。坐了一会儿，觉乎不得劲，又站起遛了一遍，遛了半天，还是不解乏，又坐下，坐下不成，又躺着，躺着难受，又站起来。如是起来坐下，坐下起来，起来躺下，躺下起来坐着，足足闹了有两个时辰，这次躺下，好容易居然睡着。一觉醒来，一看太阳已然多高了，赶紧往起一爬，浑身一软，差一点儿没又趴下，一使劲坐了起来，揉了一揉眼，心中寻思，自从跟苗敬以来，从来也没有这样累过，就是挑一挑水，也不至于就闹到现在这个样儿，今天这是什么缘故？再一看自己手掌，全都磨成燎泡，一赌气，用手一撕，里头出了许多的血，又一摸自己的腿，腿根子全有些发红发肿了。想着诧异，挑一挑水，竟会这么厉害。正在这么个工夫，人影儿一晃，宗镜、宗月两个全进来了。

宗镜道："昨天我们来了，一看你睡得很香，没忍得叫你，早晨来了一次，看你还是没醒，我们又走了，你歇过乏了没有？"

崔谦一咬牙道："歇过来了。二位师哥有什么活儿干吗？"

宗镜道："我看你昨天挑水，十分吃力，才练武的人，别把自己气儿练馁了，今天不叫你挑水，单给你找了一点儿轻省活儿做，你跟我来。"

崔谦一声儿没言语，一点头就跟着出来了，又走过两个院子，是十三间一溜的正殿，这个院子可就大了，一片全是万字不到头的花砖。

宗镜用手一指道："这个院子，也归咱们做徒弟的扫，这个比挑水轻一点儿，你先扫这个院子，隔一天你再挑一回水，就可以缓过来了。不过有一节，这个院子可是不好扫，我告诉你，你可记住了，从东北第一块砖扫起，按着万字儿扫，什么时候扫到了西南角儿头一块，你就算是扫完了。你可一点儿也别大意，这个院子，可是要紧，要是打扫不净，师父知道必加责备，因为这扫院子事比什么都轻省，再要扫不干净，自然也有点说不下去。你也不用忙，一块砖一块砖慢慢儿扫，好在上头又不太脏，只要轻轻扫过，就可以成了。你在这里扫着，我们去挑水去，回头完了，咱们再一块儿吃饭去。"说完话大殿后头拿出一把笤帚一个畚箕往地下一放，径自去了。

崔谦心里真是感激宗镜，难得他能这样儿照应，这个差事无论如何比挑水可强得太多了。拿起笤帚从东北第一块砖起，一看这些砖上也真可怪，说是脏，上头可又没有什么，说它不脏，每一块砖上差不多都有一点儿泥儿土儿，不管怎么回事，拿起笤帚来，一笤帚一笤帚就扫下去了。起始一扫，也还不理会，扫了差不多有半个时辰了，心想大概也许差不多了，抬头一看，自己没往西南，会一直跑到正东去了，再一看地下扫的印儿，至多扫了还没有十分之一，心里可就急了，方才宗镜说的话他也忘了，拿起笤帚一阵急扫，这一来更糟了，东边这块干净了，西边那块又脏了，西边连扫了几笤帚，再一看可了不得，敢情又往北退回去了。越着急越没准了，再一看地下所有的万字儿也全转起来了，脑袋直发涨，两腿直发麻，

247

手腕子也酸了，胳膊也抬不起来了，心里一阵大乱，简直就要晕倒。赶紧把眼一闭，心里寻思，这全是自己不好，人家怕自己挑水太累，才给自己找了这么一个轻省事儿，又告诉明白自己应当怎么扫，自己就应当听人家的，一点儿一点儿照着人家说的慢慢儿扫去，才是道理，偏是自己心急，不听人家的话，所以才有此大乱，总因自己心燥气急的关系。自己既是安心吃苦学艺，可是什么苦也吃不了，那还学什么艺？要是一直沉住了气，慢慢地扫，绝不至弄到这样，如今任话不用说，再从头来，不怕从早晨一直扫到晚上，总不会扫不到吧，也绝不会因为扫地会把自己累死，即使累死，自己为了学艺给父母报仇，累死也是该当。心里这么一想，当时气往下一松，拿了笤帚，又走回东北角儿，一笤帚一笤帚慢慢扫去，虽然还是觉得累，咬住了牙，不住手，不往前头看，一笤帚跟一笤帚往前扫去，又扫了一个多时辰，这汗就把衣裳给湿透了，眼睛直冒金星儿，嘴里干得都快出烟儿了，却依然强自忍耐，一步一步一块一块一笤帚一笤帚平平稳稳扫了过去。接连着又扫了不到一碗茶的工夫，猛觉前边瞧见墙角，不由好生怪异，才待抬头，忽然一想不可，倘若跟方才一样，岂不又是前功尽弃？沉住了气，依然连头都不抬，一直往前扫去。扫着扫着，就觉道儿越来越窄，砖面越来越少，又扫了几笤帚，一看已是台阶，实在不能再往下扫了，这才往起一抬头，果然是到了西南犄角。心里一高兴，往起一直腰，才要说一声可扫完了，猛觉腰脊之间，如同斧子劈碎了一样，疼痛难忍，几乎没有喊了出来，赶紧又一弯腰，慢慢蹭到配殿台阶，把身子往上一趴，手里笤帚就掉在地下了。又忍了一会儿，慢慢又往起抬，这次就舒缓过来了，一翻身往台阶上一坐，一看那块砖地，差点儿没哭了出来。

正在这么个工夫，角门上有人说话："怎么样？扫完了没有？走，吃饭去！"宗镜、宗月就到了。

崔谦勉强站起道："才扫完。"

宗镜往地下看了一看道："行了，走，吃饭去。"

崔谦道："还没扫起来呢。"

宗镜道："那你不用管了，归宗月收拾。"说着一拉崔谦胳膊，崔谦身不由己就跟着走下去了。

到了屋里，崔谦哪里还吃得下，拿起馒头，咬了两口，推说不饿，就又搁下了，宗镜也不多让。一会儿宗月也来了，两个人狼吞虎咽，把饭吃完。

宗镜道："看你这个样儿，大概是又觉乎累了，你还是歇一歇吧。"说着收拾家伙，两个人自去。

崔谦往床上一躺，浑身上下，没有一个地方不疼，没有一个地方不难受，翻过来，掉过去，简直说不出怎么样儿好来。一阵寻思，自己不过是为了报父母之仇，才想到这里学艺，现在什么能耐也学不着，一天到晚就是倒水扫地，什么时候，才能够学出能耐来，等到自己能耐也学好了，仇人早已死尽，又当如何？不如趁早儿跟他们说明，下山另寻明师，学出能耐，报仇要紧。

正在胡思乱想，就听窗户后头有人骂道："你这个东西，天生来就不是成材料的货，你看几个成家立业的，一天到晚，吃饱了睡，睡醒了吃？平常一张嘴，你不是学张良，就打算当韩信，你何不撒泡尿去照照，人家张良知道圯下纳履，韩信懂得受辱胯下，你这个可倒好，一天两个饱一个倒，就凭嘴皮子就打算闯字号，你也不想想世界上事能够那么容易不能够？天生来就不够料，怎么也是不行，癞狗扶不上墙，乏猴儿搀不上羊去，你别以为你受了多大委屈，你可趁早儿看开了，要走走你的，你可长住了心胸，挺住了志气，出我这个门，可别再回这个门。我有钱什么地方都找得手艺人，你有能耐什么地方都混饭，谁也别对付谁，好离好散……"越嚷声儿越高。

崔谦听得清清楚楚，不由一阵汗下，心说这简直说的是我，我要是一走，我对得住谁？就是死也要死在这里，绝不能出这寺门一步了。心里这么一想，当时心平气和，往床上一倒，人就睡着了。

一觉醒来，已然黄昏。一看宗镜、宗月两个也不知是什么时候，早就来了，一看崔谦醒过，便笑了一笑道："你方才扫的院子，还算干净，以后这个扫院子的事，就是你的了，可是隔一天扫一次，那一天你还是学着挑水，慢慢地也就行了。多会儿老师父一来，你就可以开始学艺，可是打坐的功夫，你可别扔了，那种功夫，是越练越精，越懒越松，坐着长了，比睡觉还能舒服，一天学着比一天多坐，日子一长，你也就不觉得难受了。"

崔谦心气一平，不住口地一阵答应。从这天起，隔一天一扫院子，隔一天一挑水，水越挑越多，地越扫越快，浑身也越来越轻松，精神也越来越壮，饭也吃得又多又香，觉也睡得又长又熟，浑身骨头节，一较劲真能咔吧咔吧乱响，胳膊一鼓劲，真是见棱见线，心里也觉乎越来越痛快了。

这一天吃完了饭，又去挑水，才到了井台上，就听院墙外头有女人喊嚷声音："救人哪！救人哪！好畜类，你敢欺负你家姑娘，你简直是人脸兽心。救人啊！救人啊！"一阵喊嚷，隔着又近，听得清清楚楚。

崔谦这气就上来了，也不管庙里什么规矩，一手抄起扁担，借着井台儿往墙上一纵，还真不含糊，一下子就上去了。往外头一看，只见一个头挽绢帕，光脚赤背的二十多岁男子，按着一个二十来岁的姑娘。这个姑娘穿章打扮也非常特别，上身仿佛是一件红褯子绣花袄，可瞧不见怎么个领儿，怎么个袖儿，底下一条红裙子，又肥又长，倒在地下，看不清脚底下，脑袋上也是一块红帕子兜着头，露不出梳的是什么头，长得虽是双眼皮儿大眼睛，擦着红粉，却看不出一点儿秀气，歪着身子，躺在地下，嘴里直喊。

崔谦用扁担一支，扑咚一声，跳出墙外，一抢手里扁担，一声喊道："哪里来的恶人，竟敢到这佛门善地前来打搅，真是找死！别走，给你一扁担！"嘴里嚷着，手里扁担，呼的一下子，带着风就下来了，直照那人头上砸去。

那人一见，喊声："好和尚，你敢破坏我的好事，你别走，等我拿家伙去！"说着往旁边只一滚，崔谦那根扁担就走空了。

那人站起来撒腿就跑，崔谦也不追赶，拿起扁担，往后一退步，向那姑娘道："姑娘你快走吧，回头他要回来了，我一个打他不过，你还是难免受他羞辱。趁他没有回来，你快走吧！"

那女子先说了一句谢谢，跟着又向崔谦一笑道："这位小哥哥，多谢你救了我一条命，我非常感谢。可是我现在叫他吓软了腿，有些起不来，你拉我一把，我好起来。"

崔谦一个小孩子，热气往上一撞，过去一伸手一揪女子的手，却不防那个女子往回一使劲，崔谦竟是揪不住，反倒了下去。那个女子趁势把崔谦一搂道："小哥哥你在庙里干什么？里头多苦，我家住在离这里不远，家里虽不是富户，也还有个几坪地、几千串钱，我家就是我一个，你跟我到家，我跟我爹妈一说，把你招个女婿，岂不胜似你在这里当火工吃苦？"说着话一只手不住在崔谦脸上乱拧，跟着一翻身一张脸贴在崔谦脸上闻个不歇。

崔谦可真急了，一只手一按地，一只手往那姑娘脖子上一叉喊道："你这么大的姑娘，就不该满处乱走，遇见了歹人，对你无礼，我既把你救下，你就该快快回家才是，谁知你原是个不知羞脸的坏人，反来跟我胡说胡道，好在这是败坏你们家的门风，与我毫无相干。不过你要快快把我放开，如果叫别人看见，我的脸面完全没了。如果你要一定不放，对你不过，我可就要对你下狠手了！趁早儿撒开我！"

崔谦连说带嚷，那个姑娘竟是不撒手，崔谦着急，双腿往地下一蹬，使尽平生之力，腰板儿一挺，那只手可就使上劲了，正掐在那个姑娘脖子上，姑娘一翻白眼，手一松，崔谦就蹦起来了。才要说话，猛听身后一片声音，全都是哈哈大笑，不由大吃一惊，以为一定是那个坏小子约了帮手来了，回头一看，可了不得了，全是本庙里的和尚，足有二三百位，连大觉、宗镜、宗月，也全在其内。正要转身分辨，只见那个姑娘也是一跃而起，把脑袋上红帕子往下一扒，向大觉哈哈一笑道："师叔您可糟践苦了我！这要是我们这个师弟点头一答应，那我可怎么好？"

崔谦一看大姑娘往起一站，变了大和尚，秃着脑袋，脚底下光着两只脚，再一细看，身上穿的也不是什么花袄，却是庙里师傅们的绣花袈裟。又一留神细看，那个坏小子光着脊梁赤着脚，也在宗镜他们旁边张着大嘴哈哈直笑，更是心中诧异，简直猜不透是怎么回事了。

猛听大觉宣一声佛号道："阿弥陀佛，善哉！善哉！这个孩子实在生有佛根，绝非你们所及，就连老僧也赶他不上。崔谦，你过来，待我今天指你明路，好学艺替你父母报仇！"崔谦一听，更摸不清楚是怎么回事了，只好走向前去。大觉一手抚着崔谦的脑袋道："好孩子！好孩子！快跟我来吧。"一手拉着崔谦，从墙外绕到庙门，一直走进大殿。

大觉往正中间蒲团上一坐，二三百和尚，全都在下边一站，大觉笑着向崔谦道："你这次来到我们庙里，总算也是咱们的缘分，至于你的来意，在你没说之先，我已然尽知。在我起初想，你一个小孩子，也不过是一时的热气，说什么要给父母报仇，日子一长，你也就没有耐性了，到了那个时候，我也必教你几手儿功夫，叫你把仇报了，可是绝不能叫你享名成个角儿，因为你虽然脸上神气不坏，可绝不是我们佛门里的人，所以才试验了你几天。你不要看我，一直没有和你见过几次面，可是我对于你的一切行为，全在我的耳朵里，想不到居然你能够那样肯吃苦耐劳，根底实在太好。你来到我的庙里，大概也有一年了，这一年里，你不要以为我没有教给你能耐，其实没有一天没有教给你能耐。你以为扫地打水，不过是一种劳力的勾当，其实那里头全是功夫。今天我要开始教给你功夫了，不得不把你以往所练的能耐全都告诉你。我们练武的，第一要有个好身子段儿，精神正气全足了，自然练什么能耐，要什么地方就有什么地方了。挑水事情虽小，可是能够练腰练腿练胳膊，你往那里一蹲，天然的就是一个'蹲裆骑马式'，手里掏绳子，胳膊上自然发劲。这口井因为是从山上打下去的，所以特别深，绳子也特别长，那个水管也特别大，能够把两桶水打满，劲头儿就得够得上，气力全都得益。不过站在井台上打水时间已久，两条腿必定显着吃力，腰上劲头儿可就稍差，等到一挑起水来，腰上必得用劲，脚底下劲就撒到上头来了，肩膀上一吃力，弯着腰当然挑不起来，连脊梁都能练出劲来。你别看不起那两个水桶，到了现在，你的两个膀子已然有八九百斤分量能够扛起来了。那个水桶，你看看不过是个普通木桶，其实里头全是空的，在你才一挑水时候不觉得，等到你也能挑了，木桶的分量也长了，在木头当中每天灌上铁沙子，每一个桶能盛三百八十斤铁沙子，两个桶装满，再加上水，就有九百多斤了。一天比一天加，你也没有理会，可是分量暗含着就全都长上了。这是说的挑水。至于扫地，那个功夫更大了。万字到头，原是故意做的，乍看去是万字不到头，其实里头暗合着五行八卦相生相克，只要你妄念一起，当时就乱，平心静气，并用不了多大工夫就可以把它扫完。扫地必须弯着腿，蜷着腰，腿自然就押出来了，腿也就练上劲了。扫地跟挑水，正是相反的功夫，隔一天练一样，只有受益，绝无损害。可喜你这个孩子，居然能够练了一年多，一点儿疲倦不露，反倒越练越高兴，这足见你是真心求能耐来了。不过我想着你虽然有这种耐性练功夫，还怕你本心不静，因此今天叫你两个师哥假装强梁欺负弱女，趁着你在打水时候，故意高喊，所为看你胆气如何。你敢出去，足见你有胆气。姑娘对你一说玩话，居然你不为所动，又可见你的心里干净。在你一出墙时候，我们全庙的人就全到了，看得清清楚楚，才知道你果然是生有善根的人，那么你这次来的意思，必能让你圆满而去。不过有一节，我们这个门里，只传僧众，不传俗家，因为我们都是出家人，心里全都安静，一尘不染，万念皆空，练会了武艺，也不过是为防身御魔之用。你虽有善根，却是杀气太重，我怕把本事传给你之后，倘若你为外物所诱，把持不定，仗着能耐，做出不好的事来，那就全成了我们庙里的罪过了。所以今天跟你说这话的意思，就是问你能不能发个誓愿，不为我们佛门招事。"

崔谦一听，这才恍然大悟，赶紧翻身从地下一跪道："师父如能

253

肯其教给我能耐本事，只求把父母冤仇一报，绝不做一样非礼之事给师父丢脸。倘若言不应心，叫我累世不得超生为人，本身必遭显报。"

大觉一听，不由哈哈一笑道："好孩子成了，从今天我就开始教给你能耐，将来还有用你之处，等到了日子，再告诉你吧。"说完又向众僧一阵介绍，这些和尚也没一个不爱崔谦的，全都点头含笑彼此见过。

从这天起，大觉也不让崔谦挑水扫地了，一天三遍，先教他练气行气，拳腰团腿，竖劲横劲，怎么上劲，怎么泄劲，怎么练筋，怎么操骨，一样一样儿慢慢指点。崔谦本就爱学，又加上报仇心急，更是勤劳不倦，说一遍明白一遍，教一遍明白一遍，半年光景，已然有点意思了，这才教他拳架子，一手一式，自己怎么先发制人，人家的拳脚到了怎么化解，一年光景，又教会了三趟拳，一趟"摩踪"，一趟"超极"，一趟"无意"，这三种拳全是本山发明，练气练性的真功夫。拳脚练了八成，又教刀枪架子，十八般大兵器。大兵器练得有了影子，又教暗器，一共练了三种暗器，是"板弩""铁弹""响铃镖"。暗器练得有了眉目，又教软硬功夫。软硬功夫练得有了八成，又带到后山有水的地方练习水性。一共三年零几个月，崔谦这些功夫，练得就都差不离了。大觉又把江湖上的事迹，一件一件跟笑话儿似的说给他听，什么地方有什么山，什么地方有什么寨，山上是什么规矩，寨里是怎么个路子，那路是什么人的瓢把子（首领），那路是什么人掌舵（首领），一省一省，一县一县，慢慢也全都告诉了他。又告诉他怎么叫英雄，怎么够个汉子，干脆说是练武的这点道儿，全都告诉明白了。崔谦虽然还没下山，能耐可就了不得了。

忽然一天，练完了功夫，正在屋里歇息，宗镜走进来了一笑道："师弟，师父找你。"

崔谦赶紧答应一声，跟着宗镜来到方丈，只见大觉和颜悦色地道："你们全都坐下，听我有话跟你们说。"两个人便依实坐了。大觉道："崔谦你来的日子可也不少了，你一上山时，原是为的给你父母报仇，才来学艺，如今能耐，虽然没有练到家，可是我知道要是对付你那几个仇家，足足有余了，我打算最近就叫你下山去报仇。不过我另外还有一点儿事，要你去办一趟，等你办完了这件事，才许你下山，不知你肯去不肯去？"

崔谦道："师父您不拘叫徒弟到什么地方去，徒弟也没有一个不去，就请师父派吧。"

大觉道："你可还记得，李判儿叫你来的时候，投的是谁吗？"

崔谦道："弟子记得，是叫我投智善禅师来的。"

大觉一笑道："好，记性不错，你来到这里这么多日子，你可曾见着这位智善吗？"

崔谦道："一向也没有见过。"

大觉道："我告诉你，我们这座庙，掌规的就是智善禅师，所有收徒弟也全归他。这次你来，实在是应当他管，不过现在他可不在这里，所以我才把你收下。收是把你收了，我可不是你的师父，你的师父还是智善禅师。现在你师父有一件很要紧的事，被人家把他困住，据我考察，非你去救不出来，我打算派你去一趟，不知道你肯去不肯去？"

崔谦道："师父你老人家早没有跟我说，要是跟我说了，我早就去了。您说他老人家现在什么地方，我是当时就去。"

大觉道："好，你先不用忙，听我告诉你。离咱们这里，说远不远，有一个地名儿，叫作风云堡，那里有一家恶棍，名叫大阎王雷正，手底下养着许多打手，镇日家只是烧杀淫掠，无所不为。有人来求智善禅师，智善禅师可就答应了，收拾了东西，就上了风云堡，可是一去就没有回头。我托人一打听，这个姓雷的也不知用了什么法术，把智善禅师给困在了风云堡。我本想自己去一趟，一则庙里没人，离不开我，二则风云堡里声势浩大，我去了也未必能够讨出公道，因此我就没敢去。现在你的能耐已经学成，正可替我走一趟，一个人去着显单，我还派你师哥跟了你去。你到了那里，把智善禅师救了出来，也不枉我教你一场。可不知道你有胆子去没有？"

崔谦毫不思索道："敢去，刀山油锅，我都敢去。"

大觉道："好，那么事不宜迟，今天你们就走，越快越好。我给你两样东西，你可把它拿好了。"说着一回身拿过一把小刀儿来。崔谦一看这把刀十分眼熟，细一想就想起来了，正是自己上山的时候，李判儿给自己的那两把刀，可是就剩了一把了。另外是一把扇子，长下里不到一尺，白绢的扇面儿，一边画着一条龙，一边画着一只凤，也不知道是干什么用的，只得接过。大觉道："你可别看不起这两件东西，你到了那里，可是非用不可。这把扇子名叫龙凤扇，专能破除一切妖术邪法，是我跟人家借来还没有用过。那把刀是一口宝刀，削铜剁铁，切金断玉，你可把这两样东西，全都拿好了。"崔谦这才明白，赶紧接过。大觉道："你们快去收拾收拾，带上应用的东西，快快走吧。你们早到一天，智善禅师可以少受一天罪。"

两个人一听，赶紧回到自己屋里，把应用的东西，全都备齐，这才又来到大殿，向大觉告辞。大觉一笑道："快去吧。"两个人就出来了。

崔谦向宗镜道："师哥，风云堡您去过吗？"

宗镜道："我去是去过一次，不过日子太多了，可不见得还找得着。不要紧，鼻子底下有嘴，咱们可以打听，走吧。"

两个人顺着山道就走下去了，这一口气走出有十几里地，就是平地了，也看见有什么村甸了。

崔谦道："方才出来得一急，饭我也没吃好，咱们何妨进村甸去吃点什么再走，您瞧好不好？"

宗镜道："那也没什么，走，咱们进去吃一点儿什么也好。"

两个人说着，可就进了村。一看这个村甸还真不小，里头做买的做卖的还真是热闹。两个人走了进去，一看是东西的街道，南北的买卖。进村甸不远，有一个路北朝南的小饭铺，字号是远香居，两个人就走进去了，一看屋里干净豁亮，吃饭的人也不多，两个人找了一张桌儿就坐下了。

伙计过来一看，进来一个年轻的和尚，跟一个小孩，也摸不清是怎么回事，赶紧过来就问："二位吃点什么？我们这里有的是锅盔、米饭、馄饨、肉饺儿。"

崔谦一摇头道："你先等一等，你没看出我们是出家人吗？我们只吃些素的，旁的东西，你就不用说了。"

伙计道："素的就是锅盔、米饭。这么办，给二位来他一盘子锅盔、两碗米饭，另外给二位来上一个素菜、一碗素汤，二位看怎么样？"

崔谦点点头道："好吧。"

一会儿工夫，菜饭都到，两个人一阵狼餐虎咽，一个人吃了有三盘子锅盔、八九碗饭，吃完了把筷子一扔，伙计端漱口水，两个人漱了口。崔谦猛然想起，身上分文没带，这个汗当时就下来了，赶紧一拉宗镜道："您带了钱了吗？"

宗镜也哎呀一声道："这可糟了，我也是一个钱没带，这可怎么好？"

两个人一吱咕，伙计也看出这份意思来了，心说今天你们要不掏出钱来，我要叫你们两个出了大门，算我不是干这个的。便假装一笑道："二位饭量真可以，一共吃了二钱四分银子，让我吧二位。"

崔谦心里一蹦，跟着脸一红道："伙计你先别忙，我们就是这前边草山寺的徒弟，因为下山有一点儿事，从此经过，肚子饿了，进来吃了你们一顿，不过吃是吃了，可是忘了带钱，你跟柜上说一声儿，能够赊给我们这一顿，就赊给我们这一顿，要实在不行，我们两个里，留在这里一个，回去一个，可以给你们取一趟钱去。"

伙计一听，心说是不是，我就知道是这个事嘛，红口白牙，吃完了饭没钱，谁管你什么地方的，今天没钱也是不行。便冷笑一声道："二位这就不对了，我们开这个饭铺，也是将本图利，养家肥己，要是来一位就说没带钱，来一位就说没带钱，那我们这个买卖还怎么开。再者说二位进门，高的桌子矮的板凳，又是菜，又是饭，菜也不馊，饭也不冷，伙计也没敢得罪二位，吃饱了，喝足了，二位瞪眼没钱，您叫我到柜上怎么去说。二位别价，就算我伙计有个照应不到的地方，您也得包涵点儿，一家子好几个人还指着这份事养活呢。二位别闹着玩，请您把账会了吧，好在钱又不多，不过是二钱多银子的事，二位还能拿这两个钱当事吗？"

伙计这么一说崔谦、宗镜真恨不得有个地缝儿钻进去才合适哪。话也没了，你看着我，我看着你，呆呆发怔。

伙计一看更有理了，嘿嘿一笑道："二位怎么着？您别尽自耗着，我们还有别的座儿哪，怎么成心拿我开心是怎么着？告诉你这店是拿钱开的，不舍米，不舍面，今天你要不给钱，你可别说要对不过！"嘴里说着，一伸手就夺了崔谦手里那个小包袱。

崔谦本来觉得理短，不敢跟人家较量，及至越听伙计越说越不像话，心里这把火早就烧起来了，再看他爽得动上手要来抢包袱了，心里火可再也按不下去，心说这也太难了，生平还没做过不讲理的事，今天准来一回不讲理的怎么样？一看伙计手到，身子微微一闪，斜手往下一切，那个伙计便跟哭的一样嚷了起来："你们快来哟，可了不得了！有人要抢咱们哟！"崔谦听他越说越不像话，顺手往他后背上只一叉，那个伙计便像一个棉花团花相似，直往门外跌去。

崔谦一拉宗镜道："师哥走！"

两个人才待往外走，却听身后有人一声喊嚷道："什么人，敢到我们远香居来搅闹?！别走！"说着话拳头带着风就下来了。崔谦喊声"来得好！"轻轻旁边一闪，来人拳头已经打空。崔谦转身，单手一叼他腕子，顺手一领，扑咚一声，来人就倒了。宗镜准知这事情越闹越大，走是不易了，便也把脚步儿一叉，一拧胳膊，静等打架。

正在这么个工夫，就听四外全嚷："别让那个黑小子跟那个小和尚跑了，他可把咱们少东家给打坏了，围上他们！"呼啦一下子，人就围上了，什么棍子、棒子、门闩、笤帚、叉子、铲子、铁锄、通条，叮当乱响，就把宗镜跟崔谦围住。

要按着本事说，不用说是这些个人，就是再来十倍二十倍，也未必是他们两个对手。不过有一件，这二位可都知道这都是些乡下人，什么也不懂，真要是跟他们动手，把他们性命伤了，实在是损德，因此两个人全不动武。这些人可得着理了，以为是把这两个吓了回去，你一锄头，他一耙子，这个一根，那个就一棒，虽说没有打出伤来，可是要走就不容易了。

崔谦往四外一看，猛然把牙一咬道："师哥，给他们两下子！"双手一抄，就听一阵叮当乱响，棍子也出手了，棒子也掉在地下了，这个屁股上挨一腿，那个脊梁上挨一拳，一会儿工夫，躺下了足有一片。崔谦一看门口儿腾出地方来了，便向宗镜道："师哥咱们走吧。"

两个人才往外一走，就听门外有人嚷："姑娘您快来吧，他把这些人都伤了。"正是先前那个伙计喊。

接着就听有女人声音："你们先别乱，等我看一看。"说着话已然迈步而进，走进一个二十多岁不到三十岁身穿孝的姑娘来，一见崔谦，便一声断喝道："你这个小孩子，怎么吃完了人家东西，还敢这样无礼，难道你们家里就叫你出来不讲理的？"

崔谦这时候一想，人都打倒了一片了，再讲理还讲什么，真若简直给他一个不讲理，可以能够完了，想到这里，一声儿没言语，一晃姑娘面门。崔谦想着，上头一晃，迎门好跑。没想到手腕子才往上一立，就觉乎那个姑娘顺手一领，竟是把自己腕子掠住，心想真怪，一个姑娘能够有多大的能耐，怎么竟会把自己手腕掠住。心里一着急，使劲往后一夺，没想到纹丝儿没动。那姑娘却是哈哈一笑道："好啊！拢共你才有这么大一点儿能耐，就敢出来全不讲理，今天要不警诫警诫你，也惯了你的下次！"说着手掌一翻，往下一按，扑咚一声，崔谦连挣进都没挣进就躺下了。大家一看，叫了一个震天彩。

宗镜就急了，话都没说，进步单掌劈脸，姑娘往旁一闪，横身一腿，正抽在宗镜腰上，噗的一声，咚咚两声，宗镜退出去足有七八步，才算站住，大家又是好儿叫起来。

姑娘双眉一皱道："今天我管教管教你们，也叫你们知道厉害。"

259

两个手指头往下一戳，直奔崔谦软肋点去。崔谦就知道完了，大觉说过，两肋气眼，只要一破，所有软功夫就算全完了，如今一看双指点软肋，干着急，没法儿躲，把眼一闭，眼泪就下来了，准知道功夫一完，报仇算办不到了。

姑娘也看出来了，方在一犹疑，外头"报君知"一响，接着有人喊："那可使不得！"话到人到，双手一格，就把姑娘给推了一个趔趄。

要知来人是谁，以下紧接风云堡比武招亲，烈火岩联诗取笑，一丢龙凤扇，华蛾儿出世，倒采花，挂人头，铁妮儿降妖，三次打赌盗扇，铁龙头大报仇，夜杀七十二命案，沧州府夜奔，智善大觉双救徒，这些热闹节目，全在第三集《屠沽英雄》。

（第三集未出。——编者注）

附　　录

徐春羽家世生平初探①

王振良

在民国通俗小说作家中，徐春羽的名气不算大也不算小。他长期活跃于京津两地，其以《碧血鸳鸯》为代表的武侠小说创作，虽然无法与还珠楼主、白羽、郑证因、王度庐、朱贞木等"五大家"比肩，然亦据有一席之地。探讨民国武侠小说尤其是"北派"的创作，徐春羽总是个绕不过去的存在。台湾武侠小说研究专家叶洪生先生认为："徐氏作品'说书'味道甚浓，善于用京白行文；描写小人物声口，颇为传神。尝一度与还珠、白羽齐名；唯以笔墨平实，未建立独特小说风格，致不为世所重，渐趋没落。"其褒抑可谓中肯，堪称对徐氏之的评。

关于徐春羽的家世生平，目前学界所知甚微，各种记录大同小异，追根溯源均来自天津张赣生先生："徐春羽（约 1905—?），北京人。据说是旗人。他通医术，曾开业以中医应诊；20 世纪 40 年代至天津，自办《天津新小报》；50 年代初，曾在北京西直门一家百货商店当售货员。"

今距张赣生氏所谈已有二十余年，可对徐氏家世生平之认知，大体仍停留在 20 世纪 90 年代初的水平上。而且现在看来，就是这仅有的认知，仍然存在着重要的失误。笔者以一次偶然，有了"接近"徐春羽的机会，因将前后过程琐述于下，或可对研究通俗小说

---

① 原载 2015 年《苏州教育学院学报》第 4 期，略有删节，此为全文。

作家的手段有所启发，同时兼就访谈考索所得徐氏家世生平情况做粗浅报告，以呈教于民国通俗文学研究的方家。

一、"发现"徐春羽

2010年7月16日，笔者拜访天津地方文献研究专家高洪钧先生，见书桌上有巢章甫《海天楼艺话》，谈论京津文林艺坛掌故，颇有可资文史研究采掇者。7月27日，笔者自孔夫子旧书网购归一册。7月31日闲读时，发现有《徐春羽》一目，以徐氏生平资料罕见，因此甚是欣喜。今全文抄录如下：

> 吾甥徐春羽，少即聪颖好弄，未尝力学，而自然通顺。好交游，又喜济人之急。索稿者盈门，而春羽则好以暇待。每喜朋友相过共话，风趣横生，夜以继日，必待客去，始伏案疾书，漏夜成万言，习以为常。盖其精力饱满，不以为苦。人或不知也，其所擅为武侠小说。人亦豪爽，笔耕所入，得之不易，然到手即尽，居恒不给，燕如也。又传医学，悬壶问世，而不取人钱。能作细字如蝇头，刻竹刻玉，并能之。

旋即仔细翻阅全书，又见《周孝怀》目也涉及徐氏："诸暨周孝怀名善培……尝出资创《新小报》，约吾甥徐春羽主其事，氏亦时撰评论发布。旋以日寇入天津，不获继续。"

《海天楼艺话》由人民美术出版社出版，署曰"巢章甫著，巢星初、吕凤仪、方惠君、翟启惠整理"。又细阅该书序言，知整理者之一巢星初乃巢章甫先生三女。

2010年8月5日，笔者通过"谷歌"搜索引擎，检索到人民美术出版社办公室电话，联系上《海天楼艺话》的责任编辑刘普生，又从刘先生处获知巢星初的电话号码。笔者立即拨电话给巢星初，简单说明意图之后，她热情地介绍说，徐春羽是巢章甫之表外甥（具体姻亲关系不详），但两家已多年不联系。因巢星初无法提供更多情况，笔者对此甚感失望。

8月12日，巢星初女士打来电话，说迩来询问其叔叔（在台湾）等，对徐春羽亦不甚了了，仅知其擅写武侠小说，在报纸连载时很是走红，常有亲友问他小说中人物结局，他多以"等着看报纸就知道了"来搪塞（其实他自己也不知道人物该如何结局）；又说徐工医术，会唱戏，善联语。巢星初还介绍道，她小时随父亲住天津市唐山道，河北大学数学系毕业后，在汉阳道中学教书，其间与徐春羽的两个妹妹——徐家二姐（嫁洪姓）、徐家四姐（嫁张姓）时常过往，但迁京后已失联多年。虽然所述视初次通话有所丰富，但徐家的面貌仍旧模糊不清。

8月16日，巢星初女士又来电话告知，徐家四姐曾住天津市哈密道利安里（具体门牌号码不详），并说线索得自新近翻出的信封，不知道循此追寻能否有所收获。

9月3日午后，笔者思忖到外面走走，就骑上自行车，直奔徐家四姐二十年前住过的哈密道，并期待着某种奇迹的发生。初秋的津城最是舒适，气温不冷不热，让人十分的惬意。因为事先核查过地图，故此顺利地找到利安里。这里的巷道并不长，只有二十几个门牌，从哈密道入口进去，前行三十来米右拐，再走三十来米就是河南路了。因徐家四姐的丈夫姓张，笔者就向住户问询利安里是否有张姓居民。问了几位年轻些的居民，全都不得要领；这时里巷转角处的院里，走出一位七十多岁的大娘，笔者马上迎了过去，问利安里有无张姓老居民，曰"有"。"爱人姓徐吗?"曰"是"。"年纪有九十多岁?"曰"对"……随着基本信息的不断重合，笔者已经按捺不住惊喜，接着发问："您与张家熟悉吗？住几号?"大娘麻利地跨了十几步，把我领到斜对面的利安里17号。"有人吗?"随着大娘的话音，出来位六十岁上下的先生。因为已有若干前期铺垫，笔者径直问道："您知道徐春羽吗?"曰"是我舅舅"。"您老爷子老太太

265

都好?"曰"都好"。这位先生名叫张裕肇,其母徐帼英,就是徐春羽的妹妹,即巢星初所说"徐家四姐"。

2012 年 1 月 12 日,笔者与张元卿先生通电话,他特意提醒我说,在《许宝蘅日记》(许之四女许恪儒整理)中发现徐春羽的踪迹。当晚笔者就翻出许氏的日记,检索并析读有关徐春羽的信息。

2012 年 1 月 13 日,通过解读《许宝蘅日记》了解到,徐春羽的父亲徐思允,与许宝蘅是儿女亲家。许的三女许富儒(小名盈儿),嫁与徐思允之子徐良辅。在日记中,常出现徐良辅之子"传藻"的名字,根据日记中的各种线索,可推知其生于 1940 年左右。笔者对徐传藻这个名字,当时很是感兴趣,就打开"谷歌"搜索引擎,同时输入"徐传藻"和"电话"两个关键词,本来是未抱任何期望的随意之举,没想到收获的结果却令人振奋,在一份 20 世纪 60 年代初中国农业大学毕业生名录中,赫然列有徐传藻的名字,后面还附有联系电话。经过初步判断,1940 年左右出生,20 世纪 60 年代初大学毕业,时间上可以吻合,于是笔者给这位徐先生拨通电话,经过小心翼翼地核实,此徐传藻正是徐春羽之侄,他称徐春羽为"大伯"。

利用既有的些微线索,通过城市田野调查和网络搜索引擎,笔者每次都用不到十分钟时间,联系上徐春羽的两位近亲——妹妹徐帼英和侄子徐传藻,为初步解开徐春羽身世生平之谜找到了突破口。

二、父亲和祖父

徐春羽祖上世代业医。父名叫徐思允,字裕斋(又作豫斋、愈斋),号苕雪,又号裕家。徐思允生平脉络大体清楚,但细节则多难得其详。他生于 1876 年 2 月 13 日。① 1906 年入张之洞幕府,任两湖

①　民国乙酉正月十九日《许宝蘅日记》载云"愈斋七十生日",据此可推知徐思允准确的出生日。又 2011 年 6 月 29 日徐帼英接受笔者采访时述,徐思允享年七十五岁,与日记所云正好相合。

师范学堂文学教员。1907 年初，调充学部书记并与编译局事。① 徐思允有《忆广化寺》诗云："千金筑馆辟蒿莱，却锁重门未忍开。湖上清光余几许？春来风信又多回。事经变幻忘初意，土失雕镌定不才。此局废兴争属目，宁论吾辈寸心灰。"此广化寺即学部编译局所在地。1909 年张之洞病危之际，徐思允至少两次进诊。张曾畴《张文襄公辞世日记》记云："十九中医进诊，前广西柳州府李日谦，号葆初；学部书记徐思允，号裕家，即徐士安先生之子也。"又云："廿日晚……畴与徐医进视问安。"1911 年徐思允受聘京师大学堂法政科教员，主讲《大清会典》。

1912 年中华民国成立，10 月许宝蘅任北京政府铨叙局局长，徐以许的关系出任勋章科科长②。10 月 30 日，铨叙局又呈请国务总理批准，以调局之徐思允、吴国光二员作为记名佥事分任办公。③ 其后，又外任安徽省宿县县长等。④ 1919 年，徐思允拜在武术名家杨澄甫门下习太极拳，后又拜李景林为师学武当剑。1925 年，为同门陈微明所撰《太极拳术》作序。嗣后经周孝怀介绍，成为溥仪之侍医。1931 年溥仪出逃东北后，徐思允追随赴新京（今长春），充任伪满宫廷"御医"，并教授皇族子弟国文。溥仪的《我的前半生》、秦翰才的《满宫残照记》等书中，都留有徐思允的诸多痕迹。

徐思允不仅精通中医，还工于弈术，曾与围棋宗师吴清源交手。据许恪儒回忆，徐愈斋先生在东北"和吴清源下过棋，而且是当着溥仪的面"。这次对局发生在 1935 年，其时吴清源访问长春，曾与木谷实在溥仪"御前"对局。此棋下了三天，结果吴胜 12 目。结束的当天下午，溥仪又要求吴让五子，与徐思允再下一盘，任务是

---

① 1907 年 3 月 22 日，任职学部的许宝蘅首次在日记中提到"徐茗雪"名字，24 日亦称"徐茗雪"，再后则径作"茗雪""豫斋""愈斋"等，则 22 日或为两人初见，徐思允调京当在此前不久。
② 2011 年 6 月 29 日徐帼英接受笔者采访时述。
③ 中华民国北京政府《政府公报》，1912 年第 195 期。
④ 2011 年 6 月 29 日徐帼英接受笔者采访时述。

"吃他的子,越多越好"。结果徐思允死命求活,吴清源"大吃"的任务未能完成。关于这段逸事,吴清源的各种传记均有记述。

1945 年苏军进入东北,徐思允随伪满皇后婉容等,流亡至临江县的大栗子沟(今吉林省临江市大栗子街道),旋被苏军俘虏至伯力(今俄罗斯哈巴罗夫斯克)。1949 年获释至长春,5 月份回到北京。1950 年 12 月 13 日病逝。

徐思允国学功底亦自不浅,否则溥仪不会让他教授子弟国文。他与陈衍、陈曾寿、郑孝胥、许宝蘅等长期交游,陈曾寿《苍虬阁诗集》即收有与徐的唱和之作。又陈衍《石遗室诗话》卷十载:

> 忆庚戌在都,仁先与苕雪(徐思允)、治芗(傅岳棻)、季湘(许宝蘅)、仪真(杨熊祥)诸君,亦建诗社,各有和昌黎《感春》诗甚佳。函向仁先索其稿,唯寄苕雪《感春》四首,治芗则他作,季湘、仪真则无矣,当更求之。苕雪诗其一云:"出门四顾何所之?不寻同乐寻同悲。人人看春不我顾,还归空斋诵文词。庄生沈冥少庄语,《离骚》反覆如乱丝。二子胸中感百怪,所以踪迹绝诡奇。忽然扶日隮昆仑,俄见垂翼翔天池。东风卷地野马怒,安得乘此常相追?"其二云:"我悲固无端,我乐亦有涯。斗食佐史免耕劚,得借一室栖全家。官书不多日易了,旧业虽薄还堪加。文章豪横逞意气,草木幽秀舒精华。如今一事不可得,岂免对景空咨嗟?"其三云:"立春二十日,日日寒凛冽。九陌长起尘,众卉焉敢苗。尔来日渐暖,又恐骤发泄。少年狂不止,老病苦疲苶。百鸟已如簧,飞花乱回雪。劝君守迟暮,病发不可绝。"其四云:"一年青春能几多?坐令千古悲蹉跎。夜烧红烛照桃李,日典春衣偿醉歌。百川东流去不返,泪眼长注成脩河。我从崎岖识天意,才见光景旋风波。去年看花载酒处,今年不忍重经过。一人修短尚难料,万物变化将如何?"四诗颇觉有古意无俗艳。

陈衍论诗眼界甚高，对徐思允"有古意无俗艳"的评价可谓不低。徐思允去世后，1952年8月底9月初，许宝蘅曾整理其遗稿，写定《大栗子临江记事》（又作《从亡大栗子记事》）及《苕雪诗》两卷，其后许之日记仍断续地有补写《苕雪诗》的记载，未晓这些诗文稿是否尚存于霄壤之间。

徐思允有三子六女：长女徐仲英，长子徐春羽，次女徐珍英，三女徐淑英，次子徐××，四女徐帼英（属龙），三子徐××，五女徐惠英，六女徐兰英。徐淑英中国大学毕业，1938年到延安参加抗日工作（化名李英），1949年后曾任吉林省妇联副主任、长春市妇联主任，丈夫是东北流亡学生，曾任吉林省监委书记。据许宝蘅所记，徐良辅"原名百龄，其生父名有胜号明甫，系湖北军官，战殁，有叔名有德，安徽休宁人"，许恪儒则径云徐良辅"本姓汪"，可知其并非徐思允亲生，当是徐思允续弦夫人带来的。又徐思允在长春时，常给天津的家人寄钱（每月三百元），一般是汇至山西路修二爷（溥修）处，多由徐帼英去取。①

前引张曾畴《张文襄公辞世日记》，提到徐思允父名徐士安，应该也是张之洞幕府中人。恽毓鼎的日记中，留有"徐士安"之踪影，未知是否即徐思允之父：

（光绪八年五月）二十四日晴……申刻士安、蕴生招饮天禄富，为予送行。座中方先生、道甫兄弟皆北闱应试者，尽欢而散。今早李方去看轮船，招商局"江表"船于廿七日开，即定于是日起身。

（光绪十二年四月）二十七日……十二点钟抵上海码头，命于升雇船，过拨行李，移泊观音阁。稍憩，往华众会剃头、吃点心……归船，见大哥字，知途遇陆彦备、徐

---

① 2011年6月29日徐帼英接受笔者采访时述。

士安、张楚生，约馀（余）在万华楼茶话，再续他局。

又徐振尧、王树连、张子云《测绘军人与辛亥革命》谈到，1911 年 10 月 11 日辛亥武昌起义，当晚即成立了军政府，下设参谋部、军务部、政务部、外交部，10 月 16 日又增设测量部，主要由湖北陆军测绘学堂学生组成，部长朱次璋，副部长徐士安。此徐士安或即其人。

三、关于徐春羽

回过头来我们再讨论关于徐春羽的几个问题。

一是籍贯，应是江苏省武进县（今常州市武进区）。此乃徐帼英接受笔者采访时所述，又徐思允《太极拳术序》末署"乙丑夏日武进徐思允谨序"，亦可佐证无疑。张赣生先生所说北京，或与徐春羽长期在京居住有关；又《许宝蘅日记》附录的《日记中部分人名字号对照表》记徐思允为"湖北人"，或因其曾在楚地工作致误。至于徐春羽生于北京的可能性，现在看来也几乎没有（徐思允调京时徐春羽已出生），更与旗人云云无涉。

二是生年，徐春羽诞于光绪三十一年乙巳十月二十一日（1905年 11 月 17 日）。据徐帼英述，徐春羽属蛇无疑，据此再前推十二年（1893 年）或后推十二年（1917 年），均与徐春羽去世时"未及六十"不合，与徐家姐妹的年龄差距也对不上茬口。至于具体之出生月日，是因为在 20 世纪 40 年代，每年徐春羽过生日都很热闹，故此徐帼英记忆深刻。张赣生所云徐春羽生年大体不差，但以证据不足存有疑问，故此在"1905 年"之前加了"约"字。至于后来的有些叙述，径书徐春羽生于 1905 年，亦应是源自张说，但不科学地省略了"约"字，因为似无人为此提出确据。

三是卒年，笔者采访所获线索无法得出准确结论。徐传藻说，其大伯徐春羽1949年后在北京开诊所，"镇反"时被逮捕入狱，后因病保外就医，然为其续弦吴氏所不容，走投无路之下重回监狱，未久即病死狱中；又说徐春羽住大乘寺19号（此与《许宝蘅日记》所载相吻合），吴氏住武定侯胡同。① 徐春羽五妹徐惠英则说，徐春羽解放后被捕，死在北京某模范监狱。② 而据《许宝蘅日记》，解放后较长一段时间，许宝蘅与徐春羽交往频繁，许家的人遇有头疼脑热等，多请徐春羽到家诊治。然自1957年8月16日"春羽来为宴儿复诊"之后，许家虽然仍是病人不断，但徐春羽在日记中却突然失踪，因推测其被捕在此后不久。至于徐传藻所云"镇反"恐不确切，很可能是"反右"。徐春羽之病逝，或在20世纪50年代末期。

四是生平，除本文前引零散资料所述，仍可说是未得其详。略可补充者仍是徐帼英所谈：徐春羽抗战前在天津市教育局工作，其间曾安排三妹淑英在天津的学校教书；徐春羽的住所在今天津市河北区的平安街上，紧邻平安街与进步道交口的王占元旧宅（今已拆除）；徐春羽兴趣广泛，多才多艺，通医术，精书法，会评书，善烹饪，尤其喜欢票戏，常找艺人（包括翁偶虹）到家中交流。③ 又徐春羽嗜麻雀战，每有报馆催稿，辄嘱牌局暂停，提笔疾书以应，然后又继续打牌。④

五是后人，徐春羽有一子二女。长女徐小菊，1949年随四野南下，现居赣州；次女徐小羽，退休前在北京市海甸小学（原八一小学）教书；一子徐××，已去世。⑤ 又据《许宝蘅日记》，徐春羽之子女有名小龄、小迪者，徐小龄或即其子，徐小迪或即徐小菊。

---

① 2012年1月13日徐传藻接受笔者电话采访时述。
② 2013年1月13日徐惠英接受笔者电话采访时述。
③ 2011年6月29日徐帼英接受笔者采访时述。
④ 2010年9月3日张裕肇接受笔者采访时述。
⑤ 2011年6月29日徐帼英接受笔者采访时述。

图书在版编目（CIP）数据

屠沽英雄／徐春羽著. — 北京：中国文史出版社，
2018.6

（民国武侠小说典藏文库·徐春羽卷）

ISBN 978 - 7 - 5034 - 9968 - 5

Ⅰ．①屠… Ⅱ．①徐… Ⅲ．①侠义小说 - 中国 - 现代

Ⅳ．①I246.5

中国版本图书馆 CIP 数据核字（2018）第 010109 号

整　　理：卢　军　卢　斌　金文君

责任编辑：薛媛媛

出版发行：**中国文史出版社**

社　　址：北京市西城区太平桥大街 23 号　邮编：100811

电　　话：010 - 66173572　66168268　66192736（发行部）

传　　真：010 - 66192703

印　　装：廊坊市海涛印刷有限公司

经　　销：全国新华书店

开　　本：720 × 1020　1/16

印　　张：18.25　　字数：235 千字

版　　次：2018 年 6 月第 1 版

印　　次：2018 年 7 月第 1 次印刷

定　　价：55.00 元

文史版图书，版权所有，侵权必究。

文史版图书，印装错误可与发行部联系退换。